MELISSA

どうせ捨てられるのなら、最後に好きにさせていただきます2

碧 貴子

Illustrator
すらだまみ

この作品はフィクションです。
実際の人物・団体・事件などに一切関係ありません。

どうせ捨てられるのなら、最後に好きにさせていただきます2

MELISSA

一

ジリアン侯爵家は、私の実家であるドラフィール侯爵家に次ぐ有力貴族だ。

今日私はそんなジリアン侯爵家ご自慢の、庭のミモザをぜひ愛《め》でて欲しいとお茶会の誘いを受けて、明るい春の日差しの庭でお茶をいただいていた。

「うふふ。本当、見事なお庭ですわね」

「このように大きなミモザの木は、なかなかお目に掛かれませんものね」

「鮮やかな黄色が目に美しいこと」

色とりどりの春の装いで、口々に褒めたたえる女性達を上座から黙って眺め、微笑《ほほえ》みを湛《たた》えたままカップに口を付ける。

何とも退屈な会話だが王太子妃である以上、定期的に貴族の婦人達との交流は欠かせない。それに今日は、どうしても参加しなくてはならない理由が。

「それはそうと、カロリーヌ様は春の花は何がお好みですの？」

今日のお茶会の主催者、ジリアン侯爵夫人の一言に、その場の女性達の視線が一点に集中する。

「……どの花もそれぞれ美しくて。一つだけだなんて、選べませんわ」

にっこりと微笑んで答えるその顔は、何とも艶《あで》やかだ。何でもない言葉にも聞こえるが、カロリーヌ・メルディオ伯爵夫人、今話題の人物がそれを言うとひどく意味深である。

そのままちらりと、斜め前方の人物に流し目を送ったその仕草に、テーブルの上に軽い緊張が走った。

「そうですわね。うふふ。本当どの花もそれぞれ美しくて選び難《がた》いですものね」

ジリアン侯爵夫人の朗らかな声で、テーブルの上の緊張が霧散する。

しかし、よせばいいのにどこにでもお節介者はいるもので。

多分に好奇心を含んだ声で、メルディオ伯爵夫人の斜め向かいの人物、ディアンヌ・オルトナー子爵夫人に話を振ったため、再びその場の空気がピンと張り詰めたのがわかった。

「ディアンヌ様はいかがかしら？　春の花は、どれがお好みですの？」

「そうですわね……。どの花もそれぞれに素敵ですけれど、私はヒアシンス……かしら」

オルトナー子爵夫人が、これまた艶やかに微笑んで答える。わかる者だけにはわかる際どい返答に、一気に皆が凍りついた。

ヒアシンスの外国名は〝ジャサント〟。そしてメルディオ伯爵夫人の夫、メルディオ伯爵の名前が〝ジュサント〟なのだ。

オルトナー子爵夫人とメルディオ伯爵夫人の間に、目に見えない火花が散るのがハッキリわかる。口を挟む余地のない空気の中で、ジリアン侯爵夫人が私に目配せを送ってきた。

そう、今日私がここに呼ばれた理由。有力貴族である、メルディオ伯爵夫人とオルトナー子爵夫人の仲を取り持つことだ。ちなみにオルトナー子爵は伯爵の嫡子であり、将来伯爵になることが決まっている。

とはいっても、関係を修復させるわけではない。メルディオ伯爵の浮気で険悪になった二人を、同じ社交の場に出すことが目的なのだ。さしもの二人も、王太子妃である私がお茶会に参加するとなれば出席せざるを得ない。つまり私は、体《てい》のいい餌《えさ》というわけだ。

それに、貴族女性の社交界で力を持つジリアン侯爵夫人に、恩を売っておく必要もある。

王太子妃となって日も浅く、まだまだ年若い私は、こうやって地道に人脈を構築していかねばならないのだ。

「ヒアシンス……ヒュアキントスは、太陽神の寵愛《ちょうあい》を受けた花ですものね。幸せな花ですこと」

にっこりと微笑んで言えば、私の言葉に凍りついた場の空気が和《なご》む。さすがに元愛人と本妻の間柄の二人といえども、王太子妃である私の意図を無視するわけにはいかない。

とはいえ私の言っていることも、相当な当て擦《こす》りなのだけれど。

再び和やかな雰囲気の中で、当たり障りのない会話が繰り広げられる。

しかしその空気を、再びオルトナー子爵夫人が凍りつかせた。

「……ヒアシンスの花言葉も、私、好きなんですの」

ニコニコと笑ってはいるが、その言葉はメルディオ伯爵夫人へのあからさまな挑発だ。

青いヒアシンスの花言葉、それは『変わらぬ愛』。つまりメルディオ伯爵が愛しているのは自分だと、言いたいわけだ。

余りにも攻撃的な発言に、テーブルに痛いほどの緊張が走る。

しかし当のメルディオ伯爵夫人は、余裕の微笑みを浮かべて優雅にカップをソーサーに戻した。

「あら。赤いヒアシンスの花言葉は『嫉妬《しっと》』ですわ。ディアンヌ様は嫉妬がお好きなの？　うふふ……変わったお方、ね？」

軽やかに笑うメルディオ伯爵夫人に、オルトナー子爵夫人の顔色が傍目にもわかるほど悪くなった。

そう、オルトナー子爵夫人と浮気していたメルディオ伯爵だが、結局子爵夫人とは別れ、それ以降は妻以外目に入らないという熱愛ぶりなのだ。そういった背景からの先程の遣《や》り取りなのだから、そんな間柄の二人の溝が、ちょっとやそっとのことで埋まろうはずがない。

ただ、表立って対立されては困るのだ。腹の底では何を思っていてもいいが、貴族である以上、それを表面に出されては困る。

しかしながら王太子妃である私が仲裁役を務めているにもかかわらず、一度ならず二度までもオルトナー子爵夫人がメルディオ伯爵夫人に喧嘩《けんか》を売っている事実は見過ごすわけにはいかない。それは、王太子妃である私を軽んじているということに繋《つな》がるからだ。

そこまで考えて、私は再びにこやかに口を開いた。

「ヒアシンスは色によって様々な花言葉がありますものね。でも共通のものでは、『スポーツ』『ゲーム』だったかしら」

「ええ、そうですわね」

「そうそう……あと一つ、あった気がするわ」

そう言って、笑みを深めてオルトナー子爵夫人を見詰める。

もう一つの花言葉、それは『無分別』だ。

つまり、王太子妃に喧嘩を売ってただで済まされると思っているのか、と言っているわけで。

既に夫人の顔は蒼《あお》い。自分のしたことの意味を、今になって理解したのだろう。

「ふふふ。オルトナー夫人、何だったかしら？」

「そ、それは……」

「お好きな花ですもの。夫人だったらもちろん、ご存知よね？」

言い逃《のが》れを許す気はない。きっと、年若い私を侮る気持ちがあっただろうことは間違いない。加えて結婚前までの私と王太子の不仲は皆が知っているのだから、なおさらだ。

だからこそここは、王太子妃である私に喧嘩を売っておいてそのままで済むと思わせるわけにはいかない。

微笑んだまま、瞳《め》を細めてオルトナー子爵夫人を見詰める。

すると、ますます顔色を悪くした夫人が、取り出したハンカチで自身の口元を押さえて顔を伏せた。

「も、申し訳ありません……。わ、私、少し……食べすぎてしまったようですわ……」

「……」

「王太子妃様の御前で大変申し訳ないのですが……、今日はこれで失礼しても……よろしいでしょうか……？」

紙のように白い顔で口元を押さえるその様は、本当に具合が悪いように見える。

しかしながら、今更、だ。凍《い》てつく空気の中、じっと夫人を見詰める。

夫人の手が細かく震えてきたところで、ようやく私は口を開いた。

「それはいけないわね」

「……」

「そういうことなら私のことは気にせず、今日はゆっくり静養なさって？」

そう言って、柔らかく微笑んで見せる。

私の言葉に、口早に謝罪の言葉を述べてオルトナー子爵夫人が退出した。

夫人がいなくなって緊張が解けたのか、音にならないため息が聞こえてくるかのようだ。同時に、私を見る目が明らかに先程までと違うのがわかる。

どこか怯えを含んだ空気が漂う中、しかしそこで、ジリアン侯爵夫人が朗らかな声でメルディオ伯爵夫人に話し掛けた。

「そういえば。カロリーヌ様は最近、伯爵ととても仲が良いともっぱらの噂《うわさ》ですけれど、夫婦円満の秘訣《ひけつ》があればぜひお伺いしたいわ」

思わず呆《あき》れてしまう。今、この場でそれを言うのか。

見れば、メルディオ伯爵夫人は小さく苦笑を漏らしているのがわかる。

けれども、案外満更でもない様子だ。

「ふふふ。今日はぜひともそのお話をお聞きしたいと思っておりましたの」

楽し気に言ってのけるジリアン侯爵夫人は、さすがというしかない。更にはキラキラとした瞳で微笑み掛けられて、私は内心苦笑してしまった。

これだからこの夫人には敵《かな》わないのだ。

まあ、こればかりは歳《とし》を取らないことには身につかないのだろうけれど。

「そうですわね。私《わたくし》も聞きたいわ」

頷《うなず》きながらメルディオ伯爵夫人に視線を向ければ、一斉に周りの女性陣も口々に同じ言葉を口にする。

興味津々《きょうみしんしん》といったその様子から、皆今日はそれを聞きたくてしょうがなかったのだろう。むしろそのために、今日のお茶会が開かれたのかもしれない。

皆の好奇の視線を一身に受けて、メルディオ伯爵夫人がゆっくりと微笑みながらその問いに答えたのだった。


「……いやはや……凄《すご》い会話でしたね、お嬢様……」

そう聞いてくるのは、私付きの侍女、ミレーゼだ。ミレーゼも、私に付いてあの会場に控えていたのだ。

ちなみに今私達は、侯爵家のお茶会を終えて馬車で王宮に帰る途中である。

「……皆様人妻となられますと、明け透けと申しますか……何というか……」

「そ、そうね……」

先程の話の内容を思い返して、二人で顔を見合わせ、黙り込んでしまう。

これまでは未婚の令嬢方とのお茶会が殆《ほとん》どで、今回のように既婚者だけのお茶会には、まだそんなに出席したことはなかったのだ。

しかしながら人妻ともなると、会話の内容は家や夫婦の話になるわけで。

これまでも何度か際どい会話がその場に上ることはあったが、今日のそれは比べ物にならないくらい明け透けというか、赤裸々な内容だったのだ。

「……まさかお嬢様もご興味がおありとか、言ったりなさいませんよね……？」

窺《うかが》うように聞かれて、そっと視線を逸《そ》らせる。

顔を隠すようにして窓へと顔を向けた私に、ミレーゼが呆れたような声を上げた。

「駄目ですよ」

「……ま、まだ何も……」

「そんな場所にお嬢様をお連れしただなんて殿下に知られた日には、どんなお咎《とが》めが待っているか……」

そう言って、小さく身震いをする。

そんなミレーゼを見遣《みや》って、私は誤魔化すように咳《せき》払いをした。

「大丈夫よ。そんなところに行ってみたいだなんて、言ったりしないから」

「……本当に……？」

「もちろんよ。王太子妃の私がそんなところに行くわけにはいかないでしょう？」

「……」

しかしミレーゼは、なおも疑いの眼差しで見詰めてくる。どうにも疑い深い。

子供の頃《ころ》から一緒にいるミレーゼは私の前科も良く知っていて、どうしても疑り深くなってしまうのだろう。

「第一そんな破廉恥なこと、できるはずがないでしょう？」

「……まあ……そうですわね……」

「そうよ」

興味がないと言ったら嘘《うそ》になるが、さすがに私も今日の話には度肝を抜かれたのだ。そんなこと、できるわけがない。

説得するかのように力強く言い切ると、ようやくミレーゼも納得したように引き下がった。

しかし、その時。

身の内に、ひどく馴染《なじ》みのあるとある感覚が湧《わ》き起こる。

あれ、と思った私は、首を傾《かし》げてミレーゼを振り返った。

「……ねえミレーゼ。今日殿下は、小公爵――レオネル殿と会われているのよね？」

「はい、そのはずです」

「……おかしいわね……」

その感覚はリュシリュールと私の間で結ばれた誓約魔法による、彼の居場所を告げるものだ。彼は今王宮に居るはずであるのに、何故《なぜ》かこの町中にいると誓約魔法は告げている。

訝《いぶか》しんだ私は一旦《いったん》馬車を止めさせて、その感覚が指し示す方角に行き先を変えさせることにした。

「……お嬢様。本当にこちらなのですか……？」

「ええ。間違いないはずよ」

「でも、ここは……」

車窓から見える景色《けしき》に、ミレーゼが不安そうに私を振り返る。

それもそのはずで、今馬車が走っているのは下町の歓楽街の一画なのだ。

「……そう、そこを曲がってちょうだい」

辻《つじ》を曲がって少し行ったところで、馬車を停車させる。彼の居場所は、目の前の建物で間違いない。

瀟洒《しょうしゃ》なつくりのその店は、高級旅館のようだ。

「……ミレーゼ。これは何の店かしら？」

そう言って振り返るも、しかし彼女もわからないのだろう、ミレーゼが無言で頭《かぶり》を振る。

さてどうしようかと二人顔を見合わせていると、その時、御者が控えめに声を掛けてきた。

「……あの……、こんなところに、何か御用なのですか……？」

開けたままの御者窓から、申し訳なさそうに眉《まゆ》を下げて聞いてくる。

「差し出がましいようですが、できればすぐに、このようなところからは離れた方がよろしいかと……」

どうやら御者には、ここが何の店であるのかわかっているらしい。しかもその口振りでは、余り良い類《たぐい》の店ではないようだ。

けれども身の内の誓約魔法は、この場所で間違いないと告げている。

何となく嫌な予感を感じつつも、この店が何の店なのかを御者に尋ねた私は、戸惑ったようなその返答に唖然《あぜん》としてしまった。

「……しょ、娼館《しょうかん》……です……って……？」

「……お、お嬢様……」

「……娼館て、あの娼館よね……？」

「は、はい……」

ミレーゼはオロオロと呆然《ぼうぜん》とする私を見詰めている。

「わ、わかったわ……。とりあえず、馬車を出してちょうだい……」

未《いま》だ混乱しつつも、御者に命じて馬車を出させる。

しかし私の頭の中は、真っ白だった。


王宮に戻った私は、すぐさま王太子の執務室へと直行した。

しかし、やはりそこに彼の姿はなく。聞けば、訪ねてきたシスレーユ公爵家子息と一緒に出掛けたという。行き先は誰《だれ》に聞いてもわからないとしか言わない。

隠しているのか、本当に知らないのか。

このままでは埒《らち》が明かないと思った私は、先触れも出さずに隣の棟のとある部屋へと向かった。

「失礼致します。オーブリー殿下、アニエスです」

「ア、アニエス様……？　どうかなさいましたか……？」

応《いら》えの後に、すぐさま部屋へと入る。

そんな私の常にない様子に、オーブリー殿下が驚いたように目を見開いて出迎えた。

「……早速ですが。オーブリー殿下は、今日のリュシリュール殿下の行き先をご存知ですか？」

勧められた椅子《いす》に座るなり、本題を切り出す。非常識であるのは百も承知だ。

けれども今は、そんなことに構ってはいられないほど私は混乱していた。

「リュシーの行き先ですか……？　さ、さあ……、私は、何も……」

まだお茶も出ない内からの私の質問に、オーブリー殿下が面食らったようにたじろぐ。

しかしながら、リュシリュールと同じ顔ながらにどこか優し気なその風貌《ふうぼう》をジッと見詰め続けると、殿下が気まずげに視線を泳がせたのがわかった。

つまりこの反応は、クロ、だ。

「本当に……？」

「あ……いや……」

「……殿下。本当はご存知、なのでしょう……？」

「……」

オーブリー殿下があからさまに顔を逸らせる。何とも、わかりやすい。

息を吐いて視線を下に落とすと、オーブリー殿下が申し訳なさそうな顔になった。

「……まあでも、アニエス様もご存知のように、リュシーには誓約魔法がありますから……」

そうなのだ。リュシリュールには結婚の誓約魔法が掛かっている。だから彼が、私以外の女性と性的な行為をすることは不可能なはずだ。

にもかかわらず、何故娼館などに。彼の意図がわからない。

「公爵家の御子息と行かれたと、聞いていますけど……」

知らず、深いため息が出る。

するとオーブリー殿下が、困ったような笑みを浮かべて私に視線を寄こした。

「……女性であるアニエス様にはわからないかもしれませんが、男同士の付き合い、というものがあるのですよ」

「付き合い……」

「ええ」

私の呟《つぶや》きに、オーブリー殿下が苦笑いを深める。

「それにそういった場所は、それが目的のためだけに行くわけでもありませんし」

「……」

「非公式のサロン……とでも言えばわかりやすいでしょうか。むしろそういった使い方で行く方が多いくらいなのですよ」

そう言うオーブリー殿下は、嘘を吐《つ》いているようには見えない。

優しく諭《さと》すように言われて、徐々に私は落ち着きを取り戻してきた。

「……では、オーブリー殿下も……？」

「ええ。女性にとってのお茶会みたいなものですから。それに高位貴族ともなると、人目に付かない場所でゆっくりするにはそういった場所くらいしかありませんからね」

きっぱりと言い切られて、そういうものなのかと私は何となく納得した。

確かに王太子であるリュシリュールも公爵家の子息も、常に人目を気にしなければならない立場だ。そんな彼らがゆっくり気の置けない話をするには、やはりそういった場所くらいしかないのかもしれない。

「それに多分、レオネル殿がリュシーを無理矢理連れ出したんでしょう」

レオネルとは、件《くだん》の公爵子息の名前だ。シスレーユ公爵家はリュシリュールの母、つまり現王妃の実家であり、リュシリュールとレオネル殿は従弟《いとこ》の関係にあたる。

しかしながら、真面目《まじめ》で堅い性格のリュシリュールに対して、レオネル殿はとかく華やかで女性との噂が絶えない人物だ。それこそ水と油のような二人であるが、何故か昔から二人は非常に仲が良い。やはりそこは、従弟同士という気安さがあるからか。

「だからアニエス様が心配なさるようなことは、何も」

「……そう、ですか……？」

ニッコリと微笑まれて言われるも、やはりまだ完全には安心しきれない。

不安を隠しきれない私に、オーブリー殿下が苦笑いを浮かべた。

「そもそも、あれだけ思われて執着されていて、しかも誓約魔法まであるのに、何を心配することがあるのです」

苦笑交じりにそう言われてしまえば、さすがに引き下がるしかない。

「リュシーが貴女《あなた》にぞっこんなのは、王宮中の者が知るところですからね。知らぬは当人ばかりなりとは、まさしくこのことかと」

「……」

思わず顔が熱くなる。

人前でいちゃつくようなことをした覚えはないが、まさかそんな風に思われていたとは。

「何ならリュシーが帰ってきたら、直接聞いてみればいいですよ」

確かにその通りだと思った私は、その後は大人《おとな》しく出されたお茶を飲んでから義兄《あに》王子の部屋を辞したのだった。


その夜、結局リュシリュールが帰ってきたのは夜半もとうに過ぎた頃で、半日悶々《もんもん》と考えごとをしながら過ごした私は、部屋へとやって来たリュシリュールを見て盛大に顔をしかめてしまった。

「……殿下……お顔が……」

明らかに、彼の顔が赤い。

酒には強い彼が傍目にもわかるほど酔っているということは、相当飲んだということだ。

「ああアニエス、遅くなってすまない。レオネルがなかなか帰してくれなくてな」

「……随分と、御酒《ごしゅ》をお過ごしのようですが……？」

眉をひそめる私に、しかし彼はどういうわけか上機嫌だ。ニコニコと笑って抱き寄せてくる。

そのまま口付けられるも、その息はやたらと酒臭い。

「殿下。とりあえず水をお飲みなさいませ――――んんっ！」

顔を離して水を勧めるも、頭の後ろに回された手ですぐさま顔を引き寄せられ、唇を塞《ふさ》がれてしまう。

更には舌を割り入れられ、絡め取られて、私はなすすべもなく彼に体を預けた。

「……んっ……」

「……は……アニエス……」

口付けの合間に囁《ささや》かれるその声は、艶《つや》を含んで甘い。

可愛《かわい》い、と囁かれて、瞬間、私の体から力が抜けた。彼がそんなことを言うなんて。

しかも何度も可愛いと囁きながら口付けられて、頭の中がフワフワと快感に染まっていくのがわかる。人が変わったかのような情熱的な口付けは、いつもの彼ではあり得ない。

けれども。

それもそうだ。酔ってるのだから。

気付いた途端、一気に頭が冷える。同時に、ムカムカとした怒りが。

こんな状態になるまで彼はあんな場所で飲んだ、ということだ。いつもは言わないようなことを言うのも、もしかしたら何かあったからなのかもしれない。

腹立たしさから、力任せに彼の胸を押して体を離す。

唐突にキスを中断させられて彼が驚いたように見てきたが、私はじっとりとその顔を睨《ね》めつけた。

「……殿下。今日は、どちらにお出《い》でだったので？」

知らず、責めるような口調になってしまう。だがそれも仕方がないだろう。

「レオネル殿と、どちらにいらっしゃったのです」

低い声で問い詰める私に、彼が一瞬ポカンとした顔になった。

「殿下！」

「あ、ああ……」

何故私が怒っているのかわからない、といった様子だ。娼館になど行っておきながら、よくもまあ。

いくら性的な接触はないとはいえ、やはりそんな場所に行かれるのは面白くない。にもかかわらず、何もわかっていない様子の彼が腹立たしくて、目つきをきつくして睨《にら》みつける。

そんな私に、彼が戸惑ったように口を開いた。

「〝月光の蝶《ちょう》〟……という店だが……」

「……それは、どういったお店ですの？」

案外アッサリと店名を言った彼に内心ホッとするも、ここで追及の手を緩めるわけにはいかない。

しかし赤い顔で戸惑ったように私を見詰めていた彼が、何故か次の瞬間笑顔になった。

「ああ！　それで怒っているのだな！」

そう言って、嬉《うれ》しそうに再び私を抱き寄せてくる。

「ははは！　安心しろ、お前が危惧《きぐ》しているような目的で行ったわけじゃない！　レオネルと一緒に食事をして飲んできただけだ！」

「嘘を言ってもしょうがあるまい。第一、私がお前以外には不能であることは十分承知しているだろう？」

「……本当に……？」

それはわかっている。だが問題は、そこではないのだ。

不貞腐れて黙り込んだ私を抱きしめたまま、彼が顔を覗《のぞ》き込んでくる。なだめるように髪を撫《な》でられて、私はむっつりと押し黙っていた口を渋々開いた。

「………殿下は……私に飽きられたのかと……」

彼も私も、お互いしか知らない。それに私は、お世辞にもそちらの方面に明るいとは言えない。今日だって、メルディオ夫人の話に驚愕《きょうがく》してきたばかりだ。

だからこそ、一時の感情で誓約魔法など交わしてしまって彼は後悔しているのではないかという不安が、どうしても拭《ぬぐ》えないのだ。

けれどもそんな私の呟きに、彼が目を見開いた後で何とも嬉しそうな顔で破顔した。次いで膝裏《ひざ》に腕を回して私を抱き上げる。

唐突に抱き上げられて、私は驚いて彼の首に縋《すが》り付いた。

「なっ……！　リュシー、何をっ……！」

私を抱き上げたまま、彼がスタスタと部屋を横切って隣室にある寝台まで運ぶ。

驚く私をゆっくりとシーツの上に下ろして、リュシリュールが楽しそうに笑い声を上げた。

「ははは！　お前はバカだな！」

馬鹿《ばか》と言われて、ムッとしてしまう。

すかさず体を離そうとして、しかしそれをさせまいと彼が私を強く抱きしめてきた。

「アニエス、お前に飽きるだなんて、そんなことがあるわけがないだろう？」

「……だって……」

貴族の間で、不倫、浮気は日常茶飯事だ。むしろ浮気がステータスであるかのような風潮すらある。特に貴族男性は、女性経験が豊富であることが望ましいとされているのだからなおさらだ。さすがに王太子である彼の性事情を知られることはないだろうが、それでも親しい仲間内でどんな会話がされているのかまでは、私もわからない。今日彼が会っていたレオネル殿は、とかく女性関係が華やかな方であるのだから、余計にだ。

不安で声を途切れさせた私だったが、しかしそんな私を更に抱き込んで、リュシリュールがくつくつと笑い声を漏らした。

「お前でも、そんなことを気にするのだな？」

「……」

「安心しろ。お前以外の女に興味はないし、飽きることもない」

そう言って、体を起こして私の顔を覗き込んでくる。

そのままふわりと、甘く微笑み掛けられて、思わず私は固まってしまった。

酔ってるからといって、不意打ちでその顔は、ずるい。絶対に今、私の顔は真っ赤なはずだ。

そんな私を見下ろして、彼がますます笑みを深める。更にはその顔がゆっくりと近づけられたかと思うと、唇に柔らかい感触が当てられた。

「……私には、お前がいてくれればそれでいい」

その夜、人が変わったかのように甘い言葉を囁く彼に、私は手も足も出ずに降伏したのだった。


翌日。

ようやく私が寝台を離れることができたのは、もう昼も過ぎようかという頃だった。

人が寝坊せざるを得なかった元凶のリュシリュールは、いつも通り執務へと行き、既にここにはいない。昨夜散々私を翻弄《ほんろう》しておきながら、早朝に目を覚ましてからも再び人をシーツに沈めた後で颯《さっ》爽《そう》と執務に出掛けたのだ。

寝て起きて冷静になった際に、酔っ払ってらしくもない甘い言葉を散々囁いたことを一体どれだけ照れるのかと思いきや、意外にも彼は上機嫌で。むしろ昨夜のことを思い出してドギマギしていた私を、嬉しそうに朝から再び押し倒したのだ。

本当に、解せない。体の怠《だる》さもあって、しきりにため息が出てしまう。

そんな私に、お茶の準備を整えていたミレーゼが不思議そうに小首を傾げてきた。

「お嬢様。殿下と仲直りをされたのではないのですか？」

問われて、再びため息が出てしまう。

昨日リュシリュールがどこに行っていたのかミレーゼも知っているはずだが、今朝の私達の状況を見て、それが何らかの理由によるものだったのだと推測を付けたのだろう。ミレーゼは私と彼が誓約魔法を結んでいることを知らないが、彼が浮気をするとは微塵《みじん》も思っていないらしい。帰りの馬車の中でも、しきりに何か理由があったのではと私に説いていたくらいだ。

ちなみに、私と彼の誓約魔法の件を知っているのは、極一部の身内の人間だけである。

とはいえ時間ギリギリまで今朝もベッドで睦《むつ》み合っていたのを知っているのだ、私たちが仲直りをしたとミレーゼが思うのも無理はない。

しかし、目線でミレーゼ以外を下がらせて人払いをした私は、むすっとしながら口を開いた。

「……娼館に行っていた理由はわかったわ。レオネル殿の付き合いで行ったみたいね」

「そうでしょうとも」

ミレーゼがしたり顔で頷く。

「あの殿下がお嬢様以外の女性と、だなんて、あるわけがないじゃありませんか」

前々から思ってはいたが、ミレーゼは彼が私に心底惚《ほ》れ抜いていると確信しているらしい。どうしてそんな自信があるのか知らないが、聞いても「見てればわかりますよ」と返すばかりで埒が明かないのだ。

「それで。どうしてお嬢様はそんなご不満そうなので?」

「……」

「今朝だって、あんなにも名残《なごり》惜しそうに――」

「ミレーゼ！　それはもういいから！」

思わぬ飛び火を食らい、慌てて話を遮る。

侍女であるミレーゼには、私達の日常は完全に把握されているわけなのだが、それでも改めて言及されると恥ずかしい。

「違うの！　とりあえず昨日あんなところに行っていた理由はわかったし、納得もしてるけど、私が勝手に不安になってるだけなの！」

「……それはつまり……？」

怪訝《けげん》そうに聞かれて、私はミレーゼに首を振ってみせた。

「ううん。別に娼館で何かあったとは思ってないわ」

「では……」

「違うの。……ほら、ミレーゼも昨日、聞いたでしょう？」

「……ええ……まあ……」

上目遣いに見上げる私に、ミレーゼが曖昧《あいまい》に頷く。

それを確認して、私は視線を手元へと落とした。

「メルディオ伯爵夫人も言ってたけど、やっぱり世間一般にも、夫を繋ぎ留めるには妻側の努力も必要だなって……」

「それは……」

私の言葉に、ミレーゼが困ったように言葉を詰まらせる。まさか私が、その話を持ち出してくるとは思わなかったのだろう。

しかし私は構わず話を続けた。

「ほら、私。そういった方面は全然知らないでしょう？　昨日もメルディオ伯爵夫人の話を聞いて最初は驚いたけど、でもやっぱりよく考えたらそういう技術も必要かなって」

「そ、それは……」

「それに。今は結婚したばかりだからいいかもしれないけど、その内殿下も飽きてしまわれるかもしれないじゃない」

そうなのだ。男性とは、とかく目移りする生き物なのだという。より多くの子孫を残そうという生物の原始的な本能ゆえ仕方がないとは聞くが、女性と男性とでは性に対する感覚が決定的に異なるのだそうだ。

そんな男性を、本能に逆らって浮気させないようにするにはどうしたらよいのか。

それが昨日、茶会で聞いた話の内容なのだ。

「……だからミレーゼ。近日中にお忍びの手配をしてちょうだい」

「お、お嬢様……まさか……」

「そうよ。メルディオ伯爵夫人に教えてもらった、そこに行くわ」

困惑するミレーゼに、きっぱりと命じる。

そんな私を困ったように見詰めて、しばらくしてからミレーゼが諦《あきら》めたようにため息を吐いて頷いた。こうなった私は、止めても聞かないことを知っているのだ。

今はまだいいかもしれないが、リュシリュールだっていつかは私に飽きる可能性は十分にある。普通の男性は妻に飽きたら浮気をするのだろうけれど、彼は誓約魔法によってそれができない。そうなった時、きっと彼は一時の感情で誓約魔法を交わしてしまったことを後悔するのだろう。昨夜は確かに私がいればいいとは言ってくれたけれども、そもそも酔った状態での言葉など当てにはならない。

もちろん、浮気をして欲しいなどとは思わないが、しかしそれ以上に、彼が後悔するだろうことが私は怖かった。

「……はあ。わかりました」

「お願いね」

「……でもお嬢様。あの殿下が、お嬢様に飽きるなんてあり得ませんよ」

そう言って、子供にして見せるように首を振る。

呆れたようなミレーゼの口調とその態度に、思わず私はムッとしてしまった。

「なんで、そんな言い切れるのよ」

「むしろ私はなんでお嬢様がそんなことを仰《おっしゃ》っているのか、そちらの方がわかりませんが？」

「……」

「まあでも。お嬢様のお気持ちもわからなくはありませんから、お忍びの件は早急に手配しておきますよ」

何か腑《ふ》に落ちないが、それでも例の場所へのお忍びを了承してもらえて、とりあえず私はその場は良しとしたのだった。

数日後。

お忍び用の馬車に乗った私は、ミレーゼと共にとある店へと向かっていた。

今日のために私は、変装魔法で姿形を変えている。髪の色も目の色も変え、町娘の形《なり》をした私は、絶対に誰だかわからないだろう。

ちなみに、念のためミレーゼも変装魔法を掛けてもらっている。

「うふふふふ。お互い見慣れない姿だと、何だか違和感があるわね！」

「はあ」

久し振りのお忍びにワクワクと声を弾ませる私に対して、しかしミレーゼは浮かない顔だ。

リュシリュールにバレた時のことを考えて、今から怖気《おじけ》づいているのだ。

「大丈夫よ。殿下にはちゃんとお忍びで街に行くって言ってきたもの」

にこにこと微笑んで言う。

けれども、未だミレーゼの表情《かお》は晴れない。半信半疑といった様子で、私を見詰めてくる。

そんなミレーゼを安心させるように、私は笑顔のまま言葉を続けた。

「殿下には、最近評判のパティスリーに行くって言ってあるもの。だから、大丈夫よ」

リュシリュールと私は誓約魔法で繋がっているため、たとえお忍びであっても誤魔化すことはできない。だから彼には、最近町で人気だという店内でしか食べれない菓子を食べてみたいのだと説明して、事前に了承を貰《もら》ってある。結婚前はたまに息抜きで街に出ていたということもあったからか、すんなりと了承を得ることができたのだ。

それに結婚してからというもの王太子妃としてずっと気を張り通しであった私を、もしかしたら彼なりに思いやってくれたのかもしれない。まあ、相変わらず口に出して言われたわけではないのだけれど。

とはいえ、気にしてくれていることはわかるわけで、それは素直に嬉しい。

そんなこんなで、久々の息抜きも兼ねてのお忍びに心を躍らせていた私だったが、ミレーゼとしてはこの期に及んで気が進まない様子だ。しかし行き先を考えれば、それも仕方がない。

「……お嬢様。本当に、行くのですか？」

「もちろんよ。ここまで来て、今更何を言っているのよ」

「ですが……」

「大丈夫よ。だって、伯爵夫人や侯爵夫人達も行くような店なのよ？　それに、今日の私は誰が見てもまさか私だなんて思わないわよ」

先日のお茶会で聞いた限りでは、今から行く店は貴族女性御用達《ごようたし》の店なのだそうだ。程なくして御者からもうすぐ到着する旨を知らされて窓の外を見れば、お洒落《しゃれ》なつくりの雑貨屋が見える。事前に知っていなければ、まさかそんな店だとは思わないだろう外観だ。

そのまま御者窓から指示を出して、店の前に馬車を停めさせる。

未だミレーゼは渋る様子を見せていたが、それには構わず、私は意気揚々《いきようよう》と馬車を降りた。

凝ったつくりのドアを開け、店内へと入るも、やはりそこはどこからどう見ても雑貨屋にしか見えない。ぐるりと中を見回せば、並んだガラスケースには手頃な値段の宝飾品が置かれており、棚には女性が好みそうな雑貨がセンス良く並べられている。

そんな店内の様子に、ミレーゼが私に顔を寄せてこっそりと耳打ちをしてきた。

「……お嬢様。本当にここがその店なのでしょうか……？」

「ええ。そのはず、だけど……」

頷いて答えたはいいが、私も半信半疑《はんしんはんぎ》だ。

メルディオ伯爵夫人の話では、この店は男女の営《いとな》みに関する様々な道具が売られているとのことだが、パッと見た限りはそんなものを置いているようには見えない。いかがわしい雰囲気は皆無であるのはもちろん、むしろセンスの良い雑貨屋に見える。こんなところで、本当にそんなものを扱っているのか。

しかし、近くの棚に並べられていた綺麗《きれい》な香水瓶を何気なく眺めた私は、そこに書かれていた商品名を見て、小さくアッと声を上げてしまった。

「ねえミレーゼ！　これ……！」

ミレーゼの袖《そで》を軽く引っ張り、注意を引く。

「『愛の秘薬』……。まあ……、もしかして……」

私の視線の先を追って、商品と一緒に置かれていた売り札を声に出して読んだミレーゼが、驚いたようにその手を口元に当てた。

可愛らしい小物と一緒に置かれているため気付かなかったが、よく見れば一見普通の雑貨に見える商品も、書かれている名前は怪しげな物ばかりだ。なかには何に使うのかもわからないような形状の物もある。

しかし一概にみなその色は綺麗で、所謂《いわゆる》性具といった物には見えない。確かにこれなら、女性も抵抗なく手に取りやすいだろう。

そうと気付けば初めて見る物ばかりで、物珍しさにキョロキョロと辺りを見回してしまう。

そんな時、とある棚に置かれていた商品を見て、私は目が釘《くぎ》付けになってしまった。

「ねえ、ミレーゼ見て！　可愛いっ……！」

棚に置いてあったのは、綺麗な銀の毛並みでできた、大きな三角の耳が二つ並んだカチューシャだ。隣には、同じ毛並みのふさふさとした銀の尻尾《しっぽ》が置いてある。

犬の耳にしては大きいこととその尻尾の形状からして、狼《おおかみ》の耳と尻尾、といったところだろうか。

思わず手を伸ばして置かれていた銀の尻尾を撫でた私は、その滑らかでふかふかとした触り心地にうっとりとなった。

「ふさふさ……！　ねえミレーゼ、これ、すっごくふさふさ！」

「はあ……。それはようございましたね……」

「可愛いわ！　ねえ、ミレーゼもそう思わない!?」

はしゃいで振り返るも、しかしミレーゼはどこか引き攣《つ》ったような笑みを浮かべている。その目は、正気かとでも言いたげだ。

「お嬢様……。もしかしてそれを、殿……旦那《だんな》様につけさせる気では、ないですよね……？」

顔を引き攣らせたまま、恐るおそるといった様子で尋ねてくる。

私としてもまさかそんなつもりはなかったが、ミレーゼに言われて思わず私はリュシリュールがこれをつけているところを想像してしまった。

言われてみればこの耳と尻尾は、彼の髪と同じ色だ。あの銀の髪の間からひょこりとこの耳を覗かせて、ユラユラと尻尾を揺らした彼の姿を頭の中に思い描く。

そこまで想像して、咄嗟《とっさ》に私は手を口元に当てて俯《うつむ》いた。

「お嬢様……？　どうなさ――」

「………………可愛い」

「え……？」

ポツリとこぼした呟きに、ミレーゼが不審そうに聞き返す。

しかし戸惑うミレーゼには構わず、私は唐突にガバリとその顔を上げた。

「可愛いわっ………！　絶対、可愛いっ……！」

「お、お嬢様……!?」

「だってミレーゼ、想像してみて!!　あのリュシーが耳と尻尾を生やしてるのよ!?　可愛いに決まってるじゃない!!」

興奮して力説する私だったが、ミレーゼは大分引き気味だ。どうやら賛同は得られなかったらしい。

「……本当に、あの殿……旦那様に、それをつけさせるのですか……？」

盛大に引き攣った顔で聞いてくる。その顔はやめておけと言わんばかりである。

しかしながら、絶対にこれを買うと決めた私が店員を探して視線を彷徨《さまよ》わせていると、いつの間に側《そば》にやって来ていたのか、にこやかな笑みを湛えた店員らしき男が声を掛けてきた。

「お気に召していただけましたか？」

そう聞く彼は、薄いハシバミの瞳《ひとみ》に、柔らかな長い麦色の髪を後ろで一つに縛った美青年だ。見た感じ二十代半ばくらいだろうが、男性にしてはふんわりと優しい雰囲気を纏《まと》っており、男物の服を着ていなければ女性と言われてもわからなかっただろう。

「そちらのお品は、今日入ってきたばかりの物なんですよ？　手触りを追求したお品で、お薦《すす》めの一品です」

言いながら商品を棚から取り上げ、ふさふさの尻尾を私に差し出してくる。

躊躇《ためら》いがちに手を伸ばして銀の尻尾を撫でた私は、その手触りに再びうっとりとした。

「素敵でしょう？　ただこちらは、奥様がおつけになるには少々大きいかと……」

「あ、私では……」

「なるほど。それなら大丈夫ですね」

咄嗟に否定した私に、心得たといった様子で店員の男が柔らかく微笑んで頷く。

男の気安い雰囲気と態度に、最初の警戒が大分薄れた私は早速本題に入ることにした。

「こちらにはとある方の紹介で来たのですが、なんでも〝美しい花の咲かせ方〟を教えて下さるとか」

メルディオ伯爵夫人に教えてもらった、この店の合言葉を口にする。

するとそれを聞いた男が、更にその笑みを深めて頷きを返してきた。

「承知致しました。ではここではなんですから、奥にどうぞ」

件の尻尾と耳を手にして、男が優雅に店の奥へと私達を促す。

カウンターテーブルに案内されて、そこで男がカウンターの内側へと回って私達と向き合う形になった。

「……それで。まずは何からお話したらいいでしょうか？　当店をご紹介下さった方からは何か聞いてらっしゃいますか？」

そう言って、ふんわりと微笑んで聞いてくる。その様子は男性というよりも、女性が気の置けない話でもするかのような雰囲気だ。先程からの仕草一つひとつを取ってみても、非常に女性らしい。

聞かれて一瞬ミレーゼと顔を見合わせた私だったが、男の柔らかい雰囲気もあって、意を決して今日ここにやって来た一番の理由を口にすることにした。

「……こちらでは、夫を――男性を虜《とりこ》にする術《すべ》を教えて下さるとか。今日はぜひそれを、お聞きしたいのです」

そう、お茶会で聞いた内容、それはメルディオ伯爵夫人がいかにして夫であるメルディオ伯爵の心を取り戻し、夫人の虜にしたのか、という話だったのだ。

それというのが。

「なんでも、〝ゼンリッセン〟というものを刺激すると、男性には堪《たま》らない快感が得られるのだとか。それこそ虜になるほどに。今日はぜひとも、そのお話を伺いたくて」

夫人の話では、ゼンリツセンなるものを刺激すれば、男性は忘我の快感が得られるのだとか。一度その快感を知ってしまえば、男性は虜となり、それなしには済まなくなるのだそうだ。

しかもその手技は、性技のプロである高級娼婦であっても全員が使える技ではないのだという。だからこそその技を覚えてしまえば、夫は妻の虜になるというわけだ。

夫人はこの店でその手技を習い、その技でもって夫であるメルディオ伯爵を虜にしてオルトナー子爵夫人から取り戻したという話だったのだ。

私の言葉に、店員の男が笑みを湛えたまま深く頷く。そのまま、ちょっと待って欲しいと手振りで合図をした後で、一旦カウンター奥にあるドアの向うへと消えた。

時間を置かずして戻った男の手には、先程見掛けた〝愛の秘薬〟なる瓶と、なにやらピンク色の液体状の物が入った瓶が。

一体何なのだとミレーゼと二人、興味津々で見詰める。

そんな私達の前で、男がにこやかに話を始めた。

「きっと奥様は、こういったことは初めてでしょうから、まずは初心者向けのお話からさせていただきますね」

言いながら、先程から私が気になっているふさふさとした尻尾を手に取る。

「そうですね。そういうことでしたら、最初はこちらのお品で試していただくのもいいかもしれません。まずはとりあえず、こちらの使い方ですが――」


一通りの説明が終わり、男の話に一区切りがついたところで、私は大きく息を吐き出した。

最初、その見た目で可愛いと騒いでいた尻尾だが、まさかそんな使用法であったとは。

まあ、リュシリュールに実際につけてもらうつもりはなかったのだが、使用法を聞いた今では、ますます彼にそれをつけさせることは無理そうだ。

とはいえ、妄想するのは自由なわけで。とりあえずは一旦紹介された一式を買い求めることに決めた私は、その旨を男に伝えて袋に詰めさせることにした。

ミレーゼが代金を払っている間に、男が用意してくれたお茶を飲む。バラの香りがするそのお茶はリラックス効果があるだけでなく、女性にとって良い様々な薬効があるのだという。

ふくよかな香りを吸い込んで口に含み、ふうっと息を吐きだす。

その時。

店の入り口のドアが開けられた音を聞いて、何気なく後ろを振り返った私は、そのまま凍りついてしまった。

そこには、非常に険しい顔をしたリュシリュールが。

変装魔法を掛けてあるのだろう、姿形は違うが彼であることは間違いない。何より、身の内に刻まれた誓約魔法が彼であることを告げると同時に、恐ろしく彼が怒っていることを伝えている。

しかしながら誓約魔法がなくても、彼が怒り狂っているのは誰の目にも明らかだ。冷たく凍てつくような瞳で見据えられて、私は顔から血の気が引いていくのがわかった。

「で、殿……リュシー……何故、ここに……？」

思いも掛けない事態に咄嗟に殿下と言いかけて、慌てて言い直す。

見るものを縮み上がらせるような雰囲気を纏った彼の背後には、吹きすさぶ雪の結晶が見えるかのようだ。ちらりと隣を見れば、ミレーゼの顔に至っては白を通り越して蒼い。

その場に凍りついてしまった私達の前までつかつかと無言でやって来て、怒れる氷雪の王子がその口を開いた。

「その質問、そっくりそのまま私が返そう」

「……」

「エイシー。何故お前が、こんなところにいるのだ」

底光りする瞳で見据えられて、さしもの私も顔が引き攣ってしまう。

ちなみに〝エイシー〟とは、私がお忍びの際に使う偽名だ。

「ミレーゼ」

「はいっ！」

呼び掛けられて、ミレーゼが弾《はじ》かれたように返事をする。カタカタと小刻みに震えるミレーゼに、リュシリュールが依然凍えるような視線を向けた。

「お前がいながら、どうしてこんなことに？」

「もっ、申し訳ございませんっ!!」

「……まあいい。言い訳は後で聞こう」

「は、はいっ!」

真っ青な顔で震えるその様は、気の毒になってしまうくらいだ。

しかし今は、私も人のことを心配していられる立場ではない。ゆっくりと凍てつく視線を向けられて、私はびくりと体を震わせた。

「エイシー。お前が無理を言ったのだろう?」

「……そ、それは……」

「とにかく。帰るぞ」

言いながら、私の腕を掴《つか》んで椅子から立たせる。

大人しくそれに従った私だったが、しかしそこで、カウンターの向こうからこの場にそぐわない明るい声が降ってきた。

「まあまあ、旦那様。そんなにお怒りにならずとも」

ニコニコと微笑んでそう言うのは、この店の男だ。その声に、私の隣に立つリュシリュールが半眼になったのがわかった。

「お前は……」

「はい、この店の店主でございます」

この冷え切った空気の中、相変わらず店主の声は朗らかだ。

「愛する奥様がこんないかがわしい場所に、とご心配なさるお気持ちもわかります。しかしそれも、全《すべ》て旦那様への愛ゆえ――でございます。ひとつここは穏便に……」

言いながら、何やら紙袋を彼に差し出す。

しかしリュシリュールは、眉間《みけん》のしわを深くしてそれを受け取ろうとはしない。誰が見ても明らかに拒絶の意思を露《あら》わにする彼に、けれども店主の男はお構いなしだ。にこやかに微笑みながら、彼に押し付けるようにして無理矢理紙袋を持たせる。

その遣り取りの隙《すき》に、私の手にも先程買った品物の袋を手渡して、そこで男が何とも華やかな笑みを浮かべた。

「私の望みは、全ての愛し合うご夫婦が幸せになることでございます。その御一助となることができるのであれば、これほど嬉しいことはございません」

そう言って、ふわりとお辞儀をする。

流れるように優雅なその所作に、リュシリュールが一瞬気勢を削《そ》がれた様子だったが、すぐさま私を引き寄せると、くるりと男に背を向けた。そのまま私を連れてドアへと向かう。

彼に連れられながら店を後にした私がちらりと後ろを振り返ると、そこにはにこにこと笑いながら手を振る店主の姿があった。

「……どうして殿下が……？」

店の前に駐《と》められていた馬車に押し込められるようにして乗せられた私は、馬車が走り出すのを待ってから、恐るおそる目の前に座ったリュシリュールに尋ねた。

「……お前に付けていた護衛から、報告が入った」

そうとだけ答えて彼が瞳を細めて私を見据えてくる。

そしてまた、沈黙がその場に落ちる。前に座る彼からは、痛いほど私を咎める空気が。

しかし、最初は萎縮《いしゅく》していた私だったが、時間が経《た》つにつれて段々とこの現状に納得がいかない気持ちになってきた。

〝護衛〟と彼は言うが、それはつまり、私を監視していたということだ。それに、確かにあの店はいかがわしい商品を売る店には違いないが、だから何だというのだ。別に不貞を働いたわけでも、誰に迷惑を掛けたわけでもないのに、こんなにも責められる謂《いわ》れはないだろう。

そもそも、そんな店に行く切っ掛けを作ったのは彼ではないか。いくら付き合いで食事をしてきただけとはいえ、娼館などに行く方が余程問題だ。なのに、自分のことは棚に上げて。

思い出すと、ムカムカと腹が立ってくるのがわかる。あの日は酔った彼に誤魔化されてしまったが、娼館に行ったことに関してはまだ納得しているわけではない。

そんな私は、未だ冷たく私を見据える彼から、ふいっと顔を逸らせた。

「……そういう殿下こそ……」

恨めし気に、呟く。

「……殿下こそ、どうなのです。……娼館なんかに行かれて……」

娼館の一言に、彼の纏う空気が一瞬揺らぐ。

それがわかった私は、じとっと横目で彼を見詰めた。

「食事だけ……と仰いましたよね」

「そうだ」

私の問いに、彼が即答する。その様子からは、嘘を吐いているようには見えない。

しかし、問題はそこではないのだ。

「では、もちろんその場には殿下とレオネル殿だけ、ですよね？」

「それは……」

「食事をするだけですもの、給仕の者と殿下とレオネル殿以外、いるわけがございませんよね？」

「……」

私の言葉に、彼が気まずそうに黙り込む。

やはり。つまりはそういうことだ。

そんなリュシリュールに、私は畳み掛けるようにして言葉を続けた。

「よもや、酌婦《しゃくふ》のような女性がいたわけじゃございませんよね？」

「……」

食事をするだけではあっても、そこはやはり娼館は娼館。男性をもてなすことを専門とした店で、その場にその手の女性がいないわけがない。

彼のことだから、女性を侍《はべ》らせてどうこうといったことはないだろうが、それでも友人との気安い食事の席に女性がいたということが気に入らない。しかも、相手は娼婦《ココット》だというのだからなおさらだ。

実際見たことも会ったこともないけれども、一般に娼婦と言われる女性が何を生業《なりわい》にしているのかは私でも知っている。自らの性を売り物にして男性を惑わすのだ、きっと必要以上に接触をしてしなを作ったり媚《こび》を売ったりするのだろう。そんな女性がベタベタと彼に触れるところを想像して、不快感にますます腹が立つ。

するとと私の考えていることがわかったのだろう、先程とは打って変わって彼がバツが悪そうにその口を開いた。

「……確かに女性はいたが、お前が考えているようなことはない」

「……」

「彼女達は口も堅いし、何より弁《わきま》えている。酌婦といっても、給仕の者とほぼ同じだ」

そうは言われても、実際にその場を見たことはないのだから納得のしようがない。それに、たとえ性的な接触はないとしても、彼が私の知らない場所で女性といたという事実が嫌なのだ。

とはいえオーブリー殿下も言っていたが、彼にも付き合いというものがあるから、さすがにそんな理由で咎めだてをするわけにもいかない。私だって大人《おとな》の貴族女性として、夫の事情に寛大な妻でありたいという気持ちもある。

だからこそ矛を収めたのだというのに、自分のことは棚に置いて責められれば私としても面白くない。ムカムカとした腹立ちのままに、ますます視線が冷たくなってしまう。

そんな私に、彼が諦めたように大きく一つ息を吐いた。

「……わかった」

「……」

「そんなに言うのなら、一度確認してみればいい」

「……え？」

その言葉に、先程までの腹立ちも忘れて私は驚きの声を上げてしまった。確認してみればいいとは、一体。

目を見開いて正面に向き直る。

「いかがわしい場所だと、それで心配しているのだろう？　だったら違うということを、自分の目で確かめてみればいい」

「……でも、いいんですの……？」

そうは言うが、女の私が娼館になど行っていいものなのだろうか。

すると戸惑う私に、彼が頷いて肯定の意を示してきた。

「ああ。近々一緒に行けるよう手配する」

きっぱりと言い切られて、とりあえず私は戸惑いを隠せぬままその場は頷いたのだった。


王宮へと戻り、変装魔法を解除するなりすぐさま部屋へと向かった私達だったが、部屋へ入ってすぐに、リュシリュールが眉をひそめて私に詰め寄ってきた。

「……ところで。どうして今日は、あんな場所に？」

「そ、それは……」

「そもそも、あんな店をどこで知った？　誰に聞いたんだ？　あのような場所に行って、お前は何をするつもりだったのだ」

矢継ぎ早に質問をしながら詰め寄られて、思わず後退《あとずさ》ってしまう。が、すぐにまた距離を詰められる。それでもじりじりと後退し、やがて行き場のなくなった私は、ソファーへと追い詰められてしまった。

ストンとそこに腰を下ろせば、ソファーの背に片手を置いて圧《の》し掛かるように私を見下ろす彼が。険しくしかめられたその顔を見上げて、私はごくりと唾《つば》を飲み込んだ。

「その……、あの店は……、先日のお茶会で聞いて……」

「先日のお茶会というと、ジリアン侯爵夫人のお茶会か。メルディオ伯爵夫人とオルトナー子爵夫人の仲裁に呼ばれたのだったな」

お茶会と聞いてすぐ、すらすらと答える彼に驚きを隠せない。彼には詳しい話は一切していないはずだ。もしかしなくとも、出席者全員の名簿が頭に入っているのは間違いない。

今度は別の意味で背筋がうすら寒くなる。どれだけ私のことは把握されているのだ。

「……で。そのお茶会で、何を聞いてきたのだ」

「ふ、夫人が、どうやって伯爵を取り戻したのか……という話を……」

「……」

「それで……あの店の名前を……」

そこまで聞いて、彼がふうっと息を吐き出した。

どうやら、ここまでの一連の流れを理解したらしい。彼の纏う空気が和《やわ》らいだのがわかる。

しかし、眉間には依然深いしわが。

再び詰問するような視線を向けられて、私は知らぬ間に息を止めた。

「あの店を知った経緯はわかった。だが、そんな場所に行って何をするつもりだったのだ？」

「それは……」

「つまりお前は、私が他《ほか》の女にうつつを抜かすと思っているわけだな？　だからあんな場所に行ったと。しかしそれができないのは、お前が一番よくわかっているはずだろう？　そもそも魔法の誓約などなくとも、私が一度誓った言葉を違《たが》えるようなそんな人間だとでもお前は思っているのか？　だとしたら、それは私への侮辱だ！」

声高に捲《まく》し立てられて、思わず身が竦《すく》んでしまう。今言われたことは全くもってその通りなのだから、言い返す余地もない。

けれども。

「……そうは言っても、あんなところに行ってたじゃない……」

一方的に責められて、恨みがましくポツリとこぼす。

そんな私に、彼がたじろいだのがわかった。

「食事だけとか言われても、そんなの知らないわよ……！　それに！　男の人は皆、機会があれば浮気したい願望があるって聞いたわ！　だから娼館なんてものがあるんでしょう⁉」

そう。そもそも彼が娼館になど行かなければ、私だってあんな店に行こうとは思わなかっただろう。いくら今は大丈夫だからと言っても、将来彼が私に飽きない可能性がないとは言い切れない。私だって、不安なのだ。

「あなたが浮気できないのは知ってるわ！　でも！　誓約魔法で心までは縛れないわ！　いくら体は浮気できないといっても、心が離れてしまったらそれほど悲しいことはないじゃない！　だからっ……！」

彼と夫婦として心を通じ合わせてから、まだそんなに時間が経っていない。そんな時に娼館になど行かれれば、いくら言葉では違うと言われても私だって不安になる。

それに、どこか心の深層で、私は彼に対して女としての自信がないのだということを薄々自覚していた。

言葉にした途端、自分でも思っていた以上に気にしていたことがわかる。キュッと唇を噛《か》みしめ、顔を逸らせると、しばしの沈黙の後に、彼が深く長いため息を吐いたのが聞こえてきた。

「……不安にさせて、悪かった」

そう言って、そっと私の頬《ほお》に手を添える。

その手で優しく唇をなぞられて、私は噛みしめていた唇を緩めた。

「どうしたら、信じられる？」

「……」

「アニエス。どうしたらそんな心配はないと、信じてもらえるんだ……？」

言われてゆっくり視線を戻せば、真剣な彼の瞳が。その顔からは、彼の本気が伝わってくる。

更にはなだめるように頬を撫でられて、何故か泣きたくなるような思いが込み上げる。

かろうじて涙を堪《こら》えた私は、手をギュッと握りしめた。

途端、手に持ったままだった袋が、握りしめられてガサガサと乾いた音を立てる。

場違いなほど大きなその音に、私達はようやく先程店で渡された袋の存在を思い出した。

「そういえば、そんなものがあったな……」

そう言って体を離した彼は、どこか気が逸れたような様子だ。少しバツが悪そうに視線を彷徨わせた後で、私の隣に座り直してくる。

そのことにホッとしたような、同時に気が抜けたような気分を味わって、私は体から力を抜いた。

「……お前が、あの店に行った経緯はわかった」

「……」

「まあ、私がお前を不安にさせたところもあるし、理由も聞かずに責め立てたのは悪かった」

「リュシー……」

謝られて隣を見上げれば、申し訳なさそうな顔をした彼がいる。

その顔に、私はじわりと胸が温かくなるのがわかった。

内緒で妻が怪しげな店に行ったとなれば、夫としては怒るのも当然だ。一応、今回のお忍びの名目だったパティスリーには例の店の後に行く予定だったのだから嘘を吐いたわけではないが、彼にしてみれば話してもらえなかったことで、騙《だま》されたと思ったとしても仕方がない。そう思えば、自然と私も申し訳ない気持ちになってくる。

「リュシー、黙っていてごめんなさい」

素直に例の店について黙っていたことを詫《わ》びた私は、そっと彼の手を握り返した。

「……ところで。話は戻るが、あんな店でお前は何を買ったのだ？」

そう聞く彼からは、先程までの怒りは感じられない。純粋に私が何を買ったのか訝しんでいる様子だ。興味深げに手元の紙袋に視線を向けられて、私は再び緊張してくるのがわかった。

だって、まさか彼に見せることになるとは、思っていなかったのだ。この耳と尻尾だって、買ったはいいけれども実際使うつもりはない。帰ったらこっそり机の引き出しにでもしまって、彼がこれをつけたところを想像するのに使おうと思っていたのだ。

あんなところにまで行っておいて今更かもしれないが、やっぱり話に聞くのと実際するのとでは大違いである。逆に店主から詳しい話を聞いたことによって、無理だと思ったのだ。

それに。

絶対、彼は怒る。間違いなく怒る。

無理。絶対無理だ。

何とも嫌な汗が背中を伝う。

今ならミレーゼが言っていたことがよくわかる。こんなものを王太子である彼につけさせようだなんて、何と無謀なことを。

けれども、私のそんな心情を知るべくもない彼は、無言で中身を見せろと催促してくる。このままでは、どちらにしろ怒られる未来は決まっている。

腹を括《くく》った私は、諦めて手に持っていた袋を彼に渡すことにした。

「……」

私が握りしめていたためくしゃくしゃになってしまった袋を、ガサガサと音をさせながら彼が開く。

丁寧に一つひとつ品物を取り出して、目の前の机に並べていく。買ったもの全てが彼の手によって並べられて、そこで気まずい沈黙がその場に降りた。

「……アニエス」

「……」

「お前は一体、何を買ってきたんだ……？」

居《い》た堪《たま》れずに体を小さくする私の隣で、彼が手を伸ばして買ったものを確認していく。

例の銀の耳が付いたカチューシャを手に取って、彼が無言で私を見詰めてきた。

「……」

「……」

居た堪れなさにその場から逃げ出したいのをぐっと堪えるも、さすがに彼の目を見る勇気はない。

俯いたままギュッとスカートの裾《すそ》を握っていた私に、彼が大きく長いため息を吐いた。

「……アニエス。別に怒りはしないから、説明をしてくれないか？」

「……」

そう言われても。

まさか、あなたがその耳と尻尾をつけたところを想像して喜んでました、とでも言えばいいのか。

一体何の拷問《ごうもん》か。

しかしながら幸いにも、彼にはそれらの使い方はわからない様子だ。

すると、もう一度大きなため息を吐いたリュシリュールが、体を屈《かが》めて私の顔を覗き込んできた。

「これを、つければいいのか？」

そう言って、手に持ったカチューシャと私とを見比べてくる。

思わず私は、驚いて俯いていた顔を上げた。

「え……？」

「それとも、お前がこれをつけるのか？　……それにしては、少々これは大きすぎるだろう？」

「殿、下……？」

真面目な顔で言われて、戸惑ってしまう。

そんな私に、彼が少し気まずそうな顔で視線を逸らせた。

「……お前が不安なように、私だって不安だ」

「それは……」

「お前が、私がお前に飽きるのではないかと不安なように、私だってお前が私に飽きる……というか、愛想を尽かすのではないかと不安だ。……なにせ、私には前科があるしな」

そう言って、自嘲《じちょう》的に笑う。まさか彼がそんなことを思っていたとは。

思いも寄らない彼のその言葉に、私は驚いてしまった。

「それに、どうせこれからもずっと一緒にいるんだ。だったらお互い、互いの好みを知るべきだろう？　私もお前も、これから先もお互いしか知り得ないわけだしな」

「リュシー……」

真剣な顔で言われて、思わず胸が熱くなる。

ずっと一緒、の言葉に、私は彼の手をギュッと握り返したのだった。

「……それで。とりあえずは、これを私がつければいいのだな？」

「はい……」

聞かれて、恥ずかしさに顔を赤くしつつも頷いて見せる。

すると、しばらく机の上を眺めて何やら考え込んだ彼が、おもむろに立ち上がった。

「……？」

そのまま、何故かミレーゼを呼び出して何事かを申し付ける。その様子は、先程と打って変わってやたらと機嫌が良さそうだ。

そんな彼の態度を訝しく思いつつも、側までやって来たミレーゼに促されて着替えをすることになった私は、これまた何故かミレーゼに勧められるまま湯浴みをすることになった。

まあ、お忍びに行ったままの服装だったのだから、着替えをするのはわかる。しかしどうして、湯浴みまで。

だがミレーゼは、外に出掛けたのだから着替えのついでにと言って聞かない。しかもやたら入念に体を洗われる。更にはミレーゼが用意した部屋着を前に、私は首を傾げてしまった。

「……ミレーゼ、私まだ寝ないわよ？」

まだ日がある内にもかかわらず、彼女が用意したのはゆったりとした部屋着だ。襟《えり》ぐりが大きく開いたそれは、部屋着というよりも寝衣である。

「いいえ、お嬢様。これでいいんです」

「そ、そう……」

にこにこと笑うミレーゼに妙な圧を感じた私は、盛大に戸惑いつつも大人しく彼女に従ったのだった。

髪も下ろしたまま緩くまとめただけで部屋へと案内される。

夫婦の私室に私一人を残して退出したミレーゼを見送って、再び私は首を傾げることになった。

見れば、部屋には軽食の用意が。

しかし今の時間は、晩餐《ばんさん》にはまだ早いが、さりとてお茶をするにはもう遅い。しかも何故かベッドサイドに用意されている。

何か腑に落ちない気持ちでソファーに座った私だったが、これまた部屋着に着替えたリュシリュールがドアを開けてやって来る姿を見て驚いてしまった。

「え……？　殿下、今日はもうお休みになるので……？」

「どうせ今日はもう、予定を変更したことだしな」

　そう言って、彼が笑顔で隣に座ってくる。そのままにこにこと笑いながら引き寄せられ、膝の上に乗せられて、私は一気に落ち着かない気分になってきた。

　さすがにこの状況を見れば、私だってこの後の展開はわかる。でも、耳をつけてもらうだけなのに、どうして。

　しかも意外なことに、彼は何故か大乗り気だ。膝の上でもぞもぞと落ち着かない私の髪を、上機嫌でいじっている。

　緩くまとめられた私の髪を解いて髪先にキスを落とし、そこで彼が楽しそうに私を見上げてきた。

「思うにお前は、もっと甘えればいいのだ」

「それは……」

「もっと互いに親密になれば、自《おの》ずと不安も解消されると思うのだが？　それにお前は、私に気を使いすぎる。私はお前の夫なのだから、もっと甘えればいい」

　そう言われても、すでに私は真っ赤だ。

　そんな私に、彼がクツクツと笑みをこぼした。

「お前は、本当に変な奴《やつ》だな。とんでもなく大胆なことをする癖に、こんなことくらいで赤くなるのだな？」

「殿下っ……！」

揶揄《からか》われて、ムッとして声を上げる。

すると頭の後ろに回した手で私を引き寄せて、彼が私に口付けてきた。

「……違う。……二人の時は、リュシーと」

そう言って、再び私の唇を塞ぐ。

じっくり絡め取られるようなキスに蕩《とろ》けさせられて、すっかり息が上がってしまった私は、彼の首に腕を回してぐったりと体を預けた。

いつにない甘い雰囲気と深い口付けに、私はもう一杯いっぱいだ。

「アニエス……。どうしたい……？」

「あ……」

更には優しく耳元で囁かれて、背筋を這《は》い上がる快感に私の体がフルリと揺れる。

こうなったら私が何もできないことを、彼は知っているのだ。

もう本当、ズルい。

それが悔しくて、せめてもの仕返しにと彼の耳に唇を寄せる。吐息とともに、「ベッドに……」と囁けば、彼の首筋が一瞬で赤く染まったのがわかった。

抱き上げられ、運ばれて、ベッドの上に下ろされる。

そのまま覆い被《かぶ》さられそうになって、慌てて私は上体を起こして彼を止めた。

「ま、待って！」

彼の胸を押して、起き上がる。

止められて驚いた顔をしたリュシリュールが、しかし、渋々といった様子で体を離した。

「何だ？」

「あ、あの……、先に……その……」

ベッドに誘ったのは私で、その先もやぶさかではないが、まずはずっと気になっていたことがあるわけで。

それに、甘えていいと言ったのは彼だ。

チラチラとあからさまに視線をサイドテーブルに向けて、彼の顔を見上げる。

すると私の視線に気付いた彼が、そこにあるものを見て、苦笑しながら頷いた。

「そうだったな」

「……じゃあ……？」

「ああ。そういう約束だったしな」

アッサリと了承を得られて拍子抜けしてしまうも、嬉しいことには変わりない。彼の気が変わらない内にと、そそくさとベッドサイドに移動した私は、そこに置かれていた銀の耳を早速手に取った。

わくわくしながら振り返り、ベッドの上で膝立ちになって彼の頭にカチューシャをつける。そのまま彼を見下ろして、私は膝立ちのまま固まってしまった。

「……アニエス？」

動きを止めた私に、彼が訝し気に顔を上げてくる。

同時に、銀の髪間から覗く三角の耳が動きに合わせて揺れる。その様子は、まるで本当に耳が生えているかのようだ。

食い入るように見入って、私はポツリと呟きを漏らした。

「…………可愛い」

「は？」

余りの可愛さに、口元に手を当ててプルプルと震えてしまう。

そんな私を、彼は驚いたようにポカンと見詰めている。その姿すら可愛くて、堪らず私はガバリと彼の頭を抱きしめた。

「――――っ可愛いっ！　可愛い可愛い可愛いっ……!!」

銀の髪に顔を埋めて、興奮のままに擦り付ける。

グリグリスリスリ思う存分撫で倒して、ようやく私が顔を離した時には、彼の髪はぼさぼさになっていた。

「リュシー、可愛いっ！　凄く凄く可愛いっ！」

「……」

「ああもうっ！　何でこんな可愛いのっ!?」

鼻息も荒く可愛いを連発する私に、彼は呆れ顔だ。

しかし、そんなことも気にならないほど興奮した私は、同じくサイドテーブルに置かれていた、食べ物の載った銀のトレーを取り上げた。

「あのね、お願いがあるんだけど……！」

トレーをベッドの上に載せ、彼の前に座り直す。

甘えるように彼の顔を覗き込み、トレーから焼き菓子を手に取った私は、ドキドキしながらそれを彼の口元に持っていった。

「……リュシー、はい」

無言で私と焼き菓子とを見比べた後で、彼が戸惑ったように口を開く。その口に手に持った菓子を入れた私は、彼が黙って咀嚼《そしゃく》する様を身悶《みもだ》えしながら見詰めた。

物を食べさせるのが、こんなにも楽しいとは。黙って私の手から菓子を食べる様は、まるで餌付《えづ》けをしているみたいだ。しかも彼が動く度に、頭の上の耳が揺れる。

堪らず手を伸ばせば、私が撫でやすいように頭を下げてくれる。

まるで、普段は近寄りがたい大型の動物が、心を許して懐いてくれているかのようだ。これを可愛いと言わずして、何と言おう。

再び心のボルテージが上がってきた私は、彼に飛びつくようにしてベッドの上に押し倒した。

「わっ!?　おいっ……！」

「可愛い可愛い可愛いっ！　リュシー、可愛いっ！」

「……」

「どうしよう!?　すっごく可愛い!!」

「……」

彼はもう、私のなすがままだ。諦めたように力を抜いて、されるがままに撫でくり倒されている。

思う存分耳つきリュシーを堪能《たんのう》した私は、瞳を輝かせて彼の上で体を起こした。

「……実は、もう一つお願いがあるのですが……」

彼の体の上で、モジモジしながら少し照れて頼む。

すると、既になるようになれの心境らしいリュシリュールが、深いため息とともに頷いた。

「なんだ」

「……あの……できれば、尻尾も……」

「…………好きにすればいい」

「本当に……本当に、いいんですね……？」

彼の言葉に、くどいくらいに念押しをする。

「後で絶対、怒ったりしないと約束してくれますか……？」

「くどい。いいと言っているんだ、お前の好きにしたらいい」

呆れたように言われて、私は内心踊りだしたいくらいに喜んでいた。

実を言うとさすがに尻尾は諦めていたのだが、耳をつけた彼が余りに可愛すぎて欲が湧いたのだ。

それに。

彼は絶対にわかっていない。現に今、尻尾を手に取った私に「それはどうやってつけるのだ」、なんて聞いている。多分ガウンの紐《ひも》か何かで、腰に括りつけるとでも思っているのだろう。

でも、もう遅い。既に言質《げんち》は取ってある。

にっこりと彼に向って微笑んだ私は、この次の作業のために、彼にうつ伏せになってもらうよう頼んだのだった。

「……なあ、アニエス」

「はい」

「……どうしてそれをつけるのに、脱がす必要があるのだ？」

「それは……」

「それに。どうして今、私は動けないのだ」

「……」

「………お前、何をする気だ……？」

下穿《したば》きごと部屋着のズボンを脱がせた後で、実はこっそり彼に拘束《こうそく》魔法を掛けておいたのだ。申し訳ないという思いもなきにしもあらずだが、今からやろうとしていることを知られたら、抵抗されるのは目に見えている。

まあでも、要は彼をさっさと虜にしてしまえばいいわけだ。

聞いた話によれば、それは途轍《とてつ》もなく快感なのだとか。最初は確かに抵抗があるだろうけれども、気持ち良くなるのなら彼だって受け入れてくれる……ハズだ。

部屋着の裾を捲《まく》って、彼の尻《しり》を露わにする。

ここにきてようやく、何をされるのか察したらしい彼が慌てたように騒ぎ出したが、私は敢《あ》えてそれらを聞こえないふりをした。

「まっ、待てっ!!　アニエスお前、何をする気だっ!?　お前――」

「リュシー、大丈夫。慣れれば凄く、気持ちが良いらしいから……」

「はあ!? まさかお前っ……! や、やめろっ――――っうあっ!?」

キュポッと瓶の蓋《ふた》を開けて、取り出した中身を彼の尻の上に置く。冷たくないよう事前に魔法で人肌程度に温めてはおいたが、粘液質なそれの感触に、彼が驚いたような声を上げた。

「何だ!? お前、何をした!! というか、尻に何をする気だっ!!」

「大丈夫です、これはただの医療用スライムです」

「はぁあ!? なっ――」

「後ろの穴は粘液の分泌《ぶんぴつ》作用がありませんから、代替《だいたい》物質で滑らかにしておく必要があるそうなんです」

「うわああっ! アニエスッ!! やめろっ!! 早く取ってくれっ!!」

「それに、そのままだと不衛生ですから、こうやって事前にスライムで直腸内を掃除するんだそうです」

そう、この尻尾は、突起部分を後ろの穴に埋め込むことで装着するものなのだ。

そのためには事前に色々と準備が必要だ。そこでこういった場合によく使用されているのが、スライムなのだそうだ。

スライムとはもともと森や草原にいる下級モンスターで、ほぼほぼ無害な魔物なのだが、その粘性の体で何でも呑《の》み込む性質から、汚物処理などの掃除に使われている。集合住宅や貴族の邸《やしき》などでも、残飯やゴミを処理するためのダストシュートで飼っていたりするほど身近な魔物だ。

　これまでスライムといえば私はその程度の知識しかなかったのだが、今回例の店の店主から聞くには、動物の体液を好むこととスライム自身が粘性の体液を分泌することから、性具としてもよく使用されているのだという。といってもそれは、主に男同士の性行為の前準備として、らしいのだが。

　それについても色々と興味はあるけれども、とりあえず今回説明されたのは、後ろの穴に物を入れるための準備について、だ。

「く、うっ……！　はっ……や、やめろ……っ！」

　顔を赤くして苦しそうに身悶えする彼の体内には、既にスライムが殆ど入り込んでいる。スライムは直腸内の掃除をすると同時に、入り口を解《ほぐ》してくれる効果もあるのだ。

　後ろの穴は、本来物を入れるようにはできていないため、こうやってキチンと解して潤いを与えないと、入り口が切れてしまったり中の粘膜や筋肉を痛めてしまうのだそうだ。だから今は気持ち悪いかもしれないが、彼のためにはここは心を鬼にしてきちんとしなくてはならない。

　それに。

　うっすらと白い肌を朱に染め、苦悶《くもん》の声を上げて身を捩《よじ》るその様は、不謹慎ながらもやたらと色っぽい。荒い息を吐いて震えるその姿を見ていると、何だか変な気分になってくる。

　吸い寄せられるように彼の尻に手を触れれば、ビクリと彼の体が強張《こわば》るのがわかった。

「くうっ……！　アニエス、触る、なっ……！」

　絞り出すようにそう言う彼は、何とも苦しそうだ。しとどに汗を掻《か》いて身悶えするその姿に、段々私も気の毒になってきた。

それに、そろそろもういいはずだ。現に半液状とはいえ最初よりも大分膨らんだあの大きさのスライムが入るのだ、だったら尻尾の突起部分も入るだろう。

瓶を手に取り、その入り口をスライムへと向ける。

すると、瓶底に描かれた魔法陣に吸い寄せられて、スライムがゾロリと彼の体内から抜け出てくるのがわかった。

「ぐ、うっ……！」

スライムが出ていく感触が気持ち悪いのだろう、彼の汗ばんだ肌が粟立《あわだ》っている。

全て出終えたそれを瓶の中に収めて、再びサイドテーブルに置いた私が振り返ると、そこにはぐったりと脱力した彼がいた。

「リュシー……？」

「……」

「大、丈夫……？」

「……」

心配になってきた私が拘束魔法を解いて尋ねるも、彼の返事はない。

うつ伏せになっているため、彼の顔が見えないことが不安な私が、体を仰向けにしようと手を差し入れるも、彼は頑《かたく》なに動こうとしない。

やはり、怒っているらしい。

確かにやりすぎたかもしれない。

耳をつけた彼が余りにも可愛すぎて浮かれていたが、普通に考えれば尻の穴にスライムなんかを入れられて怒らないわけがない。

浮かれていた頭が急速に冷《さ》めていくのがわかる。部屋に落ちた沈黙が何とも重苦しい。

すると、それまで無言でいた彼が、顔をシーツにうつ伏せたまま大きく息を吐いた音が聞こえてきた。

「………はあ」

「……」

「アニエス……お前……」

しかしながら、どれだけ怒っているのかと思いきや、意外にも彼の声は呆れた響きで。それ以上何か言ってくる気配もない。

ぐったり疲れ切ってはいるものの、怒っているわけではなさそうだ。

そんな彼に戸惑っていると、しばらくして、再びくぐもったため息が聞こえてきた。

「………それで？」

「え……？」

言われて、思わず私は聞き返してしまった。

「どうするんだ？」

「どうって………いいの、ですか……？」

「……ここまでやったなら、今更止めても同じだろう？　だったら、お前の好きにしたらいい」

どうやら、彼なりに腹を括ったらしい。疲れ切った声で、諦めたように言う。

おずおずと手を伸ばしてその髪を撫でれば、やはり彼は私にされるがままだ。本気で私の好きにしたらいいと思っているのが伝わってくる。

何より、彼が私のことを受け入れてくれていることが。

それが嬉しくて、うつ伏せに寝た彼の背中に抱きつく。

すると彼が、再びため息を吐いたのが聞こえてきた。

「………で。その尻尾を、つけてみせればいいのか？」

「はい……」

「本当に、お前という奴は……」

「あの……嫌なら……」

スライムで彼の尻をいじるという暴挙をしでかしておいて今更だが、さすがにこれ以上彼の嫌がることをする気はない。前立腺《ぜんりつせん》を開発してみたいという気持ちもあるにはあるが、彼が私を受け入れてくれていると実感した今は、嫌がる彼に無理矢理するべきではないという気持ちになっていた。

まあ本当、今更なのだが。

「あのなあ……。アニエスお前、そんなの嫌に決まってるだろう？　そんな趣味もないのに尻をいじられて、喜ぶ男なんかいるわけがないだろうが」

呆れたように言われて、思わず体を竦めてしまう。

「じゃあ……」

「でも、お前がしたいというのなら、付き合うと言っているんだ。……だが、これきりだからな!?」

「リュシー……」

「まったく……」

そう言って、彼が深いため息を吐く。

つまり、彼なりに私の思いに応《こた》えたいと思ってくれているのだ。

そんな彼の思いに胸が熱くなった私は、ギュッと背中を抱きしめたのだった。


結局、尻尾をつけるのはいいが私が入れるのは嫌だという彼によって、最終的に彼が自分でそれを身につけることになった。

どうやら私にまじまじと後ろの穴を見られるのは嫌なようだ。それに、そこはやっぱり男としての矜持《きょうじ》もあるのだろう。

目を瞑《つむ》って後ろを向いていろと言われ、大人しくそれに従う。

ブツブツと悪態を吐いた彼のくぐもった呻《うめ》き声が聞こえた後で、ようやく目を開けてよいとのお許しが出た。

「……はあ。……つけたぞ……」

疲れ切ったその声に、ワクワクしながら振り返る。

そこには憮然《ぶぜん》とした表情《かお》で、枕《まくら》を腰の下に敷いて胡坐《あぐら》をかいたリュシリュールが。

その頭には耳と、そして。

部屋着の裾から、ふさふさとした立派な尻尾が覗いている。

腕を組んでむすっとした顔の彼を前に、私は目を見開いたまま言葉を失ってしまった。

「アニエス……？」

どれくらいそのままでいたのか、口元に手を当てた姿勢で長らく固まってしまった私の顔を、彼が戸惑ったように覗き込んでくる。

そんな彼に、私の口から一言、可愛い、と呟きがこぼれた。

「え？」

「……リュシー……もう本当、可愛い……」

「……」

口元に手を当てたまま、そろそろと反対の手で彼の尻尾を触る。

一瞬、びくりと体を震わせた彼が、私が撫でるうちに体の力を抜いたのがわかった。

そんな仕草すら可愛くて。

というか、耳と尻尾がついただけで、彼の仕草全てが愛《いと》しく感じるから不思議だ。何より、私のためにそこまでしてくれたことが嬉しい。

今になって考えれば、尻をいじられた挙句に異物を入れるのだ、彼にしてみたらそんなこと絶対に嫌だっただろう。自分が逆の立場で考えてみても、抵抗しただろうことは間違いない。

にもかかわらず、彼は私のために頑張ってくれたのだ。そのことが、とにかく嬉しい。

溢《あふ》れる思いのままに、ぎゅっと彼に抱きつく。

更には背中をなだめるようにさすられて、確かに彼に思われているという実感と受け入れられているという事実に、私は夢見心地になった。

「はい、あーん」

「……」

胡坐をかいた彼の膝の間に座り、ベッドの上で軽食を広げる。

手に持ったサンドイッチを彼の口元に差し出した私は、かつてないほどに上機嫌だった。

「ふふふ。リュシー、美味《おい》しい？」

「……」

「次はどれにしましょうか」

普段の彼には絶対できないことも、耳と尻尾をつけただけで途端に何でもできてしまうのは何故だろうか。あれから私はまたもや彼を可愛がり倒し、撫でてさすって抱きついてと、散々好き放題したのだ。その後でそろそろ腹が減ったという彼に、用意されていた軽食を手ずから食べさせて今に至っている。

耳と尻尾を生やした彼が物を食べる様は、どれだけ見ても見飽きない。今の彼は、私の可愛い可愛い銀の狼さんだ。

色合いもそうだが、普段人を寄せ付けない空気を纏った彼は、狼の耳と尻尾がよく似合う。本来人と慣れ合うことのない孤高の獣が懐く様は、堪らない。彼の好きなローストビーフのサンドを食べさせて、彼が黙々と食べる様をウットリと眺める。

それらを全て食べ終えたのを確認した私は、そろそろ甘いものでもと、これまた彼が好きなシンプルな焼き菓子と器にこんもりと盛られたクリームを手に取った。

「……それにしても。ミレーゼったら、やけにクリームやら蜂蜜《はちみつ》やらを用意したのね？」

用意されていた軽食は焼き菓子とサンドイッチだけで、後は全てクリームや蜂蜜、ジャムやチョコソースといった添え物ばかりなのだ。しかも、菓子の数に対してそれらの分量がやたらと多い。塗るパンもないのにバターまで大量に用意されている。蜂蜜も、お茶に入れるにしても多すぎるだろう。

するとと私のその呟きに、何故か彼がニコリと微笑んだ。

「……ミレーゼはさすがだな」

「え……？」

「や、こちらの話だ」

何のことかわからず聞き返すも、彼がさらりと笑んで話をはぐらかす。

そんな彼の態度に引っ掛かりを感じるも、私は特に深く考えずに焼き菓子を手に持ち直した。

一般に狼の口と呼ばれている割れ目から焼き菓子を割り、そこにタップリ生クリームといちごジャムをつける。垂れないように左手を添えて彼の口元まで持っていった私だったが、途中でつけすぎたクリームを手に垂らしてしまった。

「あ……ごめんなさい。ちょっと待っててくださいね」

言いながら、菓子を一旦皿の上に置き、手を拭《ふ》こうと視線を彷徨わせてナプキンを探す。

けれども何故かその時、手にぬるりとした感触を感じて、私は小さく竦み上がってしまった。

「きゃっ！　……えっ、リュ、リュシーっ!?」

驚いて見れば、彼が私の手についたクリームを舐《な》めている。慌てて引っ込めようとするも、ガシリと手首を掴まれていて動かせない。

突然のことに呆然とする私に、しかし彼がにっこりと微笑んだ。

「私は今、お前の飼い犬なんだろう？」

「……え？　あ、はい……？」

犬というよりも、その耳と尻尾なら狼だと思うが、彼が何を言いたいかわからず戸惑いながら頷く。

「だったら、らしくしないとな？」

「それは――ひゃっ!?」

言い終わるなり、私の掌《てのひら》を彼が舐め上げる。

更には指を口に含まれて、私の肌がぞわりと粟立った。

「あっ……ん……ふ……」

彼の舌が指をなぞるたびに、ゾクゾクとした愉悦が体に走る。もう片方の手で口元を押さえて必死に声を抑えるも、指先を舐めて吸われて、堪え切れずにくぐもった吐息が漏れてしまう。

指の股《また》まで綺麗に舐められて、手に付いたクリームがなくなる頃には、私はすっかり腰が抜けてしまっていた。

更には私の手に口付けたまま、光る銀の視線が私を射抜く。

熱を孕《はら》んだ瞳で見詰められて、体の奥がズクリと疼《うず》くのがわかった。

「あ、の……」

「アニエス」

「……はい……」

「お茶を、飲ませてくれないか？」

にこっと笑って言われて、私は恥ずかしさに顔が熱くなった。

今私は、一体何を期待していたのか。肩透かしを食らったような気分を味わいつつも、浅ましい自分の体に呆れてしまう。

そんな自分を彼には知られたくない私は、赤くなっているだろう顔を隠すようにして、お茶の入ったティーポットを手に取った。

しかしながら、ティーカップにお茶を注いで差し出すも、笑いながら首を振られてしまう。

訳がわからず戸惑っていると、耳元で低く囁かれて、私は動揺してしまった。

「わ、私が飲ませるのですか……？　――――っ！」

コクリと頷いた彼の動きに合わせて、頭の上の耳がヒョコリと揺れる。

嬉しそうな彼の顔と相まって、その破壊力に私はクラリとなった。堪らず口元を手で押さえて、不審者よろしく身悶えしてしまう。

今の彼にお願いされたなら、多分私は何でもするだろう。

ひとまず言われた通りにお茶を口に含み、そろそろと顔を近づける。

彼に口付けて口移しでお茶を飲ませれば、最後の一滴まで吸い取るように彼が舌を差し入れて、私の口内をすくい取った。

何度か同じ動作を繰り返し、彼にお茶を飲ませる。

ティーカップの中身がなくなる頃には、執拗《しつよう》に口内を探られて、私はグズグズに蕩けたようになっていた。

「ん……ふ……」

座ったまま口移しで飲ませたため、互いの顎《あご》先からはこぼれたお茶が雫《しずく》となって滴ってしまっている。口の端から垂れた液体は、既にお茶とも唾液《だえき》とも知れないものだ。

そんな液体を舐め取るようにして、徐々に彼が顔をずらしていく。

同時に、濡《ぬ》れた部屋着の前を寛《くつろ》げて、彼がスルリと私の肩から布地を滑らせた。

ゆったりとした部屋着の下は、何も身につけてはいない。軽い音を立てて服が滑り落ちれば、一糸纏わぬ裸だ。

けれども、快感と期待で上気した頭では、それを気にする余裕は既にない。彼の熱い吐息と舌が首筋を辿《たど》って鎖骨へと這わされる感触に、私の体がフルリと震えた。

しかし。

そこで何故か、スッと彼の熱が遠ざかる。

唐突に体を離されて、その喪失感に私は戸惑いながら閉じていた瞼《まぶた》を開けた。

「リュシー……？」

訝し気に見上げれば、楽しそうに微笑む彼が。

次の瞬間、何やら液体がタラタラと体に垂らされる感覚に、私は呆然としてしまった。

「え……？」

見れば、彼がその手に持った容器を私の体の上で傾けている。

呆然とする私に茶色の液体を満遍《まんべん》なく振り掛けて、瞳を光らせたリュシリュールがニコリと笑った。

「リュ、リュシー、これは……」

掛けられた液体からは、甘い香りが漂っている。これは、菓子と一緒に用意されていたチョコレートか。

戸惑う私に、対する彼は何とも楽しそうだ。そのまま手に持った容器をトレーごと片付ける。

手際よくそれらをベッドの上から片付けて、自らも服を脱ぎ捨てる。

その様子を呆然と眺めていた私だったが、気付いた時には視界が反転し、シーツの上に押し倒されていた。

「な、何……」

「私は今、お前の犬なのだろう？」

「……え？」

「ご主人様の言うことを聞いたのだ、だったら褒美を貰わないと、な？」

笑いながら言われるも、何のことだかわからない。褒美、と言われても。

それよりも、早く体を拭かなくては。さすがにチョコレートまみれではベタベタと気持ちが悪い。

しかし起き上がろうにも、彼が私の腕をベッドに押し付けているため身動きが取れない。

一体何をしたいのだと戸惑いながら見上げると、そこには楽しそうに笑う彼がいた。

「……デザートを、食べさせてくれるのだろう？」

そう言って、私の腕を取って口元まで持っていく。

そこで、ちらりと流し目を送られて、私は唐突にその意味を理解した。

「な――――っ！」

チョコレートが垂れた腕を、彼が見せつけるように舌を出して舐め上げる。

腕の内側の皮膚が薄いところを舐め上げられて、途端肌がぞわりと粟立つのがわかった。

「んんっ！　……あっ……リュシーっ……！」

何度も舌で拭うように腕を舐められて、その感覚に堪らず声が漏れてしまう。抵抗しようにも、擽《くすぐ》ったいような愉悦に体が震えるばかりで力が入らない。

そんな私に彼は何とも楽しそうだ。ぴちゃぴちゃと舌を這わせて、掛けられたチョコレートを舐め取っていく。

腕の付け根の辺りまで舐めてから、私の上に覆い被さった彼が、顔の横に両手をついて笑いながら私を見下ろしてきた。

「……っ！」

目の前には、耳を生やした状態でいたずらっぽく微笑む彼がいる。その背後には、ゆらりと揺れる長い銀の尾が。

その様は、大きな銀の獣がじゃれているかのようで。「いいか」と問われて、私はコクコクと頷いた。

こんな風におねだりされて、断れるわけがない。

というか。

耳と尻尾を生やした裸の彼に組み敷かれているというこの状況に、とっくに色々私の容量は超えている。トキメキが過ぎて、胸が苦しい。熱くなった顔を両手で隠し、身悶えしてしまう。

しかしそれも束の間で、次の瞬間、ぬるりと脇《わき》腹を舐められて、私の口から嬌声《きょうせい》が上がった。

「ああんっ……！　んんっ……！」

体を舐められる擽ったさに身を捩るも、同時に下腹がゾクゾクと震えるような感覚が湧き起こる。

それは確実に性感で。堪らず内腿《もも》を擦り合わせてしまう。

そんな私にも構わず、彼は黙々と私の体を舐め続けている。

けれども。何故か決定的な場所には触れてこない。

下乳をすくい上げるようにして這わされた舌が、肝心なところで行き先を変える。

何度もそれを繰り返されて、もどかしさに耐えきれなくなった私は、恥ずかしさを堪えて彼に懇願した。

「……リュシー……お願い……」

「……」

「も……無理……」

両手で顔を隠し、喘《あえ》ぎの合間にお願いする。

けれどもやはり彼は、そこには一向に触れてこない。それどころか、ぴちゃぴちゃと音を立ててへその周りを舐め始める。

擽ったさも快感でしかない今、その刺激はいたずらに体を高めるばかりだ。

「……もうっ……やだっ……！」

焦燥感で焼かれるような感覚に耐えきれなくて、身を捩る。

すると彼が、くつくつと楽しそうな笑みを漏らした。

「……アニエス」

「……ん」

「どうして、欲しいんだ……？」

「……」

「きちんと命令してくれなくては、わからないだろう？」

涙目で見上げれば、いじわるく口の端を上げた彼が。鈍く瞳を光らせて、私を見据えてくる。

そこに情欲の燻《くすぶ》りを認めて、私の奥が、期待にわななくのがわかった。

「……リュシー……。舐めて……」

「……どこを？」

「お願い……全部。……全部舐めて、欲しいの……」

言い終わるや否や、笑みを消した彼の瞳がスッと細くなる。その様は、まるで獲物を見定めているかのようだ。

た。

「全部？」

聞かれて、頬を上気させたまま私は小さく頷いた。

緊張を孕んだ空気に、自然と私も息を詰める。

そのまま数秒見詰め合った後、再び微笑みを浮かべた彼が、ゆっくりとその顔を胸の頂へと近づけた。

「あ……」

敏感になったそこが、彼の吐息を感じてひくりと震える。

体が、待ち望んだ刺激に期待しているのだ。

そんな私に彼が小さく笑みを漏らすと、次の瞬間、大きく口を開けてそこにかぶりついた。

「あぁあっ！」

途端、痺《しび》れるような快感に、私の口から嬌声が上がる。硬く膨らんだ頂ごと胸のふくらみを口に含まれて、強烈な刺激が体に走る。

思わず体が跳ねてしなるように背中が反れるも、そんな私を押さえつけるようにして彼は胸を食《は》んでいる。その光景は、まるで食べられているかのようで。

意識した途端、その被虐的な感覚に私はひどく興奮してしまった。

「あっ、あっ、リュシー！　お願いっ、食べてっ……！」

熱と快感に浮かされて、衝動的に口走る。するとリュシリュールが、ピタリとその動きを止めた。

同時に私は、自分の言葉でハッと我に返った。

食べて、だなんて、自分の言葉ながらに余りにはしたない。しかも、言わされたのではなく、自分からそんなことを言うなんて。一体彼はどう思ったのか。

慌てて両手で口を押さえ、様子を窺う。

けれども、ゆっくりと顔を上げた彼は、予想に反して楽しそうに微笑んでいた。

「……アニエス」

「……」

「食べて、欲しいのか？」

揶揄うように聞かれて、頬がカッと熱くなる。

こんな時、彼はどこまでも意地悪だ。それが悔しくて、快感と羞恥《しゅうち》に染まった顔を隠すようにして逸らせる。

にもかかわらず、まだ浅ましく求める体が恥ずかしい。彼の下から這いずるように逃れようとすると、しかしそこで彼が私の脚を抱えて引き寄せたため、私は驚いて隠していた顔を彼に向けた。

「リュ、リュシー!?　――――きゃあっ!?」

そのまま、両の膝裏を掴んだ彼が、上から押さえつけるようにして私の両脚を開く。

自然、彼の眼前に余すことなく秘所を晒《さら》し、あまつさえ差し出すような姿勢となってしまった私は、あり得ないその体勢に愕然《がくぜん》となった。

「やっ、やだっ……！　やめてっ!!」

必死に身を捩って逃れようとするも、ガッチリと押さえ込まれていて身動き一つできない。加えて、脚の間に彼の体があるために、閉じたくとも脚を閉じることも叶《かな》わない。余りのはしたなさに、羞恥でどうにかなってしまいそうだ。

とてもではないが彼の顔を見ることなどできなくて、せめてもの抵抗と両手で顔を隠して恥辱に耐える。

顔を隠したまま恥ずかしさに震えていると、しかし。あり得ない場所に湿った吐息を感じて、私は驚いて上半身を起こした。

「なっ――！」

「全部、食べて欲しいのだろう？」

そう言う彼の顔は、私の脚の間だ。驚愕の余り言葉をなくした私をニコリと微笑んで見詰めている。

そのまま彼が、ゆっくりとそこに顔を埋めた。

「――あぁああっ！」

ぬるりと、這わされた熱い舌の感触に、一瞬にして力が抜ける。

逃げ出したいほどの強烈な刺激に襲われて、私はなすすべもなく嬌声を上げた。

「やぁあっ！　ダメっ、そんなところっ――あぁあっ！」

手で彼の頭を押すも、震える体では碌《ろく》に力も入らない。それどころか、抵抗すればするほど彼がそこにむしゃぶりついてくる。秘裂に隠された鋭敏な粘膜を、舐めて吸われて、嬲《なぶ》られる。

目が眩《くら》むほどの快感に、体はビクビクと震えるばかりだ。

気付けば押し退《の》けようとした手が、逆に彼の頭を抱え込んで、自ら押し付けるようにして腰を揺ら

す自分がいた。

「あぁああっ！　何っ……そんなっ……はあっ！」

どうしてこんなことを、と思うも、絶え間なく与えられる快感に、既に頭はまともに働かない。それどころかこんなあり得ない状況に、激しく興奮している自分がいる。舌先をねじ込まれ、グニグニと身体の中心を広げられて、あられもなく啼《な》いて善《よ》がってしまう。

とめどなく溢れる蜜《みつ》を吸われる感触に、私はぶるぶると震えながら嬌声を上げた。

そこから二度も昇り詰めさせられて、私は抵抗する力も気力も根こそぎ奪われてしまった。

どのくらいこうしているのかわからないが、いじられすぎてそこがぷっくり腫《は》れているのが見なくてもわかる。少しの刺激でも反応する体は、気持ち良すぎて苦しいくらいだ。

しかしながら、物足りないのも事実で。舌では届かないその奥が、ジクジクと疼いて堪らない。

もっと、もっと深くで、彼と繋がりたい。

奥深くで繋がって、彼を感じたい。

頭も体もグズグズに蕩けさせられた今、既に羞恥の感情もない。涙をこぼして喘ぎながら、私はなり振り構わず彼に懇願した。

「……お願い、リュシーっ……！　もう、いれ、てっ……！」

何度目になるかわからないお願いに、しかし彼は一向に顔を上げようとしない。私のこぼした蜜でぐちゃぐちゃのそこを、延々と舐め続けている。

いたずらに舌を差し込み嬲ったかと思えば、今度は蜜を啜《すす》るように音を立てて吸う。

絶対に、わかっていてやっているのだ。

「もう……やだぁっ……！」

快感に焦《じ》らされる苦痛に耐えきれず、ついには啜り泣きを漏らして身を捩る。

すると、ようやくそこから顔を離した彼が、楽しそうに笑みを浮かべて私を見下ろしてきた。

「アニエス？」

「……うぅ……もう、嫌っ……！」

「はは！　悪かった！」

笑いながら私の上気した頬に手を添えて、優しく顔を拭ってくる。

嫌々をするように顔を逸らした私の額にキスをして、しかしそこで彼が意地悪な笑みを浮かべた。

「だが、全部食べて欲しいと言ったのは、お前だろう？」

「……」

「それに。随分良さそうにしていたと、思うのだが……？」

耳元で低く囁かれて、背筋がぞくぞくしてしまう。

更には、べろりと耳朶《じだ》を舐められて、私は堪らず嬌声を上げた。

「あぁ、あっ……！」

「……アニエス、どうして欲しい……？」

吐息と共に吹き込まれるその言葉は、どこまでも、甘い。わななくそこが、快楽への予感に蜜をこぼす。

そんな私が、抗《あらが》えるはずもなく。

あっさりと彼の手中に堕《お》ちた私は、両の膝裏に手を回し、自ら脚を広げて彼の顔を見上げてみせた。

「お願い。……いれ、て……?」

言いながらそっと片手を伸ばして、彼のものに触れる。触れた途端、彼がビクリと体を震わせた。既にそこは、はち切れんばかりに硬く、熱い。その事実が、彼もぎりぎりまで我慢していたことを伝えている。指先には、彼のこぼしたものが。

次の瞬間。

腕を掴まれ圧し掛かられて、私は一息に刺し貫かれていた。

「きゃあぁああっ!」

敏感にさせられた体には強すぎる刺激に、私の口から悲鳴のような嬌声が上がる。十分に解されていたとはいえ、媚肉《びにく》を掻き分け侵入するものの感覚は強烈で、私はガクガクと体を痙攣《けいれん》させて真っ白になって達してしまった。

同時に、彼が呻きながら奥を突き上げ強く腰を押し付けてくる。

ドクドクと脈打つ体内の熱い塊を締め上げて、私はブルブルと体を震わせた。

「……あっ……あ……は……」

「……ぐっ……う……」

きつく掻き抱かれて、背中に回した腕で私も抱きしめ返す。

そのまましばらく達した後の余韻に浸っていた私だったが、だが少しして、彼の様子がおかしいことに気が付いた。

「……？」

いつもだったらこのまま動き出すはずが、彼は私を抱きしめたまま動こうとしない。

それに。

体内に、じわりと広がるこの感覚は。

何より中にあるものの質量が、明らかに減っている。

これは。

「……リュシー……？　もしかして……」

言い終わらない内に、彼が私の頭を抱き込むようにしてそれ以上の言葉を遮った。

抱きしめられて顔は見えないが、彼の首筋は真っ赤だ。

状況を理解した私は、だんだんと楽しくなってきてしまった。

つまり、制御できないほど気持ちが良かったというわけだ。そこまで私に興奮してくれていた、ということだ。

その事実に女としての自尊心が擽られるとともに、胸が充足感で満たされていく。

男の人にとっては沽券《こけん》にかかわることらしいが、こちらとしてはむしろ嬉しいくらいだ。何より、心底動揺して恥ずかしがっている様は、愛しくさえある。

一言も発さずギュウギュウと私を抱きしめる彼に、思わず私はクスクスと笑いをこぼしてしまった。

「そんなに、感じたの？」

「……」

「ねえ、リュシー。そんなに、気持ち良かったの……？」

言いながら、背中に回した手を、そろそろと下へと下ろしていく。程よく筋肉が乗った引き締まった背中をなぞり、緩く弧を描く腰を越えていく。

そこで私の手が、ふさりと、彼の尻尾を探り当てた。

途端、彼の体がビクリと震える。

そんな反応も楽しくて、私は手に感じる尻尾のフカフカとし毛並みを堪能した。

「……く……」

「はあ……。やっぱり、ふさふさ……」

「アニエス……ちょ、待……」

「ふふふ、可愛い……」

私が尻尾をいじる度、彼は何やら居心地が悪そうに身動《みじろ》ぎしているが、この体勢では私の手を止めることはできない。

それに、いじる度彼が慌てる様子は、翻弄しているようで楽しい。事後の余韻もあって、うっとりと尻尾の感触を堪能する。

しかしながら、掴んだ尻尾を手の中で遊ばせている内に、繋がったままだったそれがビクビクと跳ねるように反応していることに気が付いた。

「……え……？」

気付けば、中のものは最初と変わらないか、それ以上に、硬い。

体内を押し広げられる圧迫感に、じわじわと体が再び熱を持っていくのがわかる。

思わず手に力が入り、グイと掴んだものを引っ張ると、次の瞬間、勢いよく奥を突き上げられて、
私は堪らず嬌声を上げていた。

「きゃぁあっ⁉」

「……お前という奴は……！」

「えっ⁉　あっ……な、何で……ああっ！」

そのまま上半身を起こした彼が、中を抉《えぐ》るようにして突いてくる。同時に、ギュウと強く胸を掴まれて、目の前に白い火花が散った。

「ああっ、やっ……だめっ！　いくっ……！」

「くぅっ！　アニエスっ、手を、放せっ……！」

「やあっ……あぁぁあっ！」

「ぐはっ……はっ……！」

震えるほどの快感に、真っ白になって彼にしがみつく。

更には奥深くに欲望を叩《たた》きつけられて、私の体がブルブル震えながらそれを受け止めた。

「あっ、あ……ふ……」

「はあっ……は……」

互いに荒い息を吐き、体を絡ませ合って強く抱きしめ合う。絡ませた足で彼の体を挟み、背中に回した腕に力を込めれば、彼もまた応えるように強く抱きしめ腰を押し付けてくる。隙間《すきま》なく肌を密着させて、しばし快感の衝撃が過ぎ去るのを待つ。

しっとりと汗を掻いた肌から伝わる彼の鼓動と温《ぬく》もりが、気が遠くなりそうなほど気持ちがいい。達した後の気怠《けだる》い頭でそれらを陶然と味わう。

しかし、しばらくした後で、肘《ひじ》をついて上半身を起こした彼が怒ったように私を見下ろしてきた。

「……アニエス、お前という奴は……！」

「……え？」

恨みがましく睨まれて、訳がわからずポカンとしてしまう。

身に覚えのないことを詰《なじ》られて、戸惑いながら首を傾げると、彼が照れを隠すかのようにわざと顔をしかめたのがわかった。

「手を放せと、言っただろうが！」

「はい……？」

「お前が、余計なことをするから……！」

そう言って睨んでくるも、顔を赤くしたままでは迫力はない。どうやら、一度ならず二度までもあっという間にいかされてしまったのが恥ずかしいらしい。

確かに、こんなに早いのは最初の頃以来だろうか。

それにしても何故、と思考を巡らせたところで、私はハタとあることに気が付いた。

「……もしかしてリュシー。……尻尾で――」

「だから！　それを触るなと言っている‼」

手を伸ばして尻尾を触った途端、彼が怒ったように身を捩る。

つまり、これは。

「……感じるのね……？」

「くうっ……！　アニエス、やめろ！」

試しに掴んだ尻尾を浅く出し入れすれば、彼が眉をひそめて息を乱す。同時に、今しがた二度も吐き出したばかりだというのに、繋がったままの彼のものが緩く力を取り戻してくるのがわかる。

それにしても、嫌だと言いつつも快感に抗えずに私の上で荒い息を吐く彼は、壮絶に色っぽい。汗を滴らせて髪を額に貼《は》り付け、ひそめられた眉の下で朱を刷《は》いた目元に、思わず見惚れる。

しかし不意に大きく体を捩られ、手首を掴まれて、私は面食らってしまった。

「あ……」

「……アニエス、いい加減にしろ……！」

言いながら、掴んだ手首を引っ張って、私の手ごと尻尾を抜き去る。

不意を突かれて呆然とする私の手から尻尾を取り上げて、彼が浄化の魔法を掛けてからそれをベッドの外に放り投げた。更には、間髪入れずに私の両手を絡め取り、縛《いまし》めるようにシーツに縫い付けて圧し掛かる。

薄明かりの中、光る銀の瞳に見下ろされて、私の背筋がぞくりと粟立つのが分かった。

「……アニエス。食べて、欲しかったんだよな？」

「あの……それは、もう……」

ニコリと微笑んで言われるも、彼からは不穏な物しか感じられない。

つまりだ。この流れは。

「安心しろ。今から、じっくりゆっくり味わわせてもらうから」

「え……!? や、もういい――ああぁっ！」

言い終わらない内に揺さぶり上げられて、私の言葉が嬌声に変わる。

その夜、言葉の通りにじっくりゆっくり彼に甚振《いたぶ》られる羽目になった私は、犯したミスを深く反省する羽目になったのだった。


翌日、珍しく昼近くまで一緒に過ごした彼は、私をベッドに残したまま上機嫌で執務へと向かった。

私はといえば、昨夜から散々翻弄された身体が、あちこち痛んで重怠い。さすがに彼も今回は疲れたようだが、翻弄する側とされる側では疲れ具合が違うらしい。

何となく納得がいかない私は、楽しそうにキスを落としてから執務に向かう彼を見送って、密《ひそ》かに体を鍛えようと心に決めたのだった。

「……それにしても、ミレーゼ」

「はい、お嬢様」

ミレーゼはどこまで知ってたの?

ティーカップを手に、探るようにミレーゼを窺う。

すると、午後のお茶の準備を終えて隣に控えていたミレーゼが、私の視線を避けるように顔を横に向けた。

　つまりこれは。

「……知ってたのね？」

「……」

　おかしいと思ったのだ。やけに蜂蜜やらクリームやら用意されているとは思ったが、彼は最初からそのつもりだったわけだ。まったく、一体あんなこと、どこで知ったのか。

　まあでも、私も人のことを言えた義理ではないのだが。

「……まあいいわ。それより、今度のお忍びのことを殿下から聞いていて？」

　詰問することをやめて、今度は確認するようにミレーゼを見上げる。

　するとほっとしたように肩の力を抜いたミレーゼが、すぐさまいつもの雰囲気に戻って頷いた。

「はい、伺っております」

「そう。どこに行くのかも聞いた？」

「〝月光の蝶〟……娼館に、行かれるとか……」

　そう言って戸惑ったように私を見てくる。

「……お嬢様。本当に、そんなところに行くおつもりですか……？」

「ええ、もちろん。殿下もオーブリー様も、私が考えているようなところじゃないって仰ってるのだもの、だったら実際に見て確かめなくちゃ」

「ですが……」

それでもミレーゼは気が進まない様子だ。

とはいえ、普通に考えて淑女が行くなどあり得ない場所なのだから、ミレーゼが戸惑うのも当たり前だろう。

「それに。殿下と一緒に行くのだもの、何も問題はないわ」

「はあ。……まあ、そうなんですが……」

そのまま言葉を濁して、複雑な顔になる。

ミレーゼとしては、いくらリュシリュールと一緒だとはいえ、私にそんな場所へ行って欲しくはないのだろう。

けれども構わずお茶を飲んでいると、ふうとため息を吐いてミレーゼが私を見下ろしてきた。

「……殿下は、お嬢様に甘くてらっしゃるから……」

「そうかしら？」

「そうですよ。知らないのは、お嬢様ぐらいですよ」

呆れたような口調で言われるも、そんな自覚はないのだからしょうがない。

やれやれといった様子で肩を竦められて、私は首を傾げてしまったのだった。

二

数日後。

リュシリュールと私の予定が合う日を見繕って、その日、私達はお忍びで出掛けることになった。

行き先は〝月光の蝶《ちょう》〟、高級娼館《しょうかん》だ。

夜、月光を纏《まと》って舞う蝶という意味のその店は、まさしくその名前に相応《ふさわ》しい。一部の常連の間では、月下蝶という名前で呼ばれているのだとか。

そう、あれから彼には内緒で、色々調べさせたのだ。なんやかんやあって彼への不信感はなくなったものの、やはり気になるものは気になる。

それに、男性の社交場でもあるそこは、女である私が普通だったら一生立ち入ることなどない場所なのだ、もちろん興味もある。

そんな私は、今日は男装をして彼と一緒にいる。

胸を隠すために晒《さらし》を巻いてジュストコールを羽織った私は、どこからどう見ても貴族の少年だ。まさか今の私が王太子妃だなんて、誰《だれ》も思わないだろう。ミレーゼは最後まで私が娼館に行くことを渋っていたが、男装に関しては大乗り気で、他《ほか》の侍女達と騒ぎながら私に男の格好をさせたのだ。

しかしながら、支度の終わった私を見たリュシリュールの反応はいまいちで、わずかに片眉《まゆ》を上げただけだったのだが。

まあ、男の彼にしてみたら、ドレスならともかく男装姿など面白くも何ともないのだから仕方がない。

そんなこんなで、彼と一緒に馬車に乗り込んだ私は、ワクワクしながら娼館へと向かっていた。

「……それで。今日の私は、遊学中の貴族子弟ということでいいんですよね？」

「そうだ。まあ、特に聞かれることはないと思うが、念のため、な」

馬車の中、向かいに座るリュシリュールに聞けば、彼が頷《うなず》いて答える。

これまでに聞いた話によると、こういった店では客にあれこれ詮索《せんさく》するのはご法度《はっと》なのだそうだ。

職業柄、客の情報を漏らすことは店の信用に関わることもあって、こういう場所は密談にも使われるのだという。だから王太子である彼と一緒の私について、店であれこれ詮索されることはまずないのだ。

その前に、まさか王太子妃がこんな場所にやって来ようなどとは、誰も思いはしないだろうけれど。

そうこうする内に、馬車が店の裏口につけられる。先に降りた彼にエスコートされて馬車を降りると、既にそこには、店の者らしき男が私達を待っていた。

彼と私に深くお辞儀をした後で、無言のまま案内を始める。

一般の高級宿と変わりない、落ち着いた上品な内装を意外に思いつつ、案内された部屋で彼と二人きりになって、そこでようやく私は肩の力を抜いた。

「……大分、思っていたところとは違うようです」

ここに来るまでは、もっと派手で淫靡《いんび》な雰囲気の場所を想像していたのだ。

しかし実際は、高級宿と何ら変わりがない。部屋にあらかじめ用意されていた食事も、王宮で出される物と比べても遜色《そんしょく》がないように見える。確かにこれなら、お忍びで食事をするには最適だろう。

ふうっと息を吐いて席に着く。

丁度そこで、部屋のドアがノックをされる音が聞こえてきた。

応《いら》えと共に入ってきたのは、洗練された雰囲気の美女二人だ。リュシリュールと私の姿を認めて、ほんの一瞬だけ驚いた顔になった後で、優雅に礼を取って私達それぞれの隣の席に座る。

途端に再び緊張してきた私は、この場所本来の生業《なりわい》を改めて思い出していた。

「エイシード様と、仰《おっしゃ》るのですね」

「はい」

「こちらの国は、いかがですか？」

「気候も穏やかですし、とても過ごしやすい国かと」

柔らかく微笑《ほほえ》んで聞かれて、当たり障りのない言葉を選んで答える。ちなみにエイシードとは、今日の私の仮名だ。

ここまでは、一般の会食と全く変わりがない。

しかしながら、特にどこの国とも聞かれるわけでもなく、こちらが答えやすい会話を選んで話している辺りはさすがである。

知性を感じさせる受け答えは、娼婦と聞いてイメージしていた女性とは大分違う。ドレスこそ胸ぐりの開いた露出の多いものではあるが、それだって決して下品ではない。むしろ生半《なまなか》な令嬢よりは余程品もあるし、教養がある。何より、女の私でさえ居心地が良いと感じさせるその雰囲気づくりに、内心私は舌を巻いていた。

ちなみにちらりとリュシリュールを窺《うかが》えば、特に会話もなく彼は黙々と食事をしている。隣に座った女性も、彼に触れたり媚《こ》びたりといった仕草は一切ない。給仕の人間と変らないと言っていた彼の言葉の通り、給仕に専念していて存在感を感じさせない。

むっすりと押し黙り、不機嫌にすら見える彼に、私はホッとすると同時に何だかおかしくなってきてしまった。

「……殿下は、ここではいつもこんな感じなのですか？」

隣に座った女性に顔を近づけ、ひそひそと窺うように聞く。

そんな私に柔らかく笑みを返して、その女性——アデリアが頷いて答えた。

「はい、だいたいそうかと。いつも、一緒にお出《い》でになった方とはお話になりますが、私達と親しくお話をされるようなことはないですね」

いつも一緒に来るというのは、名前こそ出さなかったが、多分公爵子息のレオネル殿のことだろう。

華やかで女性好きのするレオネル殿のことだ、無口なリュシリュールの分まで話を盛り上げているのだろう光景が容易に目に浮かぶようで、気持ちが解《ほぐ》れるのがわかる。

すると、そんな私にクスリと笑みをこぼして、アデリアが楽しそうに話を続けた。

「エイシード様もご存知のように、殿下は妃殿下お一人を、大事になさってらっしゃるんだと思いますわ」

「はあ」

「今日だって、殿下ご自身のご予定でこちらにお越しになるなんて、初めてのことですもの」

「……そうなのですか？」

「ええ。だから今日は、驚いてしまいましたの」

そう言うアデリアは、嘘《うそ》を言っているようには見えない。

逆に、興味深げな視線を向けられて、私は戸惑ってしまった。

「でも、納得致しましたわ」

「え……？」

「いえ、こちらのことですわ。……それにしても、エイシード様は本当にお美しくていらっしゃる」

何のことかと首を傾《かし》げた私に、アデリアが楽しそうに微笑んで話を変える。女の私でさえドキリとするような艶《あで》やかな笑みを向けられて、私はますます戸惑ってしまった。

「ふふふ、またこの物慣れない感じが何とも……。これは、手取り足取り教えて差し上げたくなりますわね……」

言いながら、そっと手を重ねてくる。滑らかな手の感触と甘やかな空気に、知らず胸がどきどきしてくる。

いつの間に距離を詰めたのか、腕には柔らかな感触が。

思わず固まってしまうと、アデリアがクスクスと笑みをこぼした。

「ふふふ。本当、お可愛《かわい》らしい」

多分赤くなっているだろう私の頬《ほお》を、指先で軽く突いてくる。そんな仕草すら艶《つや》やかだ。

しかしそこで、向かいに座るリュシリュールが不機嫌そうな声で私達を遮ってきた。

「おい。いい加減にしろ」

「ふふふ、申し訳ございません」

彼の言葉に、それまで私の腕に胸を押しつけるようにして密着していたアデリアが、すっと体を引く。

けれども、女性に対するにしては余りにも冷たい彼の物言いに、私は驚いてしまった。

「殿下。女性に対してその言い方は、余りにも失礼ではありませんか？」

「……」

窘《たしな》めるように言えば、彼がむっすりと押し黙る。

一体何が気に入らないのだと心の内で首を傾げながら、私は隣のアデリアを振り返った。

「私はもっと、アデリア嬢と話をしたいです」

「まあ……。エイシード様……！」

「殿下、いいですよね？」

ニコリと微笑めば、アデリアが胸元に手を当てて感激したような顔になる。そのまま再び彼の顔を窺えば、彼がため息を吐《つ》いて頷いた。

ここに私を連れてきたのは彼なのに、何がそんなに気に入らないのか。本当に、解せない。

しかしながら、教養もあり、頭の回転も早いアデリア達との会話は面白く、気付けば私は、アデリアともう一人の女性――ブランシェに挟まれるようにして座っていた。

「ふふふ！　エイシード様は絶世の美少年でいらっしゃる上に、博識でらっしゃる！」

「いえ、私など。まだまだ学ばねばならないことばかりです」

「何て頼もしい！　でも、ご無理をなさってはいけませんことよ？」

笑いさざめきながら、ちやほやと持ち上げられる。更には細やかに、しかもさりげなく世話を焼かれて、すっかり私は寛《くつろ》いだ気分になっていた。

対する彼はといえば、私達の会話に加わるでもなく、一人静かに酒を飲んでいる。途中さすがに心配した私が声を掛けるも、気にするなと言われてしまえばそれ以上何か言うこともない。しかもアデリアもブランシェも、そんな彼の態度を一向に気にする様子を見せない。アデリアが言っていた通り、きっと彼はここではいつもこんな感じなのだろう。その光景を想像して、私は苦笑を漏らしてしまったのだった。

「ふふふ……そういえば。ちょうど今は、ヒアシンスの花が見頃《みごろ》ですわね？」

「あ、はい……？」

唐突に話を振られるも何のことだかわからない。確かに春の初めのこの時期は、ヒアシンスの花が咲き始める頃だ。

すると、そんな私に艶やかに微笑んで、アデリアが話を続けた。

「色鮮やかなヒアシンスは目に楽しいですが、色ごとに花言葉がガラリと変わるのは、少し不誠実だと思われませんか？」

「……ええ、……そうかも、しれませんね」

「あら、でも。そんなヒアシンスをお好みの方もいらっしゃるでしょう?」

「……」

ブランシェの楽しそうな合いの手に、思わず私は押し黙った。

つい最近、これと同じような話をしたばかりだ。

「ふふふふ。でも、様々色変わりするヒアシンスがお好きなだけあって、そんな方はやっぱり移り気なのよね」

「そうそう。最近は、クロッカスに夢中だとか」

「でも紫のクロッカスの花言葉は〝愛の後悔〟よね? また同じことにならなければいいけれど」

「別にいいんじゃない? そういう方は、後悔すらも楽しまれるのではなくて? それに、クロッカスもそれはわかっているもの」

噂話《うわさ》に耳を傾けながらリュシリュールを窺えば、彼もまた興味深そうに彼女達の話を聞いている。

それまで一切会話に入ってこなかった彼が、そこで唐突にアデリアに話を振った。

「……クロッカスは、サフランの仲間の花だとか。サフランといえば薬の原料にもなるそうだが、それは毒なのか、薬なのか、お前達は知っているか?」

サフランの雌しべは異国の料理に使われるスパイスで、その薬効から薬として使われることもある。

だが、毒になるなどとは聞いたことがない。つまり彼は、花の話に見せかけて、実際はとある貴族についで聞いているわけだ。

理解してしまえば、かなりの際どい会話だ。固唾《かたず》を呑《の》んで彼女達の返事を待つ。

するると、優雅に微笑みを浮かべたアデリアが、その口元を扇で隠しながら彼の問いに答えた。

「……毒か薬かは存じませんが、この頃お隣の国の一部貴族の間では、サフランの花が流行《はや》っているとか。近々それを求めてこちらにも……とは聞きましたわ」

「それは、いつ頃の話だ」

「さあ、いつだったかしら……。私が聞いたのは、確か今月の初めくらいかしら？」

「あら、私は先月の中頃にそのお話を聞きましたわ。だから多分、あちらのサフランがこちらに入ってくるのは、早くとも今月末じゃないかしら」

リュシリュールと彼女達の会話に、私は内心驚きを隠せないでいた。

クロッカスとはクロスカント子爵、サフランとはサルフェーヌ伯爵のことで間違いない。つまり今の話は、クロスカント子爵と仲の良いサルフェーヌ伯爵が、最近隣国の一部貴族と懇意にしているという話の内容だ。私も貴族の動向、情報には気を配ってはいるが、こんな話は初めて聞く。

しかも、サルフェーヌ伯爵を頼って隣国に近々動きがあると。こんなの、極秘中の極秘情報ではないか。

そんな情報を持っている彼女達に驚くとともに、同時に私は、何故《なぜ》レオネル殿とリュシリュールが定期的にここを訪れるのかの意味を理解した。

「ふふふ。殿下とレオネル様以外の殆《ほとん》どの男性は、私達など所詮下賤《しょせんげせん》の娼婦よと思っておりますから。だから、何を聞かれてもどうせ理解できないものと思っているのですわ」

「私達は食卓に飾られた花と一緒ですもの。花に何を聞かせても、意味はございませんでしょう？」

「花は花。意思を持たず、ただその場を華やがせるためだけに存在しているのですわ」

そう言って、にっこりと微笑む。

けれども私は、彼女達のその言葉に、娼婦という身の上の悲哀を感じたような気がした。同時にそれは、女性という性の悲哀でもある。

様々感じさせられて、思わず複雑な思いに駆られる。

しかしながらそんな私の気持ちを知ってか知らずか、アデリアが楽しそうな笑みを送ってきた。

「それに。殿方というものは、床の中では口が軽くなるものですからね」

パチリとウインクを寄こされて、堪《たま》らず私は赤面してしまった。

多分そういうことなのだろうが、ここまで明け透けに言われてしまうとさすがに何と言って反応したらいいのかわからない。きっと、初心《うぶ》な少年だと思われたことだろう。

案の定、動揺する私に、ブランシェとアデリアが楽しそうに笑い声を上げる。

そんな私達に、彼がやれやれといった様子で肩を竦《すく》めたのだった。


接待役のアデリアとブランシェが下がり、部屋にリュシリュールと二人きりになって、ようやくそこで私は大きく息を吐き出した。

「……凄《すご》いですね。本当に、思っていたところとは大分違いました」

　ここは娼館ということで、当初思い描いていた場所とは随分と違うということはわかった。男性をもてなす場であることには変わりはないが、それは性的なものばかりではなく、サロン的な意味合いを持つ、彼にとっては情報を集める場なのだ。

　とにかく驚きなのは、彼女達の情報収集能力の高さだ。

「殿下達は、ここで情報を集めてらしたのですね」

　そう言って、隣に座った彼を見上げる。

　そんな私に彼が頷きを返して、その問いに答えた。

「そうだな。こういった場所を密談に使う貴族は多いから、必然ここには情報が集まるのだ」

　きっとそういうことなのだろう。それにアデリア達の言葉の通り、ここに来る男性の殆どは彼女達を所詮娼婦と侮っているわけで、だからこそ平気で彼女達の前では何でも話せてしまうのだろう。

　アデリアは自分達は飾られた花でしかないと言っていたが、実際は非常に頭が良く、教養の高い有能な人間だ。容姿はもちろんのこと、立ち居振る舞い、話し方一つをとっても、彼女達が日々どれほどの努力を積み重ねているのかがわかる。

　にもかかわらず、それらを一切感じさせずにひたすら相手をもてなすことに専念するその姿は、むしろ尊敬に値するだろう。

「私、彼女達を誤解してましたわ……」

　ふうっと息を吐く。

　すると、面白そうなものを見るように片眉を上げて、彼がおもむろに私を引き寄せてきた。

「では、最初はどんなだと思っていたのだ？」

「それは……だって、ほら……」

揶揄《からか》うように聞かれて、思わず言い淀《よど》んでしまう。

さすがに言葉にするには恥ずかしい。誤魔化すように、手遊びをしながら視線を泳がせる。

そんな私に、彼が意地悪な笑みを浮かべた。

「それならお前が思っていたやり方で、私を接待してみたらどうだ？」

「え……？」

「第一、随分とお前は楽しんでいたみたいだが、私はずっと退屈だったのだからな」

恨みがましく言われて、心当たりのある私は思わず視線を逸《そ》らしてしまった。

アデリア達との会話が楽しくて、彼のことはすっかりなおざりにしていた自覚があるからだ。構わなくていいと言ったのは彼だが、それでもやはりバツが悪い。

「で、でも！　殿下はこういうところの接待はお好きではないと――」

「相手がお前ならば、話は別だ」

「……」

「折角こんなところに来たのだ、ちょっとした余興くらい付き合ってくれたっていいだろう？」

そうまで言われてしまっては、付き合わないわけにはいかない。

諦《あきら》めたようにため息を吐いて頷く。

しかしながら楽しそうに笑う彼に、私もまあいいかという気分になったのだった。

「……こ、これで、いいですか……？」

彼の腕に腕を絡ませ、しな垂れかかるようにして体を押し付ける。

普段もっと凄いことをしているはずなのに、改めて自分からこういうことをするのはまだ慣れない。ベッドの中ならともかく、何となく照れて恥ずかしいのだ。服越しに伝わる彼の体温と体の感触に、妙に落ち着かない気分にさせられる。

けれどもそんな自分を知られたくなくて、動揺を押し隠して彼を見上げると、揶揄いの笑みを浮かべた彼に顔を覗《のぞ》き込まれて、私の胸がどきりと跳ねた。

「それだけか？」

「……」

わかっていて、催促しているのだ。

そうなると、挑発されているようで面白くない。何より私ばかりがドキドキしているのは不公平だ。彼の余裕の表情に、カチンとくる。

俄然《がぜん》やる気になった私は、おもむろに立ち上がり、驚く彼にニコリと微笑んで膝《ひざ》を跨《また》ぐようにして座り直した。

「……殿下。何がお望みで……？」

言いながら、彼の首に腕を回して、耳元で吐息を吹き込むように囁《ささや》く。

そのまま掠《かす》めるように耳先にキスを落とせば、彼がビクリと体を強張《こわば》らせた。

「アニエス……」

「違います。今は、エイシードです」

「……」

よく考えたら今の私は少年姿で、この状況はいささか倒錯的だ。それがおかしくて、クスクスと笑みがこぼれる。

すると、馬鹿《ばか》にされたと思ったのだろう、彼がムッとしたのがわかった。

「本当に、お前という奴《やつ》は……！」

「ふふふ！　冗談で――きゃっ！」

いきなり、視界が反転したかと思うと、気付けば私はソファーの上に押し倒されていた。

「リュ、リュシー？」

「……これは、晒を巻いているのか？」

「あっ……！　ま、待ってください！」

「こんなに締め付けていたら、苦しいだろう？」

「あっ！　だ、駄目っ！」

彼が、慣れた手つきで私の首元からクラバットを引き抜き、ウエストコートに続いてシャツのボタンを外していく。はだけたシャツから手を差し入れて、胸元の晒を外そうとする彼に、私は慌ててその手を掴《つか》んで止めさせた。

「待ってください！　さすがにここでは……！」

「何故だ？」

「だ、だって……！」

出先でこんなことをするだなんて、あり得ない。しかもお忍びとはいえ彼が王太子であることは店には知られているのだからなおさらだ。

一体何を言っているのだと動揺する私に、しかし彼が、楽しそうに笑って私の顔を見下ろしてきた。

「もともとここは、こういうことをするところだろう？」

「――――っ！」

「それに。接待をしてくれるのではなかったか？」

笑って言われてしまえば、黙るしかない。けれども。

「で、でも……。私は今、こんな格好ですよ？」

今私は男装中だ。アデリアやブランシェ達のように艶やかなドレス姿ならまだしも、どこからどう見ても少年にしか見えない色気のないこの格好で、彼がその気になるとも思えない。

戸惑いを隠せずに彼を窺う。

しかし、何を言っているのだと言わんばかりの真顔の彼に顔を覗き込まれて、ますます私は戸惑ってしまった。

「問題ない」

「え……？」

「これはこれで、いい」

言いながら、つっと頬を指で撫《な》でられる。

途端、私は頬がカッと熱くなるのがわかった。

「――あ……」

そのまま顔が近づけられ、彼の唇が唇に重なる。柔らかな感触と共に、開いた隙間《すきま》から舌を差し込まれて、私の体から力が抜けた。

「……ん……ふ……」

舌先で口内をなぞられて、頭の奥が痺《しび》れるような快感に襲われる。更には舌を絡め取られて、抵抗する気力などあっという間に霧散してしまう。

それがわかっているかのように、指と指とを絡めて握られて、私はあっさりと彼の手の内に落ちた。

気付けば、彼の手が服の中に。

しかし、その時。

急に入口の辺りが騒がしくなったかと思うと、いきなり部屋のドアが開けられて、私達は驚きの余りその場に固まってしまった。

「リュシー！　お前が自分からここに来るなんて、どういう心境の変化――」

開けられたドアから入ってきたのは、ふわふわとした明るい栗《くり》色の髪の男性――レオネル殿だ。

私達に身構える隙《すき》も与えず、ずかずかと不躾《ぶしつけ》に部屋へと入り、そこで、ソファーの上の私達を見て動きを止めた。

「……」

「……」

突然のことにお互い固まったまま、無言の時間が流れる。

しばしの沈黙の後、レオネル殿が、その場の静寂を破った。

「………リュシー。……お前、そっちの趣味だったのか……」

妙に納得したようなその口振りに、直後、私が悲鳴を上げるよりも早く、リュシリュールが彼に向かって上着を投げつけたのだった。


「これはとんだ失礼を。恥ずかしさの余り、言葉もございません」

そう言って謝罪の礼を取るのは、公爵家子息のレオネル殿だ。

しかしながら、言葉と態度が一致していないように見えるのは私の思い過ごしではないだろう。顔を上げる許可を出せば、興味津々《きょうみしんしん》といった様子で人を不躾に眺めてくる。

頭の先からつま先までジロジロと眺め回されて、さすがに我慢がならなくなった私が声を上げようかと思ったその時、隣に立ったリュシリュールが、レオネル殿の視線から守るように私を脇《わき》に抱き寄せた。

「……レオ。いい加減にしろ」

「ああ、すまないすまない。アニエス様の余りの麗しいお姿に、思わず見入ってしまいました」

彼に向かって謝った後、ニコリと笑って私に向き直るも、これは絶対に悪いなどとは思っていまい。

「いやあー、まさかあのアニエス嬢が、ねえ」

そう言って、再び私に視線を向けてくる。何とも居心地が悪い。

隠れるようにリュシリュールの背後に回ると、そんな私達に、レオネル殿が楽しそうな笑い声を上げた。

「ははははは！　なんだ、思っていたより仲良くやってるじゃないか！」

「……」

「しっかし、驚いた。こんなところに奥方を伴ってやって来るなんて！　ベタ惚《ぼ》れだとは思っていたが、まさかここまでとは！　いやあ、これなら我が国も安泰、安泰！」

「……」

盛大に揶揄われるも、この状況では何も反論できない。王太子が妃《きさき》を男装させて娼館に連れ込んでいるのだ、何か言えようはずもない。

揶揄われるままに、気まずく押し黙る。

それにしても、やけに気安い。仮にも王太子相手に、この物言いはどうなのか。いくら従弟《いとこ》同士とはいえ、王太子を〝お前〟呼びとは。

しかしながら、彼がレオネル殿を咎《とが》める雰囲気はない。戸惑いながら彼の顔を見上げれば、肩を竦めて返される。

つまり、普段から二人の間はこんな感じなのだろう。知らなかった彼の一面に、意外な思いになる。

しかしながら、また一つ彼に近づけた気がして、内心私はクスリと笑みを漏らしたのだった。

「たまたま来てみれば、リュシーが来てるって聞いてね」

「……ディミトロフが止めただろう？」

「さて、どうだったか。それにしても、まさかリュシーが誰かといるとは思わないだろう？」

あらためてお互い席に着き、手酌《てしゃく》で酒を酌《く》み交わす。

間違いなくディミトロフが止めただろうが、公爵家子息である彼に強くは出れなかったのだろう。

リュシリュールが一人でいたと思ったというのも、どうだか。確信犯的犯行であることは間違いない。

「それに。ちょうどタイミングもタイミングだったからね。てっきり、リュシーもそれを知ってここに来たのかと思ったんだよ」

そう言って、ニヤリと笑う。

今では彼等がここで情報収集を行っていることを知っている私は、レオネル殿のその言葉に、ハッとしてリュシリュールの顔を見上げた。

「サルフェーヌ伯爵のことか？」

「いや、それじゃない。それも気になるところだが、そことは反対の国のことだ」

「というと？」

「ほら、君の奥さんの御親戚《しんせき》の国だよ」

　ニコリと微笑みを向けられて、私は戸惑ってしまった。

　私の実家であるドラフィール侯爵家と所縁《ゆかり》の深い彼《か》の国ではあるが、父や兄からは何も聞いていない。王太子妃となってから、父や兄とは知り得た情報は必ず共有しているため、私が知らないということは、父や兄も知らないということだ。レオネル殿は、一体どこからそんな情報を手に入れたのか。

　すると、私の動揺がわかったのだろう、レオネル殿が楽しそうに笑いながら話を続けた。

「ああ、侯爵はまだ知らなくて当然だよ」

「それは……」

「だって、向こうの王家から直で公爵家《うち》に連絡が来たんだから」

　その言葉に、私は驚いて目を見開いてしまった。隣を見上げれば、リュシリュールも同様に驚きを隠せない様子だ。

　王家から直での連絡とは、一体なんなのか。様々な可能性と、シスレーユ公爵家と向こうの国との繋《つな》がりを頭の中で洗い出す。

　目まぐるしく頭を回転させていると、隣のリュシリュールが、少し思案した後で問うように口を開いた。

「……縁談か？」

「当たり」

　事もなげに答えて、レオネル殿が盃に口を付ける。

　その様子を見遣《みや》って、リュシリュールが納得したように頷いた。

「そうか。確か、あちらの国の第三王女はまだ相手がいなかったな」

「そう、御年十五歳。ただ、結婚は成人の十八になってからだから、とりあえずまずは婚約を、という話だ」

「ふーん。いいんじゃないか？」

レオネル殿の話に相槌《あいづち》を打って、彼もまた酒を口に含む。

大陸随一の王家の姫君との婚約だというのに、どちらも飄々《ひょうひょう》としたものだ。

「まあ、年の頃の釣り合いもいいし、これでシスレーユ公爵家も安泰だな」

レオネル殿は私達と同い歳《どし》であるから、あちらの第三王女とはちょうど五歳差になる。それに、彼にはまだ婚約者がいない。爵位的にも釣り合いが取れているし、我が国としても大国である彼の国との繋がりが深まるわけで、この縁談は願ったり叶《かな》ったりだ。

「お前もそろそろ腰を落ち着ける歳だしな。良かったじゃないか」

しかしながらリュシリュールのその言葉に、レオネル殿が含みのある笑みを浮かべた。

「リュシー。何か思い違いをしていないかい？」

「何をだ？」

「その縁談、俺《おれ》のだと思っているだろう」

「違うのか？」

「ああ、違う」

私は、首を傾げてしまった。レオネル殿の縁談ではないのだというのなら、一体誰だというのだ。

ちなみにレオネル殿には弟がいるが、それだと王女の相手としては爵位的に釣り合わない。見れば、リュシリュールもわからないといった様子で眉をひそめている。

するとそんな私達を楽しそうに見比べて、レオネル殿が笑いながら口を開いた。

「オーブリー殿下、だよ」

「……兄上に……だ、と……？」

意外な人物の名前に、私は驚いてしまった。急いで、隣のリュシリュールを仰ぎ見ると、彼も動揺しているのだろう、大きく目を見開いた後で、深くしわができるほどきつく眉を寄せている。

彼も同じことを懸念しているのだ。

「そう。君の兄上のオーブリー殿下に」

「……」

「もちろんあちらさんも、我が国《こっち》の状況は把握しているよ？　だからわざわざ公爵家《うち》に内々で連絡を寄こしたのさ」

レオネル殿も、そう言って肩を竦める。彼にもわかっているのだ。

国内一の後ろ盾を持つ私と結婚した今、リュシリュールの王太子としての地位が揺らぐことはない。しかし、第一王子であるオーブリー王子が大国の姫君と結婚するとなると、話は変わってくる。反体制派は一掃されたとはいえ、不遇の第一王子が後ろ盾を得たとなれば、それを機にまたよからぬことを企む輩《やから》は出てくるわけで、どう考えても争いの元にしかならない。

幸い、オーブリー王子に立太子の意思はなく、早く臣籍降下したいと願い出ているくらいであるからいいのだが、しかしながらあちらの姫君と結婚したとなった場合、次の世代に争いの火種が残ることになる。自分の血筋が争いの元であることをわかっているからこそ、オーブリー王子は未《いま》だ婚約者はおろか恋人も作らずに独身でいるのだ。

そして、そんな我が国の実情を向こうの国が知らないはずがない。にもかかわらずこの縁談が来たということは、どういう意図があってのことか。

様々な嫌な憶測に、私まで自然と眉間《みけん》にしわが寄る。

しかしそんな私達に、レオネル殿があっけらかんとした声で話を続けた。

「姫君の一目惚れ、なんだと」

「…………は？」

思いもしない言葉に、私の思考が停止した。同じくリュシリュールも戸惑った顔だ。

一目惚れとは、一体。

件《くだん》の姫君がこちらの国に来たことはなく、オーブリー王子が向こうの国に行ったこともない。二人は会ったこともないはずだ。姿絵だって、オーブリー王子の物は出回ってはいない。

隣のリュシリュールも、眉をひそめたままレオネル殿の顔を見詰めている。

「向こうの姫君たっての希望だそうだ」

「しかし、何故……？」

「さあ？　いきなり何でそんなことになったのか、あちらさんも戸惑っているらしい。それでまず、うちに話がきたのさ」

そう言って、レオネル殿が肩を竦めた。

レオネル殿の話から察するに、向こうの国でも姫君の件は予想外のことなのだろう。比較的おおらかなあちらの王家は、王族にしては珍しく恋愛結婚をすることで有名だ。彼の国ほどの大国ともなると、他国との婚姻は面倒の元でしかないということもあるのだろう。

それに、恋愛結婚をすると広く知らしめてしまえば、王族の婚姻に伴う争いも減り、何かと利点がある。そういう理由で、向こうの王族は自由な結婚をしている人間が多いのだ。

だとしても、まさか姫君が、つい最近まで情勢が不安定だった国の、しかも会ったこともない庶出の王子を選ぶとは思わない。だからこそ、直接こちらの王家ではなく、様子を窺うために親戚筋の公爵家に打診をしてきたのだろう。

そう、向こうとしてもどう対応したらよいのか考えあぐねているわけだ。

「まったく。一体どこでオーブリー殿下のことを知ったのか……」

「兄上が国外に出られたことは一度もないからな。もちろん、王女がこちらに来たこともない」

「救いは、まだ正式な打診ではない、ということだな」

そう言って、レオネル殿が再び肩を竦める。

「というわけで。リュシー、オーブリー殿下に聞いてみて欲しい」

「ああ」

「まあ、殿下のことだから、断って欲しいと言うだろうけどね」

その言葉に、リュシリュールの顔が曇《くも》ったのがわかった。

彼も、オーブリー王子が弟のためを思って自身の結婚を諦めていることを知っているのだ。置かれた状況を考えると仕方がないとはいえ、やはり彼としては兄が自身の幸せを諦めざるを得ないということが辛《つら》いのだろう。異母兄弟ではあるものの、彼等は非常に仲が良い兄弟であるのだからなおさらだ。

そんな彼の心の葛藤《かっとう》に気付いてか、そこでレオネル殿がその場の空気を変えるように私に話を振ってきた。

「そういえば。アニエス様はあちらの王家の方々とも面識がおありとか」

「ええ」

聞かれて、私は頷いた。

私の親戚である向こうの国の侯爵家は、王族の親戚筋でもあり、それで私も面識があるのだ。

「確か、以前こちらにいらした御親戚の方は、あちらの王太子殿下ととても仲が良いとか」

「そうですね。兄様はあちらの王太子殿下とは幼馴染《おさななじみ》の間柄ですから」

私達の結婚祝いに来てくれたハトコの兄様は、同い歳ということもあってあちらの王太子と非常に仲が良い。それもあって、兄様が名代に選ばれたのだ。

「さすがドラフィール侯爵家。御親戚がそうそうたる面々ばかりだ」

「はあ」

「それに。アニエス様は、あちらの国でも随分と注目の的だったのでは？」

笑いながら言われて、私は苦笑いをしながら首を横に振った。

わかっていて聞くのだから、レオネル殿も意地が悪い。

「まさか。あちらでもこちらでも私が殿方に不人気なのは、レオネル殿も良くご存知のはず」

リュシリュールの婚約者であることが周知されていたため、ということもあるが、少しきつめの外見に気が強い私は、昔から男性に敬遠されがちなのだ。もちろん、形式的にダンスの申し込みはあったが、それは私がドラフィール侯爵家の娘であり、王太子妃候補だったからだ。だから、世に言う甘いお誘いというものを経験したことは一度もない。

しかしそんな私の言葉に、何故かレオネル殿が含み笑いを漏らした。

「何を仰る。昔から、そして今でも、アニエス様はいつだって注目の的ですよ」

「それは、私が王太子妃だからでしょう？」

笑って言われて、思わず肩を竦めてしまう。こんなところでお世辞を言われても。けれども何とも楽しそうな顔で見返されて、私は戸惑ってしまった。

「いいえ？　いつだって毅然《きぜん》としたお美しさのアニエス様は、我々男共の憧《あこが》れですよ」

「そんな、お世辞は――」

「ただ、かなり厄介な番犬がいますからね。皆、それを知っているから手を出さないだけで」

言いながら、レオネル殿がリュシリュールに揶揄うような視線を送る。

何のことだかわからず問うように隣を見上げると、私の視線から逃《のが》れるようにリュシリュールが顔を背けた。

「……くくく……。リュシー、報われないな？」

「……」

「アニエス様はお気付きではないようだよ？」

忍び笑いを漏らすレオネル殿に、リュシリュールはむっすりと押し黙ったままだ。

訳がわからず戸惑っていると、そんな私にレオネル殿が楽しそうな笑顔を向けてきた。

「今も昔も、貴女《あなた》に近づきたくてもそうさせないよう、圧力を掛けている誰かさんがいるんですよ」

「え……？　それは……」

「結婚してからは更にひどいですからね。さすがに皆、この国の王太子に睨《にら》まれるのを覚悟でアニエス様に手を出す度胸はありませんから」

クツクツと笑って言われて、私は驚いてしまった。今の言い方ではまるで、リュシリュールが他の男性を近づけないよう手を回しているかのようではないか。

確かに結婚してからは、夜会などでは一緒に行動することが増えた気がするが、別にそれだって格別不自然なものではない。何より、王太子夫妻が上手《うま》くいっていることを周りにアピールする必要があるのだ。

それに昔も、とレオネル殿は言うが、それこそ結婚前はリュシリュールの隣にはリーリエ嬢がいたのだから、周囲は彼が私を疎《うと》んでいると思っていたはずだ。

しかし、私の顔から考えていることがわかったのだろう、レオネル殿が楽しそうに言葉を続けた。

「リーリエ嬢のことは、皆、リュシーの悪足掻《わるあが》きだとわかっていましたからね。大方、素直になれないリュシーが、貴女への当てつけにリーリエ嬢と一緒にいるんだろう、ってね」

「……」

「第一、アニエス嬢がいなくなれば決まってその後を追い掛けているんですから。気付かないわけがないでしょう」

「え……？」

初めて聞くその話に、私は目を見開いて隣のリュシリュールを振り返った。

そんなことを言われても、過去、彼が追い掛けてきてくれた記憶などない。確かに子供の頃は、私が心底傷ついて一人になると必ず彼が側《そば》に来てくれていたが、リーリエ嬢が現れてからというもの、彼が私の側にやって来てくれることはなくなった。だからこそ余計に、私は彼がリーリエ嬢に本気であると思わざるを得なかったのだ。

「それに。リーリエ嬢のことは別としても、他に浮いた噂もなく、娼館に行っても女を寄せ付けない。さりとてアニエス様に手を出している雰囲気もない。皆、王太子は不能なのか、もしくは男色なんじゃないかって噂してたんですよ」

私はますます驚いてしまった。見れば、リュシリュールは苦虫を噛《か》み潰《つぶ》したような顔でレオネル殿を睨んでいる。

まあ、不能だの男色だの言いたい放題言われて、いい気はしないのだろう。

「さすがに結婚してからの二人の様子を見ていれば、上手くいってるんだろうなってのはわかりますが、これまでの彼を知っている周りとしては、今一信じきれないというか……」

そう言って、残念なものを見るような視線を彼に向ける。

そんなレオネル殿にリュシリュールの眉間のしわは、ますます深い。

「いやー、アニエス嬢やリーリエ嬢は、実は男色趣味を隠すためのカモフラージュなんじゃないかと――」

「おい。いい加減にしろ」

低い声で遮られて、レオネル殿が口を噤《つぐ》む。さすがに言いすぎたと思ったらしい。

それにしても、まさかリュシリュールに男色の疑いが持たれていたなどとは思いもしなかった私は、何と言っていいかわからず困ってしまった。

それに。

そうなると、今の私のこの格好は、非常にまずいわけで。

思い返してみれば、アデリアやブランシェの私を見て納得いったような態度もそうとなれば頷けるというものだ。

このままでは彼の男色疑惑が深まってしまう。私は慌ててしまった。

「あのっ！　これは違うんです！　私がこんな格好をしているのは、今日ここに来るためであって、いつもというわけではっ……！」

この国の王太子が、男色であるなどと噂が流れるのはまずい。

必死になって訂正をしようとする私に、しかし、レオネル殿が訳知り顔で頷いた。

「大丈夫、わかってます。このことは口外しませんから」

「いえっ、本当に違うんです！　殿下は男色では――」

「わかってます。そう言っておかないとまずいですもんね」

「だから、本当に――」

「おい、レオ。揶揄うのもいい加減にしろ」

うんうんと頷くレオネル殿に、リュシリュールが呆《あき》れたように口を挟む。よく見れば、レオネル殿の口の端が楽しそうに笑っているではないか。

ようやく揶揄われたのだと気付いた私は、思わずムッとしてしまった。

「レオネル殿……」

「ははははは！　いや、申し訳ない！」

「……」

「慌てるアニエス様がお可愛らしくて！」

申し訳ないと言いつつも、これは絶対悪いとは思っていないだろう。明らかに、言葉と態度が一致していない。

ムッとしたまま恨めし気に見上げる。

すると、そんな私をまじまじと見詰めた後で、レオネル殿が何とも華やかな笑みを向けてきたため、私は訳がわからずたじろいでしまった。

「いやあ、確かに。少年姿というのもそそるものがありますね。なるほどリュシーがハマるわけだ」

冗談とも本気ともつかないその物言いに、返答に詰まってしまう。困って隣を見上げれば、肩を竦めるリュシリュールが。

ニコニコと一人楽しそうなレオネル殿に、私とリュシリュールがため息を吐いたのは同時だった。

「……それにしても、何故王女がオーブリー殿下をご存知なのでしょう？」

帰りの馬車の中、向かいに座った彼に聞きながら、私は困惑の視線を向けた。

あの後、レオネル殿を店に一人残して、私達は早々に退散したのだ。

「さあ、な……」

リュシリュールの眉間には、深くしわが刻まれている。彼にとっても隣国の王女とオーブリー王子の縁談の話は、予想外のことだったのだ。

それに、まだ非公式の情報であるとはいえ公爵家にあちらの王家から直々に打診があったということは、この縁談が正式に申し込まれるのはまず間違いない。そうなれば、王位継承権を巡って再びごたごたが起きるのは目に見えている。

だからといって、断りたくとも相手が大国《りんごく》の王女ともなると、事はそう簡単にはいかない。しかも、王女たっての希望で縁談が申し込まれたともなればなおさらだ。下手《へた》に断れば面子《めんつ》を潰されたと、国家間で確執の元ともなりかねない。

どちらにしろ頭が痛いことだらけだ。

「……なんにせよ、兄上に確認しなくてはならないな……」

そう言って、深くため息を吐く。困惑しているのは彼も同じなのだ。

その後は、互いに特に言葉を交わすこともなく、私達は王宮へと向かったのだった。


王宮へと戻った私達は、すぐさま別棟にあるオーブリー王子の居室へと向かった。

隠し通路を抜けて、辺りに人がいないことを確認してから、リュシリュールと共に部屋の前に立つ。

今はまだ様々な思惑から、彼等兄弟が仲が良いということを周囲に知られるわけにはいかないのだ。

独特なノックの後で開けられた扉から、彼に手を引かれて素早く部屋の中へと入る。

すると、私とリュシリュールの姿を確認したオーブリー王子が、驚いたように目を見開いた。

「ア、アニエス……様……？」

「はい？」

「その格好は……」

言われて、私はハッとなった。王女の話ですっかり忘れていたが、店から直接ここに来たため、今の私は男装したままだ。

見れば、オーブリー王子が私とリュシリュールの顔を戸惑ったように見比べている。

慌てて説明しようと口を開きかけたところで、オーブリー王子が残念な物を見るような目を向けて、リュシリュールの肩に手を置いた。

「リュシー……。やっぱりお前……そうなのか……？」

「は？　そう、とは？」

「いや、だから……その……」

訝《いぶか》し気な顔のリュシリュールに、オーブリー王子が何やらゴニョゴニョと言葉を濁す。ちらちらと私を見た後で、王子がリュシリュールの肩を引き寄せてその耳に顔を近づけた。

「――――」

「――はあっ!?　兄上まで何を言っているんです!!」

「だって、お前！　アニエス様のあの格好……！」

「違います!!　あれは、さっきまで一緒に月光の蝶に行っていたからで――」

「はあ!?　お前、妻同伴で娼館に行ってたのか!?　ちょ、お前《ま》っ、なんつうプレイをっ……！」

「兄上！」

何か、やたらと砕けた言葉が聞こえてきたような気がするが、気のせいだろうか。オーブリー王子の言葉を、リュシリュールが慌てて遮る。

その後なんやかんやですったもんだの末、私から事の顛末《てんまつ》を説明して、ようやく誤解が解けたのだった。


「……兄上。お聞きしたいことがあるのですが……」

私と一緒のソファーに座ったリュシリュールが、向かいに座るオーブリー王子に本題を切り出す。

話を聞いて、オーブリー王子が静かにお茶の入ったカップをソーサーに戻した。

「……心当たりは、ある」

そう言ってため息を吐いた後で、王子がカップをソーサーごとテーブルの上に置く。リュシリュールと私は、顔を見合わせてしまった。

隣国の王女とは会ったこともないはずなのに、心当たりがあるとは一体。

戸惑いの視線を向ける私達に、顔を上げたオーブリー王子が困ったように眉を下げた。

「……アニエス様は、あちらの王家の方々とお親しいのですよね？」

「あ……ええ。はい」

レオネル殿にも話したが、親戚である隣国の侯爵家はあちらの王家の親戚筋になる。そのため、私も子供の頃は王家の方々と親しくさせていただいていたのだ。

「縁談の相手である、第三王女とも……？」

窺うように聞かれて、私は頷いた。

「はい。第三王女のエルレリーゼ様とは、特に親しくさせていただいておりました」

第三王女は、私の五つ下になる。第一王女、第二王女共に年が離れており、第三王女が物心がつく頃にはお二人共降嫁されていたため、必然、比較的歳の近い私が王女の遊び相手に呼ばれていたのだ。

他国の、しかもすでにその時にはリュシリュールとの婚約が決まっていた私であれば、面倒な政治的な絡みもなく、王女の遊び相手とするには色々と都合が良かったのだろう。

「王女は朗らかで優しいお人柄の、可愛らしい方ですわ。子供の時以来、もう随分お会いしておりませんが、きっと愛らしい少女におなりかと」

「……やはり、金の髪に金の瞳《ひとみ》で……？」

「ええ。金の色は、あちらでは王族の証《あかし》ですから」

隣国の王族は、血筋的に瞳や髪に金の色が出る。特に瞳の、明るい琥珀《こはく》を思わせる特徴的な色は、その血統が濃いほど出やすいという。

ちなみに我が国では、銀の色が王家の人間に出やすいことで知られている。

「あちらで今、髪と瞳共に金の色の方は、国王陛下と王弟殿下、王太子殿下と第一王女、そして第三王女の五人の方々になりますね」

私のその言葉に、オーブリー王子が深くため息を吐いた。

「……先日、ちょっとした所用で街に降りた際に、プラチナ色の金の髪に金の瞳の十五歳くらいの少女に会いました」

「え……？　そ、それは……」

「隣国の貴族の娘で、お忍びでこちらに遊びに来ている……と言っていましたが、多分、彼女がそうかと……」

そう言って再び深いため息を吐いたオーブリー王子に、私はますます困惑してしまった。

外見からして、王子が会ったその少女が隣国の第三王女であることはまず間違いない。しかし王女ともあろう人間が、自国内ならまだしも、お忍びで隣国に来ることなどあるのだろうか。

ちなみにオーブリー王子は、生家が市井《しせい》にあることもあって、案外頻繁にお忍びで街に降りている。

とはいっても、お忍びでこちらの国に来ていた王女が、同じくお忍びで街に降りていたこちらの王子と会うなど、奇跡のような確率だ。

隣を見れば、リュシリュールは眉間にしわを寄せて考え込んでしまっている。きっと彼も、私と同じ懸念を抱いたのだろう。

「……兄上。それは、誰か手引きした者が……？」

険しい顔で問う弟に、オーブリー王子が緩やかに首を横に振った。

「いや。私が街に降りたのは偶然だ」

「しかし……」

「嘘みたいな話だが、本当に王女と会ったのはたまたまだったのだと思う。それに、向こうも私が誰か気付いてはいない様子だったしな」

王子がそう言うからには、やはり二人が出会ったのは偶然なのだろう。

私も結婚してから知ったのだが、ふんわりとした優し気な外見に反して、この兄王子もまた非常に頭が切れる。ある意味弟であるリュシリュールよりも、冷徹でドライだ。

だが、オーブリー王子のその性格を知る者は殆どいない。だからこそ、それを知らない不届き者が彼を傀儡《かいらい》王子として目を付けるのだが、そういった輩はすべからく痛い目に遭う羽目になるのだ。

「それにしても何故、お忍びまでしてわざわざこちらに？　旅行が目的だとしたら、彼の国にはもっと見所があるではないですか」

リュシリュールの疑問はもっともである。随一の大国である隣国は、復興途中の我が国とは比べ物にならないほど栄えた国だ。広い国土を有する彼の国は、それこそ各国から様々な観光目的で訪れる人間も多く、そんな国の人間がわざわざ海峡《かいきょう》を越えてまでこちらに旅行に来る目的がわからない。

「それに。いくらあちらが自由な気風だといっても、王女がお忍びで国外に旅行になど、いくら何でも難しいのでは？」

「……まあなー。だからこそ、エリーがまさか王女だなんて思わなかったんだよなぁ……」

お忍びで出会った相手が隣国の王女と知って心底驚いているのだろう。素でぼやく兄王子に、リュシリュールが呆れたようなため息を吐く。

兄弟間でだけ見せる二人の親しい遣《や》り取りに、何となく微笑ましい気分になりながらも、同時に私はあちらの王家の方々を思い出していた。

確かに普通の王家であれば、お忍びで王女が国外を旅行するなどまずあり得ないことだろう。しかもお忍び先に選んだ我が国は、つい最近まで政治的に不安定であったのだからなおさらだ。

けれどもそれが隣国の王家となると、普通では考えもつかないようなことが当てはまるのが厄介なところなのだ。

非常におおらかな気風で知られている隣国の王家であるが、実はそれは、彼等が非常に優秀な魔術の使い手だからこそのことだ。王家の人間はその身に宿す魔力量が常人より多く、子供の頃から訓練された彼等は下手な魔導師などよりも余程の術の使い手であり、そんな彼等に害をなそうなどということはまずできない。

過去、王族の彼等を攫《さら》おうとした不届き者がどのような目に遭ったのか、彼の国では広く周知されていることでもある。もちろん優秀な護衛も付いているが、彼等自身が護衛並みに強いのだ。

加えて、王家の人間たる者、多少の不測の事態に対応できなくてどうするのだといった考えがあることもあって、王家の気風としてむしろ積極的に市井に降りることを推奨する向きがある。さすがに大っぴらに街に降りるわけではないが、王家の人間がお忍びであちこちに出没するということは、あちらの事情に詳しい者には良く知られていることなのだ。

とはいえ、さすがにその情報は他国にまでは知られていない。それにもし知っていたとしても、常識的に考えればとても信じ難いことだろう。

「……そうか。では、王女がこちらにお忍びで旅行に来るのは、隣国《あちら》の王家ではあり得ないことではないのだな……」

一連の説明を私から聞いて、リュシリュールがため息と共にこめかみに手を当てる。その顔からは、明らかに面倒なことになったという声が聞こえてきそうだ。

そのままジトリと睨むように視線を向けたリュシリュールに、オーブリー王子が気まずそうに顔を逸らした。

「……兄上。とりあえず、王女が我が国《こちら》に来た経緯はわかりました。たまたまお忍びで街に降りていた兄上が王女と会った、ということも。……しかし何故そこから、縁談が申し込まれるような事態になっているのです」

「……」

「まさかとは思いますが兄上……、成人前の王女に手を――」

険しい顔でリュシリュールが問い詰める。

そんな弟に、オーブリー王子が慌てて言葉を遮った。

「ち、違う！　いくらなんでもそんなことはしないっ！」

「……では……」

「観光したいという彼女に、街を案内しただけだ！　誓って疚《やま》しいことは何もっ……！」

必死に弁明する兄王子を一瞥《いちべつ》して、リュシリュールが再びため息を吐く。まあ、実際何かしたとは思ってはいないのだろうが、念のために確認したのだろう。

けれども、オーブリー王子が女性に好意を持たれやすいのは事実だ。

リュシリュールと同じ整った顔でありながら優し気な雰囲気と柔らかな物腰の王子は、とにかくもてる。王太子であるリュシリュールが人を寄せ付けない雰囲気を醸し出しているため、余計に人当たりの良い兄王子のオーブリー王子に人気が出るのだろう。

何より、たとえ庶出とはいえ彼が王子であることに変わりなく、むしろ庶出であるがゆえに比較的どんな身分の相手とも結婚を考えられる彼は、未婚令嬢の間で理想の結婚相手として人気があるのだ。とはいえ本人は、当たりだけは柔らかいものの、全く相手にはしていないようなのだけれど。

「……兄上は、無自覚で女性をたらし込むから……」

呆れたようにそう言って、リュシリュールが首を振る。

あながち間違いではないその言葉に、思わず私も頷いてしまった。

本人は紳士的に対応しているだけなのだが、初心なご令嬢にとって、あの整った甘い顔で優しく微笑み掛けられたりしようものならイチコロだ。それこそ非公式のオーブリー王子ファンクラブなんてものがあるくらいで。

するとそんなリュシリュールに、オーブリー王子がムッとしたような顔になった。

「よく言うな。男色だの少年趣味だの言われているお前こそどうなんだ」

「それは、事実無根《じじつむこん》の噂ではないですか！」

「どうだか」

そう言って、私に視線を向けてくる。

確かに、この状況では分が悪い。

グッと喉《のど》を詰まらせたリュシリュールに、オーブリー王子が畳み掛けるように言葉を続けた。

「第一。結婚前に手を出したお前に、言われたくはないな」

「うっ……。そ、それは……」

「まったく。真面目《まじめ》が取り柄のお前がなあ。まあ兄としては、弟の長年の恋心が実って喜ばしい限りだがな」

それを言われてしまったら、黙らざるを得ない。

完全にやり込められて黙り込んでしまったリュシリュールが、顔を赤くして不貞腐れた様にそっぽを向ければ、そんな弟にオーブリー王子がクスクスと笑みをこぼす。何だかんだでリュシリュールは、この兄王子に敵《かな》わないのだ。

ごく親しい、限られた身内しか知ることのない兄弟のそんな遣り取りに、私は微笑ましい気持ちになったのだった。

「……また色々、忙しくなりますね……」

居室のソファーに深く腰掛けて、ふうっと息を吐き出す。

あれから様々話し合いをした後で、部屋に戻ってきたのだ。

「そうだな……」

隣に腰掛けたリュシリュールの顔にも疲労の色が見える。この先のことを考えると、彼としても頭が痛いのだろう。

とにかく、正式に縁談の申し込みがなされる前に、何とかしなくてはならない。隣国がこういった形で情報を寄こしたということは、つまりはこちらに対応の余地を与えてくれているわけで、向こうとしても慎重になっているということだ。

それに今回の件は、王女の一時的な感情である可能性もある。年若い王女が、初めての恋に舞い上がっているだろうことは大いに考えられるからだ。

第一、王女が成人するまで三年もの時間があり、その間に気持ちが冷《さ》めないとも限らない。多分あちらとしても、王女の熱が冷めるのを待つつもりなのだ。

いくら自由だとはいえ、さすがに情勢が不安定な小国に、わざわざ可愛い末の王女を嫁がせたいとは思わないだろう。

とはいえ、ただ受け身で待つというわけにはいかない。まずは今後のことを考えて、オーブリー王子の王位継承権の放棄と臣籍降下を進めるということで話はまとまったのだった。

「……それにしても。殿下にあんな噂があっただなんて……」

少し落ち着くと同時に、今日のあれやこれやが思い返される。思わず小さく独り言《ひとりご》ちると、隣に座ったリュシリュールが不機嫌そうに私を見下ろしてきた。

「それがただの噂だということは、お前が一番良くわかっているだろう？」

「……まあ、そうなんですが……」

今日はレオネル殿だけでなくオーブリー王子にまで散々揶揄われたのだ、この上私にまでその話題を蒸し返されて、彼としては面白くないに違いない。

うんざりしたような声で答えた彼に、しかし私は窺うようにその顔を見上げた。

「……でも殿下、本当に……？」

「くどい！　それともお前は、本気で私が男色趣味だとでも思っているのか⁉」

「い、いえ……そういうわけでは……」

眉を怒らせて、グッと距離を詰めてくる。

まさかそんなに怒るとは思っていなかった私がたじたじと後退《あとずさ》ると、押し倒す勢いでソファーの隅に追い詰めた彼が私の上に乗り上げてきた。

「で、殿下……？」

「……アニエス。よもやお前、疑っているわけではあるまいな？」

そう言って、口の端を吊《つ》り上げて見下ろしてくる。

けれども、目が笑っていない。

光を弾《はじ》く銀の瞳に居竦められて、私は背中に冷たいものが伝うのがわかった。

「い、いえ……！　そんなことは……！」

必死になって否定するも、彼は微動だにしない。

しばらく黙って私を見詰めた後で、しかし何故か一旦《いったん》体を離した彼がニコリと綺麗《きれい》に微笑んだ。

そのままソファーを下りたと思うと、私の体の下に腕を差し入れて抱えるように抱き上げる。

「きゃっ!?」

急に抱き上げられて、驚いた私の口から小さく悲鳴が上がったが、見下ろす彼は楽しそうだ。

しかし、その目は光ったままで。

「まあ、いい。それならそれでわからせるまで、だものな？」

瞳《め》を細めて笑って、スタスタと部屋を横切っていく。

向かう先には夫婦の寝室が。

これは、非常によろしくない状況だ。

翌日、声も出せないほどぐったりとさせられた私は、自分の不用意な発言を後悔すると同時に、この話題を彼の前では二度と口にしないことを固く心に誓ったのだった。

三

差し出された手に手を重ねて馬車を降りた私は、降り注ぐ太陽の光を受け、高く青い空を仰いで瞳《め》を細めた。

この国の日差しは、我が国よりも明るい。若干黄味を含んだ強い日差しに、木々の緑もくっきりと色鮮やかだ。隣を見上げれば、兄も私と同じ薄水色の瞳を眩《まぶ》しそうに細めている。

今私達は、隣国にある親戚《しんせき》の侯爵家を訪ねていた。

「アニエス、疲れたか？」

「いえ、大丈夫ですわ」

聞かれて、首を振る。この国の街道は魔法で整備されているため、道中の殆《ほとん》どを魔法で簡略化できるのだ。とはいえ、さすがに海を渡って何度も乗り継ぎを繰り返せば疲れも溜《た》まる。

それでもニコリと微笑《ほほえ》んでみせた私に、長兄がニヤリと人の悪い笑みを浮かべた。

「違うか。それより、一緒にいるのが私で悪かったな？」

「お兄様ったら……！」

揶揄《からか》われて、睨《にら》むように隣を見上げる。おどけたように片眉《まゆ》を上げた兄に、私はわざと顎《あご》をツンとそびやかしてみせた。

五つ上のこの長兄は人が悪いのだ。拗《す》ねてみせた私に、やれやれといった風に肩を竦《すく》めている。そんな仕草は父にそっくりだ。

今回私は、実兄と共にこの国を訪れていた。

本当であれば王太子夫妻として訪れる予定であったのだが、先日臣籍降下した兄王子、オーブリー殿下のごたごたが片付かず、リュシリュールは国に残らざるを得なかったのだ。

それに、私だけであれば、親戚の家を訪ねてきたということで非公式の訪問とすることができる。訪問の目的を考えれば、非公式の形の方が何かと都合がいい。

そう、今回の訪問の目的、それはオーブリー殿下に申し込まれたこの国の第三王女との縁談について、王女に直接会って話を聞くことだ。

つい最近まで継承権争いで政局が不安定だった我が国にとって、第一王子と大国の王女の婚姻は、新たな揉《も》めごとの種でしかない。オーブリー殿下自身は既に継承権を放棄されたといえども、この婚姻によって次世代での継承権争いが起こる可能性は十分にあるからだ。

加えて、よもや隣国が干渉してくるとも思えないが、万が一ということもある。何より我が国の廷臣達に、再び余計な野心を抱かせるような真似《まね》をわざわざすることもあるまい。

そんな私達にとって、今回の縁談の申し込みは厄介な問題でしかない。だからこそ、できれば穏便に王女にはオーブリー殿下を諦《あきら》めてもらいたい、というのがこちらの本音であり訪問の目的なのだ。

そのためには、王女がどこまで本気なのかを見定める必要がある。

この件は王女の一目惚《ぼ》れということだが、それが熱に浮かされた一時的な物であれば、熱が冷《さ》めるのを待てばいいだけだ。もしくはそれとなく、オーブリー殿下を諦めるように誘導してもいい。

どちらにしろオーブリー殿下自身もこの話には乗り気でなく、この縁談が成り立つのは難しいだろう。王女もまだ年若く、大国の姫である彼女は今すぐ結婚相手を決める必要もないのだから、一時の感情でこんな様々問題を抱えた小国に嫁ぐこともあるまい。

現に、彼《か》の国の王家から未《いま》だ正式な打診がないということ自体が、王家側としても望んだ事態でないということを如実《にょじつ》に物語っているといえよう。双方にとってこの縁談は、穏やかに立ち消えとなった方が良いことは考えるまでもない。

そんなこんなで、説得役として、第三王女と面識のある私が抜擢《ばってき》されたのだった。

「アニエス様。遠いところを、ようこそおいでくださいました」

「おば様……！　お久しぶりです！」

「ふふふふ。アニエスちゃんたら少し見ない間に、とっても綺麗《きれい》になったのね？」

「そういうおば様こそ。昔からちっとも変わらずお綺麗で、羨《うらや》ましい限りですわ」

出迎えてくれたこちらの侯爵夫人は、波打つ金髪に瑠璃《るり》色の瞳《ひとみ》を持つ、まれにみる美女だ。年齢のわからない美しく整った顔に、艶然《えんぜん》と微笑みを湛《たた》えている。

「でも残念。アニエスちゃんご自慢の、素敵な殿下にお会いできるかと思ったのに」

茶目っ気たっぷりにパチリと片目を瞑《つむ》って寄こされて、堪《たま》らず私は苦笑してしまった。

こういうところは、相変わらずだ。

子供の頃《ころ》から私を良く知る彼等は、リュシリュールが私の初恋の相手であることを知っている。更には結婚に至るまでの様々な経緯も知られているわけで、それを思うとある意味今回、彼は一緒でなくて良かったのかもしれない。

応接間へと通されて、お茶を振る舞われる。

一通り近況の報告をし合い一息吐《つ》いたところで、先に夫人が話を切り出した。

「エルレリーゼ様と王子の話は私も聞いているわ。何でも王女がそちらにお忍びで旅行されたそうね？　丁度その時お忍びで街に降りてらした王子にお会いして、そこで恋に落ちたって聞いたわよ」

さらりと言われて、私は兄と顔を見合わせてしまった。

まさかこちらでは、この縁談は既に周知の事実となっているのだろうか。

だとしたら、非常にまずい。

すると、私達の考えていることがわかったのだろう、夫人がニコリと微笑みを向けてきた。

「大丈夫よ。このことは、本当に限られたごく一部の人間しか知らないことだから。こちらとしても、まだ年若い王女の一時的な恋煩《こいわずら》いなんじゃないかって、様子を見ているのよ」

それを聞いてほっと息を吐く。やはりこちらの王家も、この婚姻には慎重なのだ。

しかし続けられた夫人の言葉に、私は再び兄と顔を見合わせた。

「ただ、ねー。乗り気でない、わけではないのよ」

「……というと？」

「ほら、こっちの王家は恋愛結婚が主流なのは知っているでしょう？」

「はい」

「だから余計に、可愛《かわい》い末の王女の初めての恋をできれば成就させてあげたい、って雰囲気なのよね」

言われて、思わず私は眉をひそめた。隣を見れば、兄も難しい顔をしている。

王家側が乗り気だとすると、今回の件は非常に厄介だ。しかもこの縁談は政略的なものではなく、王女の恋心からのもので、もしこちらから断った場合、王女の気持ちを踏みにじったとして恨まれかねない。

こちらの王家の方々は、歳《とし》の離れた末の王女を溺愛《できあい》しているのだからなおさらだ。となると、我が国はいらぬ負い目を負うと同時に、最悪、両国の間に溝ができることになる。諸外国への外聞も悪い。

「……先程、恋煩い――と仰《おっしゃ》いましたが、そんなにも王女はオーブリー殿下にご執心なのですか？」

兄が、難しい顔のまま夫人に聞く。

すると夫人が、ふわりと笑顔を向けてきた。

「そうね。でもほら、貴方《あなた》達も知っての通り、王女はお優しい性格の方でしょ？　だからそちらの王子が乗り気でないのに、無理に縁談を押し通すようなことはしないと思うわ。ただ、そんな王女だからこそ、周りが何とかしてあげたいって思っているみたいね」

「では……」

「ええ。まだ正式な申し込みをしていないのは、王女が止めたのと、あとはやっぱり、そちらの状況の様子見のためね」

頷《うなず》いて答えた夫人に、兄と私、二人で同時にため息を吐いた。

こちらが思っていたのと違って、むしろ王家側がこの縁談に乗り気だとは。

それに、正式な申し込みを当の王女がこちらの事情を慮《おもんぱか》って止めているということは、むしろ王女のオーブリー殿下への思いの深さを感じられる。そうなると、王女に殿下を諦めてもらうというのも、なかなかに気が引ける。

とはいえ、とにかく実際王女に会って確認してみないことにはわからない。話はそれからだ。

またもや兄と同じタイミングでため息を吐いた私達に、侯爵夫人が一人楽しそうにコロコロと笑い声を上げたのだった。

数日後。私は早速、挨拶《あいさつ》を兼ねて王宮に上がることにした。

兄と共に参内し、国王と王太子に面会する。今回はあくまで非公式の来訪であるため、拝謁の間ではなく応接の間での面会を終えた後で、兄をその場に残して私は王宮内にある王族の居室へと向かうことになった。

「アニエス姉様……！　お久しぶりです！」

白と金を基調とした、煌《きら》びやかな回廊を抜けた先の部屋で待っていたのは、陽に透けるプラチナ色の金の髪に、光る琥珀《こはく》の瞳を持つ愛らしい少女だ。私の姿を認めた途端、パッと花が咲いたように顔を綻《ほころ》ばせる。

嬉《うれ》しそうに小走りで側《そば》まで来たその様子に、思わず私も笑顔になってしまった。

「エルレリーゼ様、お久しぶりです。この度はお時間を取っていただき、ありがとうございます」

それでも一応、スカートの裾《すそ》を持ち上げて丁寧に淑女の礼を取る。

するとそんな私に、この国の王女が小さくしまったといった感じで口に手を当てた後で、同じように丁寧に礼を返してきた。

「こちらこそ、遠いところをようこそお出《い》でくださいました。アニエス王太子妃様におかれましては、ますますご健勝のこととお慶《よろこ》び申し上げます」

王女が、流れるように足を後ろに引いて軽く膝《ひざ》を曲げる。優雅で品のあるその所作は完璧《かんぺき》だ。

しかし、互いに正式な礼を取り合った後で顔を見合わせた私達は、どちらからともなくクスクスと笑い声を上げた。

「本当にお久しぶりです……！　今日はアニエス姉様に会えると思って、ずっと楽しみにしてましたの！」

「ありがとうございます。でも随分長いこと会っていませんでしたから、忘れられてやしないか心配だったんですよ？」

「あら、そういう姉様こそ、私のことなんかすっかりお忘れだったくせに！」

そう言って、茶目っ気たっぷりに微笑んで寄こす。

言外に含まれたその意味を悟って苦笑すると、王女が再びクスクスと忍び笑いを漏らした。

「でも、お幸せそうで安心しましたわ。昨年ご結婚されたそちらの王太子夫妻は、とても仲がよろしいということでこちらでも有名ですもの」

どうやらこちらの国でも、私達は仲が良い王太子夫妻として知られているらしい。

私達が結婚に至るまでにあった、我が国のお家事情は既に知られているところだろうが、問題はその後だ。王太子夫妻の結婚が上手《うま》くいっているということは、すなわち国の安定に繋《つな》がる。

最近ようやく国内の事情が落ち着いてきた我が国は、今が大事な時期だ。多少なりとも諸外国に付け入る隙《すき》を与えるわけにはいかない。

内心ホッと息を吐いた私は、王女に促されるまま席に着いた。そのまま、近況報告と会わなかった間のあれやこれやを語り合う。

子供の頃からの知り合いということもあって、その雰囲気は何とも気安い。多分お互いに、他国の人間だから、というのもあるだろう。

王国の王女と王太子妃という肩書を持つ私達は、常にその立場を考えた振る舞いをしなくてはならない。けれども、お互いに外国人でありそれぞれの立場に利害を伴わないこの関係は、気楽であると共にとても貴重だ。

久方振りに、女同士の打ち解けた話に花を咲かせる。

ちょうど話が、最近王女がハマっているという恋愛小説の話題になったところで、私はそれとなく今回の件を切り出した。

「そういえば。確かその本の舞台をご覧になりたくて、お忍びでご旅行なさったんですよね？」

事前にオーブリー殿下から聞いた話では、王女が我が国を訪れた切っ掛けは、王女が最近ハマっているという本の影響なのだという。たまたま街に降りていたオーブリー殿下は、お忍びで旅行に来た彼女と一緒に、その本の舞台となった場所を回って案内したのだとか。

ニコリと笑って視線を向ければ、案の定、王女の顔がパッと朱に染まった。

「……そうなんです」

「……」

「あの……、お話は、聞いていらっしゃるのでしょう……？」

窺《うかが》うように問われて、私は頷いた。

「ええ」

「……オーリー……いえ、オーブリー様は、なんと……？」

そう聞く王女には、先ほどまでの勢いはない。ちらりと私を見上げた後は、目を伏せて恥ずかしそうに俯《うつむ》いてしまっている。

そんな王女の姿に、私は内心複雑な思いになった。

「……金の髪に金の瞳の、たいへん可愛らしい女性にお会いしたと聞いておりますわ」

「ほ、他《ほか》には……」

「高位の貴族の娘には違いないと思ってはいたけれども、まさか王女とは思わず御無礼を詫《わ》びておいて欲しい、と」

その答えに、目に見えて王女が肩を落としたのがわかった。

これはもう、完全に恋する乙女《おとめ》のそれだ。

その姿を見詰めて、私は心の中で小さくため息を吐いてから口を開いた。

「……今回こちらの王家から、エルレリーゼ様と我が国のオーブリー元王子の縁談の話を、内々にいただきました」

「はい……」

噛《か》んで含めるような私の言葉に、王女が小さく肩を震わせる。

何を言われるのか、察したのだろう。王女のその様子に、私の胸が小さく痛みを訴える。

けれどもこればかりはどうしようもない。言うべきか言わざるべきかしばらく悩んだ後で、結局私は、王女にありのままを伝えることにした。

「今回のお話は、とてもありがたいお話であると思っております。実際国力の差を考えれば、わが国には過分なお話かと」

「……」

「ただ、エルレリーゼ様もご存知の通り、最近ようやく情勢が安定したばかりの我が国にとって、今回のお話はちょっと時期尚早《じきしょうそう》と申しますか……」

「……ええ、わかっておりますわ……」

言葉を濁した私に、王女がそれを引き取るように答える。彼女にも、この縁談は我が国にとって望ましい事態《もの》ではないということをわかっているのだ。

だが、わかってはいてもどうにもならないのが恋というもので。

そのことは、私もよくわかっている。それはもう、痛いほどに。

気まずい沈黙がその場に落ちる。

俯いてしまった王女のその姿は、見ているこちらが辛《つら》くなるくらいだ。多分今私が何を言っても、気休めにしかならないだろう。

しかしその沈黙を破ったのは、王女だった。

「……わかって、いるのです。それに、オーブリー様にはご結婚の意思がないことも」

「それは……」

単刀直入《たんとうちょくにゅう》な王女の言葉に、思わず口籠《くちごも》る。

そんな私に、顔を上げた王女が寂し気な微笑みを浮かべた。

「縁談のお話は、お父様やお兄様が私のことを思って先走ってしまわれただけなんです。ほら、お二人とも過保護でしょう?」

眉を下げて小さく笑う王女に、私も苦笑して頷く。

第三王女は他のご兄姉方《きょうだい》と歳の離れた末の姫ということもあって、とても可愛がられているのだ。

「このお話がそちらにとってご迷惑であることは十分承知しています。……ですから、オーブリー様には〝ご心配なく〟、とお伝えください」

笑ってそう伝える王女は、何とも健気《けなげ》だ。オーブリー殿下の立場を考えたら、身を引くしかないとわかっているのだ。

つまり、自分の恋心を押し殺してでも相手を思いやるほどに、本気だということだ。

寂しげな微笑みを湛える王女を前に、私は考え込んでしまった。

我が国の複雑な事情を抜きにして考えれば、オーブリー殿下の結婚相手として王女ほど条件のいい相手はいない。愛らしい見た目はもちろんのこと、優しく思いやりがあり、その上聡明《そうめい》な彼女ほどの結婚相手は、世界広しといえどもそうはいないだろう。しかも、大国であるこちらの国と縁戚《えんせき》関係を結ぶことができるのだ、本来であれば小国の我が国には望むべくもない破格の縁談である。オーブリー殿下自身の幸せを考えた際、果たしてこの王女以上の相手がいるだろうか。

確かに先のことを考えれば、この縁談は何かと面倒の元になりかねない。だがそれも、可能性の話であって、確定ではないのだ。

それに、先ほどの国王と王太子との話。

しばらく黙って、様々な可能性に思いを巡らせる。その後で、私は慎重に口を開いた。

「……確認なのですが……。エルレリーゼ様は、オーブリー殿下をお慕いされている、のですよね？」

「はい……」

私の問いに、再び王女の顔が朱に染まる。

隠すように顔を俯けた王女が、小さく頷いたのを確認して、私は再び口を開いた。

「……では。そのお気持ちを、一度直接オーブリー殿下にお伝えしたらいかがでしょう」

「え……？」

その言葉に、王女が弾《はじ》かれたように顔を上げた。

「殿下にはまだ、エルレリーゼ様のお気持ちを伝えてはいらっしゃらないのですよね？」

「え、ええ……」

「でしたら、お二人のことに私がどうこう言う権利はありませんわ。この縁談をお受けするのかしないのか、最終的に決めるのはオーブリー殿下ですから」

「で、ですが、いいのでしょうか……？　ご迷惑では……」

しかし王女は、戸惑った様子だ。まさか私にそんな風に言われるとは、思ってもいなかったのだろう。きっと、断られると覚悟していたに違いない。

「迷惑かどうか、私がそれを判断することはできませんわ。それこそ殿下に確認しなくては。……それに、そうですね。少なくとも私は、エルレリーゼ様のお気持ちをオーブリー殿下にお伝えできるよう、協力したいと思っています」

確かに当初の予定では、今回の縁談はそれとなくお断りする方向でいた。これまでの我が国の状況を考えれば、継承権がないとはいえ、第一王子と大国の姫との婚姻は後の火種でしかないからだ。

しかしそれもまた未来の話であり、必ずそうだとも限らない。

だとしたら、まだ決まってもいない不確実な未来のために、誠実な一人の女性の思いを踏みにじるべきではないだろう。それが真剣な思いであるのならば、なおさらだ。

何より、ここまで恋《こ》い慕い、思いやってくれる相手を、当事者ではない私が無下に断るべきではない。この先は、王女とオーブリー殿下、二人が決めるべきことだ。

それに今では私も、王女の思いをできれば応援したいと思うまでになっていた。

「それではまず、お二人が会った時のお話を聞かせていただこうかしら」

微笑んで言えば、徐々に王女の顔が緩んでいく。

ふわりと、頬《ほお》を染めて嬉しそうに微笑んだ王女に、私もまた微笑みを返したのだった。

「それで。その切っ掛けの本とは、どういうお話なんですの？」

「あ……それは……」

「今こちらで流行《はや》っている本だと、お聞きしましたわ」

オーブリー殿下から聞いた話では、その本は恋愛小説なのだという。ただ、題名や内容については教えてもらえなかったのだとか。

多分異性であるオーブリー殿下に恋愛小説を見られるのは、気恥ずかしかったのだろう。その気持ちは、私もわかる。

「ぜひ、お話をお聞きしたいわ」

お茶のカップを手に持ったまま、ニコリと微笑む。

すると王女が、おずおずとした様子で私の顔を窺い見てきた。

「姉様は……普段、どんな本をお読みになるの……？」

「私は、そうですね。普段は歴史書や、教養書、後はその土地について書かれた本とかかしら」

王太子妃となった今でも、学ばねばならないことは山ほどある。特に妃《きさき》として外交に携わる関係上、各国の事情は頭に入れておかねばならない。だから自然と読む本は、王太子妃として知っておくべき情報の本ばかりだ。

「しょ、小説は……お読みになりませんの……？」

「もちろん、小説も読みますわ。『雪の降る町』とか、好きですわ」

『雪の降る町』は世界的にも有名なこちらの国の文学者が書いた小説だ。雪国に憧《あこが》れを持つ男が旅先で出会った女性と恋に落ちるまでを、幻想的な筆致で描いた名作である。

しかし何故《なぜ》か、その言葉を聞いた王女がふうっと深いため息を吐いたため、私は首を傾《かし》げてしまった。

「あら？　もしかしてエルレリーゼ様は、『雪の降る町』はお好きではありませんでした？」

「あ、いえ。そういうわけではないのですが……」

「まあでも、序盤、主人公の男は誠実とは言い難いですものね。案外好みの分かれるお話かもしれませんわ」

一人、合点がいったように頷く。

けれどもそんな私に、王女が苦笑いを浮かべて首を振った。

「いえ、『雪の降る町』は抒情的《じょじょうてき》な雰囲気の、素晴らしいお話だと私も思います」

では、一体何が引っ掛かっているのか。

戸惑う私に、王女がニコリと笑みを浮かべた。

「姉様は真面目《まじめ》だな、と」

「え……？」

「私が読んでいる本は、多分姉様が普段読まない類《たぐい》の本ですわ」

そう言って断りを入れてから立ち上がった王女が、隣室に消える。

ここは王女の私室であるため、造りからいって隣の部屋は多分寝室だ。きっと本は、そちらの部屋に置いているのだろう。

それにしても、侍女に持ってこさせるのではなく、王女自ら取りに行くとは。

とはいえこちらの王室は比較的自由な雰囲気であり、王族の方々も皆気さくな性格の方ばかりなのだ。きっと普段もこんな感じなのかもしれない。

そんなことを考えながらお茶を飲んで待っていると、しばらくして、数冊の本を手に王女が戻ってきた。

「……姉様が読まれるような、きちんとした文芸書ではないからお恥ずかしいのですが……」

言いながら、手に持った本をそっとテーブルの上に置いて差し出してくる。

恥ずかしそうなその顔に違和感を覚えつつも、一体どんな話なのかと興味を持った私は、何気なく一番上に置かれていた本を手に取った。

「……『愛の精霊』――仲の良い双子の兄弟の前にある日、村で悪魔の子と忌み嫌われる少女が現れる。他の村の子供達と違い良いも悪いも率直に物言う少女に、弟は徐々に惹《ひ》かれていくのだが――、……………興味を引かれる粗筋《あらすじ》ですね。あら、挿絵もあるんですのね」

帯に書かれている粗筋に目を通して、そのままパラパラと本を開く。今風の絵で描かれた挿絵は目に楽しく、パッと見ただけでも読んでみたいという気にさせる本だ。

それに、文章が平易で非常に読みやすい。いわゆる、大衆向けの娯楽本に分類される恋愛小説なのだろう。確かに、王女の立場では大っぴらには言いにくい趣味だ。

「この本が我が国《うち》を舞台にした本なんですの？」

軽く斜め読みをしてから、一旦《いったん》本を閉じて顔を上げる。

しかし私の問いに、王女が微笑んで首を振った。どうやらこの本ではないらしい。

すると一瞬迷ったような素振りを見せた後で、王女がどこから取り出したのか手に持った一冊を、そっとテーブルの上に置いた。

「……こちら、ですね」

「『日と月の如《ごと》く』――ですか……」

本の表紙には、白銀の雪を思わせる背景に、赤と白の二輪のバラが咲いている。

先ほどの小説に比べると厚みは少ないものの、一見しただけで凄《すご》く読み込まれていることがわかる。

余程何度も読み返しているのだろう。

「そちらが……？」

「ええ」

私の問いに、王女がはにかんだように頷く。

羽で撫《な》でるかのように本の表紙を大事に手で撫でた王女が、ふわりとその頬を薄紅に染めた。

「実は……。この本の登場人物に、オーブリー様がそっくりなんです……」

恥ずかしそうにそう呟《つぶや》いた王女の瞳は、夢見るように潤んでいる。更にはほんのり上気したその顔は、見惚れるほど美しく、愛らしい。

「初めてお会いした時、ユーヴァルド様が本から抜け出てきたのかと思って……」

ユーヴァルドというのが、その本に出てくる登場人物か。

それを聞いて、私はなるほどと納得してしまった。

好きな本の登場人物に似ていたら、それは恋に落ちる切っ掛けにもなるだろう。加えてオーブリー殿下はとても紳士的で優しいお人柄なのだ、王女が夢中になるのもわかる。

「……でも、最初はユーヴァルド様みたいだなって思っていましたけど、話をするうちに、凄く周りに気を配ってらっしゃる方なんだな、と。それに弟さん思いのお友達思いで……。自分のことよりも人のことを優先するようなとてもお優しい方なんだなって。気付いたら、もっとお話してみたい、もっと色々知りたいって思うようになっていたんです。……とはいっても、まさかその時はそちらの第一王子殿下だとは思いもしませんでしたけど……」

聞けば、王女が旅先で旅行の案内を手配したところ、案内の人間と一緒にオーブリー殿下が現れたのだという。品のある佇《たたず》まいと優雅な所作に、お忍びで街に降りている貴族なのだろうと薄々察してはいたけれども、オーブリー殿下を忘れられない王女が後で調べさせたところ、実は王子であると知って非常に驚いたのだそうだ。

「ですが、お互い立場がありますでしょう？　私は第三王女で比較的自由な身ですけれど、そちらの国はつい最近まで色々あったと聞いていましたし。……だからオーブリー様のことは、忘れなくてはいけないって、自分に言い聞かせていたんです……」

そう言って、王女が寂しそうに微笑む。

きっとこれまで何度もそう自分に言い聞かせてきて、それでも忘れられなかったのだろう。

だが、得てして恋とはそういうものだ。駄目だと思えば思うほど、ますますのめり込む。本気の恋であるのならなおさらだ。忘れようとして忘れられるのならば、誰も苦しみはしない。それは私も良く知っている。

そう、忘れ難い思いを振り切るには、自身の気持ちを納得させるための切っ掛けがいるのだ。

そのためにも、やはり王女自身がオーブリー殿下に直接思いを伝える方がいい。その上で、殿下がどうするのか、判断するべきだ。

それに今回、こちらから縁談の断りを入れたとしても、特に我が国に不都合はなく受け入れられることだろう。そのことは、先ほど事前にこちらの国王と王太子にも確認済みである。

それというのも、恋愛結婚を旨とするこちらの王室は、当人同士の気持ちが重要であり、そこに国として関与するのは無粋という考えなのだそうだ。

今回の件は、周りが何もしなければ王女自身からは絶対に行動を起こそうとはしないだろうと見かねたため、非公式の形で接触を取るという方法を取っただけであり、できればオーブリー殿下ご自身の意向を直接伺いたい、というのがこちらの王室の要望なのだ。

つまり、あくまで王女とオーブリー王子の件は当事者間のみの問題で、国として関与するつもりはないということだ。だからたとえ断ったとしても、国として不都合が生じることはない。

だったら、なおさら当人同士できちんと遣《や》り取りをさせるべきだ。

「我が国《こちら》には我が国《こちら》の事情がございますが、それも含めて直接オーブリー殿下からお話をお聞きなさいませ」

「はい」

私の言葉に、王女がこくりと頷く。

その顔を見ながら、私は早速この先のことに考えを巡らせていた。

「ちょっ！　まっ、待ってください!!　さすがに……！」

「うふふふ！　隙《すき》あり、ですわ！」

私が作った氷塊を、相手の騎士が剣で防ぐ。

その隙に詠唱を素早く唱えて、私は氷雪魔法の追撃を放った。

「うぁわっ!?　まっ、参りましたっ……！」

雪まみれになった騎士が、ブルブル震えながら手を上げる。

もちろん、いくら魔術の嗜《たしな》みがあるとはいえ、一介の淑女に過ぎない私が騎士に勝てるわけがない。ハンデをつけた上で彼が手を抜いてくれていたのは、十分承知している。

それでも、勝ちは勝ちだ。眉《まゆ》を下げて手を上げた騎士に、私は晴れ晴れと笑顔になった。

今私は、ハトコの兄様が勤める騎士団に来ている。こちらの国に来てからというもの、王宮に王女に会いに行く以外はほぼこちらにある別邸で過ごしている私のために、この数日兄様が気分転換にと連れて来てくれているのだ。それというのも、子供の頃《ころ》はよくこうやって、兄様と魔術習得のための演習をしていたのだ。

そうはいっても、貴族の御令嬢が騎士や魔導師の真似《まね》ごとなど、褒められたことではない。それに、私が魔術を使えることはごく親しい身内だけが知ることであって、あちらではこんなことはまずできない。何より、王太子妃が騎士達に交じって模擬戦など、とてもではないが無理だろう。

でもこちらの国《こ こ》では、私はただの貴族の娘だ。兄様の親戚《しんせき》ということで、隣国の高位貴族であることは薄々察せられているのだろうが、一部の人間を除いて私の身分を知る者はいない。それに、兄様が副団長を務めるこの騎士団内であれば、私のことが外に漏れる心配もない。

そんな私は、思い切り魔術を使える滅多にないこの機会に、連日兄様についてここ《騎士団》にやって来ていたのだった。

「だいぶ勘が戻ってきたようだな」

手合わせを終えて汗を拭《ふ》いていると、兄様が笑いながら声を掛けてくる。

楽しそうなその声に振り返った私は、笑顔で頷《うなず》いた。

「そうね。やっぱりたまには使わないと駄目ね」

「むこうでは全然使わないのか？」

「ええ。そもそも、私が魔術を使わざるを得ないような状況になることはないもの」

王太子妃である私が、魔術を使わざるを得ないような状況に陥ることはまずない。そんな事態はあってはならないのだから、当然だろう。

「それに。向こうでは、私が魔術を使えることは秘密にしてるし」

「殿下にも？」

「いいえ。彼は知ってるわ」

子供の頃から一緒にいる彼には、私に魔力があることと簡単な魔術を使えることは知られていたけれども、結婚前にあった騒動のせいで、私がかなりの使い手だということがバレてしまったのだ。

まあ、夫婦となった今では、特に隠す必要もないのだけれど。

「じゃあ、向こうでもたまに練習できるよう、殿下に頼んだらいいじゃないか」

事もなげに笑って言われて、私は呆《あき》れて首を横に振った。

「無理よ」

「何故《なぜ》？　君の頼みなら、殿下は喜んで聞いてくださると思うよ？」

笑みを含んだその声は、本当にそう思っているのだろう。それに多分、頼めば問題なく聞き届けられるだろうことは私も知っている。

けれども。

「だって……………恥ずかしいじゃない」

言いながら、照れ臭さを隠すように、腕を組んで軽く頬《ほお》を膨らませる。

子供っぽい仕草だというのはわかっていても、どうもこのハトコの前では素が出てしまう。そもそも私を良く知る兄様には、取り繕っても意味がないのだからいいだろう。

「何が？　別に恥ずかしいことではないだろう？」

案の定、既に兄様は笑いを噛《か》み殺している。わかっていて揶揄《からか》っているのだ。

そんな兄様をジトッと上目遣いに睨《にら》んでから、私は顎《あご》を反らせて顔を横に向けた。

「だって。彼の前ではお淑《しと》やかなレディでいたいんだもの」

「そうなのか？」

「こんな格好で男の子みたいなところ、絶対に見られたくないわ」

男装姿は以前にも見られているが、その時と今は全然違う。あの時は男装といっても、貴族らしい装飾のある服装だったし、ミレーゼ達が綺麗《きれい》に身なりを整えてくれたのだ。

しかし今日の私は、動きやすさ重視の簡素なシャツとズボンに、髪も簡単に括《くく》っただけだ。動き回ったことで、きっと髪はぼさぼさになっていることだろう。

何より、男の子みたいに跳ねたり飛んだりして走り回る姿は、さすがに見せられない。気が強い上に、こんなお転婆――というかじゃじゃ馬だとは、彼には絶対思われたくない。一応私にだって、女らしい乙女《おとめ》心くらいあるのだ。

とはいっても、今更と言えば今更なのだが。

「ふーん？」

「そうよ！」

楽しそうな兄様を、腕を組んだまま睨みつける。

しかし、笑いながら視線を背後に向けられて、私は訝《いぶか》し気に眉を上げた。

「――だそうですよ、殿下」

「え……？」

驚いて後ろを振り返れば、見慣れた銀の髪が。

その隣では、実兄のアルマン兄様が手で口元を覆って笑いを堪《こら》えているではないか。

事態が呑《の》み込めず思わずポカンとした私だが、理解した途端、一瞬にして顔が沸騰《ふっとう》したように熱くなるのがわかった。

「うそっ!! 何で!?」

突然のことに狼狽《うろた》え、視線を彷徨《さまよ》わせた後でジリジリと後退《あとずさ》る。

しかも彼は、非常に、不機嫌そうだ。細められた瞳《め》が、不穏に鈍く光っている。

威圧感を感じさせる彼の視線に耐えきれなくなった私は、咄嗟に近くにあった壁——ハトコの背後に回ってその身を隠した。……のだが、何故かその場に空気が張り詰めるような重い雰囲気が降りたため、恥ずかしさと困惑で、ますます私は兄様の背中に隠れるように体を縮こまらせる羽目になった。

「アニエス、さすがにそれはまずい——」

「な、何で殿下がここに!? 当分は手が空かないって言ってたのに!!」

兄様が言いかけた言葉を途中で遮って、悲鳴のような声を上げる。

彼は一体、いつからいたのか。全部見られていたとしたら、恥ずかしすぎる。

すると、なんとも重い沈黙が流れた後で、氷のように冷たい声が聞こえてきた。

「……今日の晩餐《ばんさん》会に間に合うよう、急いで用事を片付けたのだ。だがどうやら私は、招かれざる客だったらしいな?」

確かに今夜、こちらの王家主催の宮中晩餐会がある。本当であれば挨拶《あいさつ》も兼ねて彼と二人、夫婦で出席するところだったのだが、手の空かない彼に代わって兄のアルマンが私をエスコートすることになっていたのだ。

「そ、そういうわけではっ……!」

「それよりアニエス。お前はいつまでそうしているつもりだ?」

彼の声が、一段と低くなる。

これは、凄《すご》く怒っている。何故かはわからないが、凄く怒っている。

けれども色々突然すぎて、処理速度が追い付かない私の頭は混乱するばかりだ。彼の怒気に当てられて、ますます当惑してしまう。

王太子妃という身分にもかかわらず、こんな格好で騎士の真似ごとをしていたことを咎《とが》めているのだろうか。

すると、急に目の前の壁がなくなって、私は驚いて目を見開いた。

「っ！」

開けた視界の先には、薄らと笑みを湛《たた》えたリュシリュールが。しかし私を見据える瞳は、凍《い》てつくほどに冷たい。

思わずブルリと体を震わすと、あっという間に目の前に来た彼が、私の腕を取って引き寄せた。

「殿……リュ、リュシー？」

勢いよく引き寄せられて、堪《たま》らずよろけた私の体を彼が受け止める。そのまま私の腰に腕を回してさっさとその場を後にしようとするリュシリュールに、私は戸惑ってしまった。

さすがにこの数日世話になった騎士団の人達に、挨拶もせず別れるわけにはいかない。

すると私の戸惑いを察したかのようなタイミングで、兄様が彼に声を掛けた。

「殿下。お久し振りにございます」

兄様の挨拶に、リュシリュールが足を止める。

私にだけ聞こえる、小さな舌打ちを苛立《いらだ》たし気についた後で、彼が私ごと振り返った。

「久しいな。それと、ここでは敬称は不要だ」

「はい。ではお言葉に甘えて」

片手を胸に当て礼を取っていた兄様が、その言葉を合図に頭を上げる。

同じように、私達の遣《や》り取りに困惑しつつも兄様に倣《なら》って礼を取っていた周りの騎士達が、居住まいを正してその顔を上げた。

「アニエスが世話になった。礼を言う」

微笑《ほほえ》んでそう言うリュシリュールからは、先程までの苛立ちは微塵《みじん》も感じられない。尊大で王太子然とした、いつもの彼だ。

そんな彼に、条件反射のように騎士達が再び頭を下げて礼を取る。多分、彼が隣国の王太子であることなど知らないだろうが、滲《にじ》み出る雰囲気に自然と体が反応したのだろう。

「いえ。妹同然のアニエス様のお世話をするのは、身内として当然のことですから」

兄様が、ふんわりと微笑んで答える。

しかし、一見何の変哲もないその言葉に、私の腰に回された彼の手に力が込められたのがわかった。

そっと隣を窺《うかが》えば、笑みを深くしたリュシリュールがいる。その顔からは彼の心情は読み取れない。

「そういえば。そなた達一族は、結束がとても堅いのであったな」

「はい。それに、我等が両国の架け橋となりますれば」

「そうだな。では、これからも両国の絆《きずな》を深めるべく、よろしく頼む」

和《なご》やかな会話ながら、妙な緊張感を感じるのは気のせいではないだろう。その証拠《しょうこ》に、周りの騎士達の顔が一様に強張《こわば》っている。

兄様はいつも通りだが、リュシリュールがやけに威圧的なのだ。

兄様とリュシリュールの長くはない話が終わり、ここ数日のお礼と挨拶をしてから、その場を後にする。

私達がその場を離れてしばらくして、背後からホッと息を吐いた音が聞こえてきたのがわかった。

それにしても。

私を連れて騎士団の敷地を無言で横切る彼の顔に、すでに笑みはない。彼から伝わるピリピリした空気に、私の口から思わずため息がこぼれる。

すると、それを聞き咎めた彼が、ピタリとその歩みを止めた。

恐るおそる窺うように隣を仰ぎ見れば、鋭く眇《すが》められた銀の視線が私を射抜く。その眼《め》は、私を責めているかのようだ。

堪らずビクリと体を縮めると、しかし、何故か彼が唐突に笑みを浮かべた。

「……で、殿下……？」

「アニエス。こちらの国で、のびのびと過ごせていたようだな？」

「え……？　あ、はい」

微笑む彼に、困惑しながら答える。

「そうか、それは良かった」

「……殿、下……？」

すると、戸惑う私に一層笑みを深めたリュシリュールが、にこやかに口を開いた。

「どうやらお前は、私がいない方が良いらしいな？」

言われて、私はまじまじと彼を見詰めてしまった。

笑みの形に細められた瞳の奥には、拗《す》ねたような色が。

つまりこれは。

「リュシー……、もしかして……」

「……」

「拗ねてる……？」

窺うように覗《のぞ》き込んで聞けば、彼が無言でその顔を逸《そ》らせる。

これは、肯定、ということか。

先程も思ったが、私がハトコと親しくしていたのが気に入らなかったのかもしれない。

彼は何故か、私のハトコにやたらと敵愾心《てきがいしん》を持っている。それもこれも多分。

「妬《や》いてるの……？」

「……」

彼が、ますます私から背けるようにして顔を横に向ける。

これはもう、間違いないだろう。

確信した途端、私は擽《くすぐ》ったいような思いに駆られた。

だって、あのリュシリュールが、嫉妬《しっと》してくれているのだ。かつての彼からは想像もつかない。嬉《うれ》しくて、思わず笑みが浮かぶ。

くすくすと小さく忍び笑いを漏らすと、それを聞き咎めた彼が、ブスッとした顔で見下ろしてきた。

「……何故笑う」

「だって。これまではいつも私が妬くばかりだったから、新鮮で」

つい去年まで、私が彼を追いかけるばかりだったのだ。返されることのない思いに悩み、どれだけ苦しんだか知れない。

それが今は、彼が焼きもちを焼いてくれるだなんて。当時はまさか、そんな未来が待っているとは思いもしなかった。

しみじみと、彼に思われている幸せを噛みしめる。

すると私が嬉しそうなのが気に入らないのだろう、リュシリュールが再び不機嫌そうにそっぽを向いてしまった。

「……くくく……、いやあ、仲が良いことで」

背後から聞こえてきた忍び笑いに、驚いて振り返る。そこには、口元に手を当てて楽しそうに笑うアルマン兄様がいた。

「お兄様！」

すっかり兄の存在を忘れていた私は慌ててしまった。

そういえば、リュシリュールはアルマン兄様と一緒にここに来たのだ。つまり今し方の遣り取りは、全《すべ》て見られていたわけだ。

　さすがに照れ臭い。

「まあ殿下。そうお怒りにならずとも」

「……」

「そもそも妹が騎士団《こ　こ》にいるのは、こちらに来てから元気がない妹の気分転換にと、ハトコの彼が気を利かせてくれたんですよ」

　そう言うアルマン兄様はとても楽しそうだ。

「それもこれも、殿下と離ればなれなのが寂しくて……というのが原因なのですから」

　片眉を上げて揶揄いの笑みを浮かべるアルマン兄様に私は、徐々に顔に熱が集まっていくのを感じていた。

　気分転換に、とは言われたが、まさかそんな風に気を使われていただなんて。

「私としては、寂しいような嬉しいような。……ま、なんにせよ仲睦《むつ》まじいことは喜ばしい限りですがね」

「お兄様ったら……！」

　真っ赤になって抗議するも、兄はどこ吹く風だ。ニヤニヤ笑って肩を竦《すく》めている。

　けれどもアルマン兄様の言葉で、リュシリュールの雰囲気が和らいだのも事実で。

　見れば、そこはかとなく嬉しそうなのは気のせいではないはずだ。口元は依然引き結ばれているものの、その眼は先程に比べて随分と柔らかい。

それでも、揶揄われて一人恥ずかしい思いをすることになった私は、照れを隠すように頬を膨らませて顔を逸らせたのだった。


「それで。お前が寄こした手紙に書いてあったことだが」

滞在先である別邸に戻るなり、リュシリュールが早速本題を切り出す。

向かいのソファーに座る彼の王太子としての顔に、私は即座に頭を切り替えた。

「当初の予定を変更して、兄上と王女を会わせてみたらどうかということだったが、それは一体どういうことだ？　よもやお前のことだ、情に流されて――などということはあるまいが、その判断理由を聞きたい」

私を見詰める彼の視線は険しく、厳しい。当初こちらの国に来た時の私の目的は、王女にオーブリー殿下を諦《あきら》めてもらうというものだったのだから、彼の詰問は当然だ。心の中を見透かすかのような、鋭い眼差《まなざ》しが私に注がれる。

怜悧《れいり》なその瞳を見返して、私は慎重に口を開いた。

「大きな理由としては手紙にも書きました通り、二つです」

「こちらの王家がこの縁談に乗り気だということ、それと、こちらの王家と縁戚《えんせき》関係になることでの利点が書いてあったな」

「はい」

彼の問いに、頷いて答える。

「国王陛下から直接お聞きしたことには、こちらは王女の縁談に乗り気ではあるものの、まずは当人同士の意思を尊重したい、ということでした。我が国の事情も十分承知しつつ、その上でオーブリー殿下ご自身にお話を伺いたい、と」

「その場合、たとえ兄上がこの縁談を断ったとしても、我が国との外交に影響はない、と言っていたそうだな？」

確認するように、彼が私を見詰める。

その視線に頷きを返してから、私は再び話を続けた。

「はい。恋愛結婚を旨としている以上、当人同士の遣り取りに国として関与するのは無粋《ぶすい》だと。それを受けて正式な申し込みは、王女とオーブリー殿下、双方に結婚の意思があることを確認してからのみ為されるとお約束をいただきました」

これは、我が国の大使として訪れた兄と共に確認したことであり、公的な誓約を伴う。

つまり、オーブリー殿下が王女との結婚を断っても、国同士の遣り取りに影響が及ぶことはないと確約されたということだ。

「二点目は、もし王女とオーブリー殿下がご結婚なされた場合、我が国にもたらされるであろう恩恵ですが、これは手紙にも書いた通りで特に説明は不要かと。とはいっても、オーブリー殿下にご結婚のご意思があれば、の話ですが」

「そうだな。……だが、今回兄上に結婚の意思がないことは、お前も承知しているだろう？　にもかかわらず、お前の判断で事を進めたのは何故だ。当人に結婚の意思がなければ断っても良いというのであれば、そのまま兄上の意思を伝えれば済む話だったのではないか？」

彼の目が、すっと細くなる。その瞳は、私を問い正すかのようだ。

多分彼としては、どうせ断ることがわかっているにもかかわらず、いたずらに王女に気を持たせるのはどうかと言いたいのだ。

それに、たとえどんな小さな可能性であっても、この先火種となるであろう懸案は先に摘み取るべきである。

私もそれは、わかりすぎるほどわかっている。わかっていて、それでも王女に協力するような形になったのは何故か。

ふっと、目を伏せて苦笑いを漏らした私は、再び彼に向き直った。

「王女が、本気だったからですわ」

言いながら、静かに青味を帯びた銀の瞳《ひとみ》を見詰める。だが、彼の顔は依然厳しいままだ。

私の言葉に、一拍間を置いてから、彼が表情を変えずに口を開いた。

「……ならば、なおさらお前から話をするべきだったのでは？　本人に直接断わられたのなら、余計に傷は深くなるではないか」

彼の言い分もわかる。わかるが。

「それでも……です。本気だからこそ、たとえ深く傷つこうとも、本人の口から聞いた言葉でなければば諦めきれないかと」

「……」

「それに……」

黙って私の話を聞く彼に、言おうかどうしようか一瞬言い淀《よど》む。

しかし小さく息を吐いた後で、私は意を決して言葉を続けた。

「……オーブリー殿下は、一生誰《だれ》とも結婚をしないおつもりなのでは、と」

そこでリュシリュールの視線が、初めて下に落ちた。

そう、彼もわかっているのだ。

「お立場を考えて……のことでしょうが、多分オーブリー殿下は一生お独《ひと》りで過ごすおつもりなのだと思います」

弟思いのオーブリー殿下は、他《ほか》でもない自分という存在のせいで、弟であるリュシリュールにいらぬ苦労を掛けてしまっていることをひどく気にしている。何より自身の血筋は、この先国政の妨げにしかならないと、誰よりも知っているのだ。

はっきりと、オーブリー殿下自身に聞いたわけではない。けれども、兄王子でありながら未《いま》だに独り身であること、更にはこれまで一人の恋人も作らず相手を決める素振りすら見せないのは、明らかに不自然だ。

それもこれも全ては、弟のためで。

そしてそれは、リュシリュールも知っている。

「だからこそ今回の縁談は、オーブリー殿下ご自身のためにも、すぐに断るべきではないのではないかと判断いたしました」

「…………そうか」

「はい」

オーブリー殿下とこちらの王女が結婚すれば、次の代でよからぬ企《たくら》みを持つ者が出るであろうことは、他ならぬ私自身が一番懸念することだ。政治に、様々な思惑に翻弄《ほんろう》され、ままならぬ思いに傷つき苦しむのは、私達の代だけでもう十分である。

それでも、敢《あ》えて火種となりかねない決断をしたわけには、ひとえにオーブリー殿下とリュシリュール、彼等の幸せを願う気持ちがあるからだ。

オーブリー殿下が一生独りで過ごすことになれば、必ずやリュシリュールは苦しむことになる。自身の力不足のせいで兄の人生を犠牲《ぎせい》にしたのだと、自分を責めることだろう。

しかしそれでは、余りにも切ない。誰よりも振り回されてきた二人が真に幸せになれないだなんて、そんなの悲しすぎる。

時に犠牲は必要だけれども、それでも最初から誰かの犠牲がなければ成り立たないようなやり方は選択すべきではない。それこそ次世代で争いが起こらないよう、私達が盤石な体制を敷けばいいだけの話だ。

そしてそれは、決して無理な選択ではないはずだ。

「…………では王女は、兄上の相手に相応《ふさわ》しいと、お前はそう判断したというのだな？」

「はい」

俯《うつむ》けていた視線を再び私に向けて問う彼に、私はまっすぐにその目を目詰めて頷きを返した。

「……それに、生涯《しょうがい》結婚しないと決めているオーブリー殿下の考えを変えるには、王女くらいの条件がなければ難しいかと」

オーブリー殿下はその柔らかな物腰に反して、意外に頑固だ。こうと決めたら、まず考えを改めることはない。

そんな人間が決めたことを変えさせるには、考えを変えざるを得ないような状況に追い込む必要がある。大国の後ろ立てを持つ王女との縁談は、ある意味いい機会だろう。

「そうは言いましても、オーブリー殿下ご自身がどうしても嫌だと仰《おっしゃ》るのであれば、無理強《じ》いするつもりはありませんが」

さすがに本人が嫌だというものを、周りの思惑で捻《ね》じ曲げるわけにはいかない。

何より、そんなことは王女も望まないだろう。

「とにかく。折角こちらにいらっしゃったのです、殿下ご自身の目でエルレリーゼ様がどのような方なのか、ご確認なさいませ」

折しも今夜は、王宮の晩餐会だ。王女も必ず出席をする。

それにきっと、彼も最初からそのつもりでこちらに来ただろうことは明らかだ。

無言で頷いた彼を確認して、私は小さく息を吐き出した。

夜会服に着替え、リュシリュールと共に王宮へと向かう。

晩餐の大広間に足を踏み入れた途端、会場中の視線が私達に向けられたのがわかった。

「……なんだ、もう情報が漏れたのか」

隣に立つリュシリュールの聞こえるか聞こえないかの呟《つぶや》きに、私は笑みを崩さぬまま微《かす》かに頷いてみせた。

この国は、常に様々な国の賓客が訪れている。だから我《う》が国《ち》のような小国の王太子夫妻など、珍しくもなんともないのだ。

にもかかわらず、今私達がここまで注目を集めているわけ。それは一つしかない。

皆、この国の第三王女の縁談について知っているのだ。

「……どこまで話が漏れているのか……」

こちらの侯爵夫人からは、まだごく近しい身内しか詳しい事情は知らないと聞いていたが、王女に思う相手ができたという情報がどこからか漏れたのだろう。

それとも、このタイミングで私達が訪問したことによる邪推か。

どちらにしろこれでは、表立って王女と接触することは難しい。どこまで情報が漏れているのかわからない状態で王女に接触すれば、邪推が確信に変わってしまう。王女とオーブリー殿下のことは、あくまで非公式にしておく必要があるのだ。

好奇の色を含んだ視線を一身に受けて、私は内心ため息を吐《つ》いた。

にこやかに周囲と歓談し、つつがなく食事が進行する。

残すはデザートのみとなっても、私達は相変わらず注目の的だ。

しかし、常に人の視線に晒《さら》される私達にとって、この程度の注目は特にどうということはない。普段私達に向けられる、様々な思惑が入り混じったねっとり絡みつく視線に比べれば、こんなの些末《さまつ》なものだ。

だが、その視線がただの好奇心だけではないことに、そろそろ私も気が付いていた。

「アニエス、どうした？」

「いえ。……何でもありません」

「そうか？　ならよいが……」

先程から、周囲の令嬢達がリュシリュールをチラチラと窺っているのだ。頬を染めて夢見るようなその顔は、見覚えのあるものだ。

しかしそんな周囲にもかかわらず、彼は一向に気にした様子もない。こんなことはよくあることと、気にもならないのだろう。

それにしても、よく考えると結婚前も後も、向こうでは彼にそんな視線をあからさまに送るご令嬢は余り見たことがない。もちろん、その見た目と王太子という立場から彼に憧《あこが》れる女性は多かったはずだが、私という婚約者がいたことと、何より彼はリーリエ嬢に夢中だと思われていたこともあって、アプローチを掛けようとする女性は碌《ろく》にいなかったのだ。

それでも全くというわけではないが、果敢《かかん》に挑んでも、全てがけんもほろろな対応で相手にもされず、挙げ句に陰でウィルスナー伯爵家に圧力を掛けられる。そんなことから、彼に近づこうとする女性はいなかったのだ。

結婚後は結婚後で、今度は私の実家が睨みを利かせている。そんな状態で表立って彼に接触などできるはずもない。

だから、こんなにもあからさまにリュシリュールが多くの女性に注目されている状況というのは、実は初めてなのだ。

そして、やはりそれは、妻として面白い事態ではないわけで。

なんとなくモヤモヤとした思いのまま、全ての食事を終えて周囲と歓談する。

すると案の定、一通り会話をしてから席を立つと、それを待っていたかのように私達は人だかりに囲まれてしまった。

「……私、ミルディアノ子爵家のリノーチェと申します……あの……もしよろしければ……」

「お初にお目に掛かります、私はサルビニアと申します。我が伯爵家は今ダリアが見頃でして、他にも遠方から取り寄せた――」

「我が家のシェフは、もともとこちらの王宮でシェフをしておりまして――」

口々に寄ってたかって話し掛けられて、その勢いには思わず私もたじろいでしまうほどだ。

隣を見れば、彼も面食らった顔で唖然《あぜん》としている。

彼女達にとっては他国の王太子ということで気安いのかもしれないが、さすがにこれはいかがなものか。

というか。隣にいる私の存在は、見えていないのか。

いくらなんでも失礼すぎる。

ムッとした気持ちのままに、下腹に力を込める。艶《あで》やかに微笑んで割って入ろうとしたところで、しかし。

背後からにこやかに声を掛けられて、私は気勢を削《そ》がれてしまった。

「いやはや、大人気ですね。さすがリュシリュール殿」

「クリスティアン殿下」

驚いて振り返れば、この国の王太子である、クリスティアン王子が。

プラチナ色の金の髪に琥珀《こはく》を思わせる金の瞳は、まさしくこの国の王族の象徴だ。その明るい琥珀の瞳が、今は人懐こく細められている。

自国の王太子の出現に、それまで賑《にぎ》やかだった御令嬢達が慌てて礼を取って後ろに下がった。

「いかがですか？　楽しめてらっしゃいますか？」

「そうですね。こちらは珍しい物が多く、驚いてばかりいます。交易の販路が広いのは羨《うらや》ましい限りですね。……といっても、今日来たばかりでまだ右も左もわからないのですが」

「ははは！　リュシリュール殿は噂《うわさ》の通り真面目《まじめ》でいらっしゃる！　私など他国に遊学に行こうものなら、これ幸いと羽を伸ばすことしか考えませんからね！」

楽しそうに笑うクリスティアン殿下は、何とも気安い雰囲気だ。金の色合いもあって、彼が笑うとその場がパッと日が差したかのように明るくなる。

「それにしても、この度はご成婚おめでとうございます。本当は私が直接お祝いを述べに行きたかったのですが、そこにいる彼が、どうしても自分が行くと言って聞かなかったのものですから」

向けられた視線の先は、私のハトコの兄様だ。王太子の視線を受けて、気付いた兄様が笑いながら私達の下に合流する。

自国の王太子と他国の王太子、そして何かと話題の兄様が揃《そろ》ったことで、その場に軽いどよめきが起きた。

さすがに美形三人が集まると迫力がある。キラキラしいその絵に、一気に場が華やぐ。

「可愛《かわい》い妹《ハトコ》が結婚したとあっては、この目で確認しに行かなくてはなりませんからね」

「本当に仲が良いな！　だが、アニエス嬢が結婚してしまってガッカリしたのではないか？」

クリスティアン殿下のその言葉に、内心ヒヤリと汗を掻《か》く。

兄様と私の間に親愛の情以外は存在しないが、とかくリュシリュールが兄様を目の敵《かたき》にしているからだ。

しかし、何気ない振りをして隣を窺うも、別段彼に変わった様子はない。先ほどと変わらずにこやかな笑みを浮かべて、クリスティアン殿下達と歓談している。

そのことにホッと胸を撫《な》で下ろすも、またもやクリスティアン殿下の言葉で、再び私は緊張する羽目になった。

「それにしても羨ましい！　かくいう私も、アニエス嬢の結婚を知ってガッカリした男の一人ですからね」

そう言って、思わせ振りにぱちりとウインクをして寄こす。

キラキラしい美形のそんな仕草に、周囲からは感嘆のため息が。さすがに様になっている。

けれども、一国の王太子がそんな俗な真似をするとはどうなのか。思わず戸惑ってしまった私だったが、そこは綺麗に隠してころころと笑ってみせた。

「クリスティアン殿下はお上手《じょうず》でらっしゃる！」

「いえいえ？　本当のことですよ？」

「ふふふ。では、ありがたく褒め言葉として頂戴《ちょうだい》しておきますわ」

もちろん、本気で言っているなどとは微塵も思っていない。こんなのは、女性に対する社交辞令《しゃこうじれい》だ。

リュシリュールもそれはわかっているわけだが、続けられた次の言葉に、私の腰に回された腕に力が込められたのがわかった。

「アニエス嬢がリュシリュール殿の婚約者でなければ、ぜひとも私の妃《きさき》にと思っていたのは本当のことですから」

ふわりと微笑むクリスティアン殿下からは、言葉の真意は窺えない。

しかし先程から私を、敢えて〝アニエス嬢〟と呼ぶのは不自然だ。子供の頃からの知り合いで、かつ親しい間柄だからこそそのことだとしても、さすがにこの状況はまずい。私は紛れもない既婚者で、しかも隣には夫であるリュシリュールがいるのだからなおさらだ。

なんとなく、不穏な雰囲気になりかける。

しかし、その空気を破って、リュシリュールが楽しそうに笑い声を上げた。

「ははは！　それは残念でしたね！」

「ええ、羨ましい限りです！」

そう言って笑う彼は、心底楽しそうだ。同じように笑顔のクリスティアン殿下とその場で笑い合う。

ひとしきり笑い合った後で、彼が腰に回した腕で私を引き寄せる。体を引き寄せられて顔を上げると、微笑んだ彼が蕩《とろ》けるような眼差しを私に向けてきた。

「こんなにも素晴らしい女性を妻にできた私は、なんて果報者だろうな？」

言いながら、流れるように私の手を取り、手袋の上からそこに口付ける。

そのまま再び甘く見詰められて、堪らず私は固まってしまった。

「おやおや、これは……」

「……くくく……。何とも、お熱いことで」

クリスティアン殿下と兄様の楽しそうな忍び笑いが聞こえるが、私はそれどころではない。二人きりの時でも滅多に見ることのない甘い笑みを向けられて、顔に熱が集中していくのがわかる。

しかも彼は、私の動揺を知っていつもやめる気配がない。愛《いと》おし気に、口元に持っていった私の手を撫でている。

真っ赤になって固まったままの私を見詰める彼の瞳は、ますます甘い。必死になって冷静になろうとするも、それが逆効果で。

するとそんな私を更に引き寄せて、ようやく彼が視線を前に向けた。

「私が彼女の虜《とりこ》なのです。妻にと希《こいねが》って、ようやく願いが叶《かな》ったのですから」

照れもせず、にこりと笑って言ってのける。

そんな彼と私を見比べた後で、クリスティアン殿下が堪え切れないといった様子で笑い声を上げた。

「はははは！　これは無粋なことを申しました！」

楽しそうに笑うクリスティアン殿下に、リュシリュールは依然涼やかに微笑んだままだ。そこには、先程までの緊張感は微塵もない。

多分、私をだしに互いに腹の探り合いをしたのだろうが、とりあえずは決着がついたらしい。そのことに、ひとまずほっと胸を撫で下ろす。

すると、再び揶揄いの笑みを浮かべたクリスティアン殿下が、兄様に向かっておどけた様子で顔を向けた。

「それにしても、アニエス嬢がこんなに狼狽える姿は初めて見たぞ」

「ええ」

「これでは最初から、私の出る幕はなかったわけだ」

わざとらしく落ち込んで見せるも、その顔は何とも楽しそうだ。演技掛かった仕草で私達に向き直り、肩を竦めてみせる。

「それでは馬に蹴《け》られる前に、邪魔者は退散させていただくとします」

つと優雅にお辞儀をしてから、兄様を伴って人垣に消える。

明るい金の髪が見えなくなるまで見送って、そこでようやく私は息を吐き出したのだった。

「どうしたアニエス？　何をそう不機嫌なんだ？」

そう聞く彼は、心底不思議そうだ。先程人前であんな態度をしてみせたくせに、どうやら彼にとっては何でもないことらしい。

ちなみに今は、あれから主要な人物と一通り会話を交わして、休憩のために用意された控室に彼と二人きりでいる。

「……別に。なんでもないですわ」

さっきのあれは、クリスティアン殿下に対する牽制《けんせい》のためのものであることは私にもわかっている。あの遣り取りで、両国の王太子としての立ち位置を互いに測っていたわけだ。

けれども、わかってはいても、彼にあんな風に微笑み掛けられたのなら、私はひとたまりもない。

彼と結婚して一年が経《た》つが、それでもまだああいったことは慣れないのだ。

いくら最近は違うとはいえ、彼に虐げられてきた年月の方が長いのだからなおさらだ。こればかりは今更と言われてもしょうがない。

照れたり赤くなったり、いつも動揺するのは私ばかりで、何となく面白くない気分になる。

しかし、なんでもないと言いつつも明らかに何かある私の態度に、彼が苦笑して体を寄せてきたため、私はわざと彼から離れるようにソファーの上で距離を取った。……が、すぐにまた距離を詰められる。

再び距離を取ろとして、しかし。

それをさせまいと、彼が私の背中に腕を回して抱き寄せたため、せめてもの抵抗と私は体を硬くした。

「……アニエス……。いくらなんでも、それは傷つく」

「……」

そう言う彼の声は、辛《つら》そうだ。本気で、私に拒絶されたと思っているらしい。

傷ついたことがわかる彼のその声に、私は小さく息を吐きだして体から力を抜いた。

「何がそんなに気に入らなかったんだ?」

「……」

「言ってくれなければ、わからないだろう?」

私を覗き込む彼の顔は、本当にどうしたらよいのかわからないといった顔だ。途方に暮れた様子で私の顔を見詰めている。

さすがに、やりすぎたか。

それでも、何となく素直になれない私がむくれて下を向くと、彼が困ったようにため息を吐いたのがわかった。

「……あれか? 女共が煩《うるさ》かったからか?」

「……」

確かに、あれは腹が立った。妻である私が隣にいるというのに、それでもあんな風に寄ってくるだなんて馬鹿《ばか》にしているとしか思えない。

思い出せば、更にムカムカと腹が立ってくる。

ますます面白くなくてむくれて下を向くと、彼が深いため息を吐いた。

「もっと強くあしらえれば良かったのだが……。さすがにあんな風に来られては、面食らってしまってな」

「……わかっております」

「もしかして、それで怒っているのか？」

真剣に、聞いてくる。

そんな彼の姿に、だんだん私も気持ちが解《ほぐ》れてくるのがわかった。

私も、彼と喧嘩《けんか》がしたいわけではない。ちょっと拗ねてみただけだ。

気持ちを切り替えるよう小さく息を吐いた私は、とりあえずこの場は矛を収めることにした。

「違います」

「……では、なんだ？」

「それは……」

口に出し掛けて、言い淀む。

素直にならなくてはいけないのはわかっているが、それでもまだ、これを言うのは恥ずかしい。

しかし真剣な顔で私の答えを待つ彼に、私は諦めて腹を括ることにした。照れ隠しに、腕を組んで不貞腐れたように顔を横に向ける。

さすがに、顔を見られたままこれを言うのは無理だ。

「……殿下が……、リュシーが、やけに余裕で面白くなかっただけ……！」

顔を横に向けたまま、口早に言う。次いで、じわじわと頬が熱くなる。

すると、そんな私に驚いたように目を丸くした彼が、次の瞬間楽しそうに笑い出した。

「ははははは！　なんだ、それで怒ってたのか！」

「……」

「だが別に、あれは揶揄ったわけではないぞ？」

「……わかってます！　でも、いつも私ばっかり照れたり動揺したりで、……ずるいっ……！」

対外的な演出だとわかっているのに、見詰められただけで動揺してしまう自分が悔しい。彼はそんなことはないのだから、なおさらだ。

「私ばかりいつも振り回されてるのが、悔しかっただけ！　…………て、むぐっ⁉」

早口に言ってのけると、言い終わるや否や唐突に手を引かれて抱きしめられて、驚いた私の口から変な声が出てしまった。

「アニエス、愛してる」

「――っ！」

彼の声は、蕩けるように、甘い。私を胸に抱き込んで、再び愛していると優しく囁《ささや》いてくる。

まさかそんなことを言われるとは思っていなかった私は、激しく狼狽えてしまった。

しかし彼は、私の動揺などお構いなしだ。開いたドレスの背中を撫でながら、頭頂にキスを落としている。

更には息を吹き込むように耳朶《じだ》に口付けられて、私の頭が真っ白になった。

「あ……」

気付けばいつの間にか、ソファーに押し倒されていて。

首筋を這《は》う唇の感触に、背筋にゾクゾクと鳥肌が立つ。

ドレスの裾《すそ》から差し入れられた手が、太腿《ふともも》を遡上《そじょう》して――。

そこで私は我に返った。

「ま、待って……！　ダメっ！」

慌てて肩を押して、彼を引き剥《は》がす。

しかし、女の細腕では男の体は持ち上がらない。なおも私の胸元に顔を埋めたままの彼の背中をバシバシと叩《たた》いて、ようやくリュシリュールが体を起こした。

「……嫌なのか？」

「そ、そういうことではなくて……」

そう聞く彼は不満そうだ。

でも、さすがにここでこんなことをするわけにはいかない。ここは他国の王宮の控室で、しかも部屋のすぐ外には護衛が控えているのだ。

それに。

「これ以上は……我慢、できなくなります……」

最後の方は消え入りそうな声で、呟く。

多分今、私は真っ赤だ。

しかし、そんな私を無言で見下ろして、彼が再び抱きしめてきた。

「……お前という奴《やつ》は……！」

「え……？」

「人のことをそんなに煽《あお》っておいて、我慢も何もないだろうっ……！」

言いながら、ぎゅうぎゅうと抱きしめてくる。

煽ると言われても。そんなことをしたつもりはない。

けれども、嬉しいのも事実だ。好きな人に求められて、嬉しくないわけがない。それに、久々に感じる彼の体温に、このまま流されてしまいたいと思う自分もいる。

だが、さすがに色々問題が。

「で、でも……。今日はミレーゼを連れておりませんし……。乱れた姿で会場に戻るわけには……」

夜会用に複雑に結い上げられた髪や装飾品が施されたドレスは、自分では整えることができない。

彼に手伝ってもらったとしても、無理だ。

ここの侍女を呼べばいいのだろうが、さすがに王宮の控室で他国の王太子夫妻がそんなことをしていたと知られるのはまずいだろう。自国でも、夜会の最中にそんなことをしたことはない。

「だから……」

彼と、自分に言い聞かせるように言葉を繋《つな》ぐ。

しかし、じっと彼に見詰められて、私は居心地悪く身動《みじろ》ぎをした。

「…………あの……何――」

「お前は……。振り回されているのは、むしろ私の方だと、知らないのか？」

「え……」

苦いものを含むその口調に、驚いて顔を上げる。

「クリスティアン殿にあんなことを言われては、さすがに平静ではいられない」

「でもあれは……」

「わかっている。だが過去に、お前をクリスティアン殿の妃にと推す人間が一定数いたことは事実だろう？」

苦々しく言われて、私は口を噤《つぐ》んだ。

こちらの王族は、基本恋愛結婚だ。しかし政略的な婚姻が、全くないわけではない。

クリスティアン殿下は、兄様と同じ歳《とし》ながらに未だお相手はいない。自国の王太子が相手を見つける素振りがないとなれば、必然周りは心配する。

そんな中、こちらの王家とも所縁《ゆかり》が深く、更に都合のいいことに他国とはいえ王太子妃の教育もなされた私が、何度かクリスティアン殿下の妃候補に挙げられていたのだ。

しかも当時は、私とリュシリュールの不仲はこちらにも知られていた上に、リーリエ嬢の存在もあって、ますます私がこちらの王太子妃候補として推されていたらしい。

ただ、私が長年リュシリュールに思いを寄せていたことをクリスティアン殿下は知っており、何より殿下自身にその気がなかったこともあって、それ以上話が進むことはなかったのだ。

「……だからあんなことを言われれば、私だって不安だ。しかも、私が悪いのだからな」

そう言って、リュシリュールが自嘲《じちょう》的に笑う。伏せられた瞳の奥には、不安と自責の念が垣間《かいま》見える。

揺れる銀の瞳を認めた途端、私は切ないほど愛おしさが込み上げてくるのがわかった。

「すまなかったな。ではとりあえず――」

「わかりました」

体を起こしかけた彼を遮って、きっぱりと言い切る。

驚いたような彼の顔を覗き込んで、私は言葉を続けた。

「では、衣服が乱れないように致しましょう」

「……は？」

面食らった様子の彼の下から這い出して、私も体を起こす。

ソファーに座り直し、改めて彼の顔を見上げて、私はその手を取った。

「別に私も嫌なわけではありません。問題は衣装を整えられないということです」

「……あ、ああ……」

「だったら、乱さなければよいのです」

「……」

私の言葉に、彼は呆気《あっけ》に取られた顔だ。戸惑ったように目を見開いたまま、私を見詰めている。

しかしそれには構わずに、私は彼から視線を外して辺りを見回した。

「ベッドは論外ですし、座って……は、衣装《ドレス》にしわが寄りますし……」

「……」

「……というわけで。立って致しましょう！」

「……」

立ったたままなら、服が撚《よ》れてしわになることもないし、髪がほどける心配もない。我ながらいい思い付きだと思う。

ただ問題は、どうやったらいいのか、ということだ。

「……うーん……。皆様、どうやってらっしゃるのかしら……」

はっきりと見たことはないが、何度か物陰に隠れるようにして逢引《あいび》きをしている男女を見掛けたことはある。

それに、私の前では表立って猥談《わいだん》をする人間はいないが、それでもそういった話が全く耳に入らないわけではない。どこそこで誰が、とか、こんなことが、なんて話を私だって聞いてはいるのだ。

ぶつぶつと独り言を言いながら、立ち上がって部屋を見回す。

こんなことなら、もっとしっかり話を聞いておくべきだった。ソファーの背側に回り込んで、あーでもないこーでもないと考えながら、曲げた指を顎に当てて小首を傾《かし》げる。

その時、ふと背後に気配を感じた私は、驚いて振り返った。

「え……」

気付いた時には、彼の腕の中で。

頬に手を添えられ、ジッと見詰められて、思わず鼓動が跳ね上がった。

けぶる銀の瞳が近づいて――、しかし。

控えめにドアをノックする音が、部屋に響き渡った。

「……」

「……」

唇が触れるか触れないかの至近距離で止まったまま、互いに無言で顔を見合わせる。

二人とも固まったように動けずにいると、再びノックの音が聞こえてきた。

「……殿下。ご面会の方が……」

外から聞こえてくるのは、彼付きの護衛、ディミトロフの声だ。

しかし、控室にいる人間に面会とは珍しい。しかも他国の人間である私達に、とは。

「…………なんだ」

彼が、名残惜《なごり》しそうに私を放し、戸口に向き直る。

慌てて身の回りが整えられていることを確認した私は、急いで彼の隣に並んだ。

「あの……お通ししても……？」

窺うようなその声に、リュシリュールが再びため息を吐く。気持ちは、私も同じだ。

彼の諾《だく》との応《いら》えに、しばらくして扉が開かれる。

しかしそこで、部屋に通された意外な人物に、私達は驚いてしまった。

「……アニエスお姉様……」

「エルレリーゼ様……！」

そこには、困ったように眉を下げたこの国の第三王女がいた。


王女の突然の来訪に驚きつつも、急いで迎え入れて席に着く。最初の儀礼的な挨拶を互いに済ませると、それきりその場に沈黙が落ちた。

多分王女なりに、会場のあの雰囲気で私達が直接話をするのは難しいだろうと気を利かせて会いに来てくれたに違いない。だが実際リュシリュールを前にしたら、気後《きおく》れを感じてしまったようだ。

いくら顔見知りの私がいるとはいえ、王女とリュシリュールは初対面なのだ。しかも彼は思いを寄せている人間の身内ということで、緊張しているのだろう。先程からずっと、もじもじと何かを言いたそうにしつつも、言い出せないでいる。

しばらくその様子を見守って、しかし先に口を開いたのはリュシリュールだった。

「以前に一度、お会いしていますよね？」

その言葉に、王女がハッと顔を上げる。

「は、はい……！」

「やはりそうでしたか。あの時はご挨拶が叶わず、申し訳ありませんでした」

「い、いいえ！　私こそ碌にご挨拶もせず、申し訳ありませんでした……！」

慌てて返事をした王女に、リュシリュールがにこやかな微笑みを向ける。

すると、笑みを向けられたことでホッとしたのか、ようやく王女の緊張が解けたのがわかった。

けれども、彼と王女が会ったことがあるなど私は初耳だ。オーブリー殿下がお忍びの際に王女と会ったということは知っているが、リュシリュールは一体どこでそんな機会があったというのだ。

それに、会ったことがあるのならあるで、一言言ってくれたら良かったではないか。些細《ささい》なことではあるが、何となく胸にもやもやとわだかまりが広がるのがわかる。

しかし、それくらいで咎めるわけにもいかない。私自身も、そんなことくらいで四の五の言うような狭量な妻ではありたくない。

内心のくすぶりを隠して、胸の内を悟られないよう、にこやかに二人の会話を聞く。

けれども、私の心を見透かしたかのように、リュシリュールがニコリと笑って私に顔を向けてきた。

「お忍びで街に降りた兄上を迎えに行った際に会ったのだ。ただその時は、顔を合わせたのは一瞬だったから、今日改めてお会いするまで忘れていたんだよ。……それに、あんな場所で王女に会うなどとは思いもしないからな」

苦笑交じりに言われて、そこで私も納得した。

確かに、市井《しせい》で一瞬会っただけの人間がまさか隣国の王女とは、誰だって思いもしないだろう。

それでもその一瞬を覚えていたのは、さすがというべきか。

「ほ、本当に、あの時はご無礼を、申し訳ありません……」

見れば、王女は恥ずかしそうにほんのり頬を赤らめている。

まさかお忍びの最中に街中で王族に会うなど、予想外だったのは王女も同じなのだろう。

「それで、あの……お話が……」

言われて、リュシリュールと共に王女へと向き直る。

それでも再び何度か逡巡《しゅんじゅん》するかのように言いあぐねて、ようやく意を決した様子で王女が口を開いた。

「……今回の縁談ですが……、オ、オーブリー様は、なんと、仰っていますか……？　あの、こちらの一方的な申し出に、戸惑っておられるのではないでしょうか……？」

琥珀の瞳が、不安に揺れているのがわかる。ぎゅっと握りしめられた手が、何とも健気《けなげ》だ。

そんな王女をしばらく無言で見詰めて、そこでリュシリュールが深くため息を吐いた。

「……我が国の事情はご存知ですよね？」

「はい……」

「では私に聞かずとも、わかっておられるのでは？」

「……」

言われて、王女が視線を落として黙り込む。

しかしそれには構わず、リュシリュールが言葉を続けた。

「ご聡明《そうめい》な第三王女殿下であれば、この縁談を我が兄がどのように思っているのか、既におわかりのはずかと」

「……」

「それを承知の上で私にそのように問うということは、どのような答えを期待してのことでしょう」

口調は柔らかくとも、言っている内容は随分と辛辣《しんらつ》だ。

明言はしていないが、オーブリー殿下がこの縁談を歓迎していないと言っているようなものだからだ。見れば、王女の手が細かく震えているのがわかる。

しかし、内心非常に気の毒に思いつつも、私は成り行きを静観することにした。

敢えて辛辣な物言いをしたのは、リュシリュールなりに考えがあってのことだろう。それに我が国の現状を考えれば、王女とてこの展開は避けて通れないことはわかっているだろうからだ。

「そう……ですね」

「……」

「リュシリュール殿下の、仰る通りです」

痛いほどの沈黙の後、王女が顔を上げる。

そのまま、泣き笑いのような顔でふわりと微笑んで、王女が言葉を続けた。

「……実はオーブリー様からは、ご結婚の意思がないということを、お会いした時に聞いて知っているのです。……それに、私のような子供にはご興味がないことも」

「……」

「でも、それでも……諦めきれなくて……。本当に、申し訳ありません」

微笑んではいるが涙を堪えたその顔は、見るからに痛々しい。

だが、その瞳から光は消えていない。そのまま真っすぐ視線を前に向けた王女に、私は意外な思いになった。

「リュシリュール殿下。図々しいのは承知で、お願いがございます」

「なんでしょう」

「実を言うと、ここに来るまでは迷っていたのです。そちらの事情を考えれば、私が引けば全て丸く収まるわけですから」

「……」

「でもここでお話をして、自分で思っていた以上に、私は諦めが悪いタイプなのだということを自覚いたしました」

そう言って、王女が泣き笑いの顔のままニコリと微笑む。

「ですから、諦めないことにいたします」

「……」

「もちろん、無理強いをする気はございません。オーブリー様に他に思う方がいらっしゃるというのであれば、すっぱり身を引きます。……ですが、オーブリー様の口から私では嫌だとお聞きするまでは、諦めずにいたいのです。それを、お許しいただければと」

王女の手は、もう震えてはいない。握られた手はそのままに、光を宿した瞳が真っすぐに前を向いている。

真摯《しんし》に光る金の視線を無言で受け止めて、リュシリュールが小さく息を吐き出したのがわかった。

「王女殿下が諦めないと仰っているものを、私が許すも何もないでしょう。……それに、それを決めるのは兄上なのですから」

その言葉に、王女の顔がホッとしたものになる。きっと反対されるものと覚悟していたに違いない。

そんな王女を見守って、再びリュシリュールが口を開いた。

「ただし。積極的に協力はできないということは、先にお伝えしておきます。あとはご存知の通り、我が国としてこの縁談は歓迎されるものではない、ということも」

「はい。それはもちろん」

「そのことを承知の上で王女がどうなされるのか、これ以上は私が口を出すことではないでしょう」

随分と厳しいことを言っているがしかし、彼が言っていることは正しい。国としてこの縁談が歓迎されるものではないということは、事実なのだ。

けれども、誤魔化さずに敢えてそれを告げ、その上で反対はしないというのは、彼の立場からしたら最大限の譲歩だ。

そしてそのことは王女もわかっているのだろう、彼の言葉に、花が綻《ほころ》ぶような笑顔で頷く。

その後は、お互い打ち解けた雰囲気で和やかに歓談して、私達は共にその場を辞したのだった。

「……それにしても殿下、お優しゅうございますね？」

王女との話し合いの後、そのまま侯爵家の別邸へと戻った私達は、すでに自室へと引き上げていた。

部屋へと入り、隣に立つリュシリュールを微笑んでちらりと見上げる。

しかし彼は素知らぬ顔だ。

「さあな。私は特に、許すとも許さないとも言ってはいないからな」

表情を変えずに、首元を緩めている。

けれども、あの場で王女に許さないと言わなかったことが、何よりの優しさなわけで。あの厳しい提言だって、結局のところ王女の心構えを試すためのものだ。

つまりは婉曲《えんきょく》に、オーブリー殿下への王女のアプローチを認めると言っているのであって、王太子としての彼の立場からしたらそれは、随分と王女に協力的といえるだろう。

「てっきり私は、反対なさるかと思っておりました」

「……決めるのは、兄上だからな」

そうは言うが、今回オーブリー殿下は全ての決定権をリュシリュールに委《ゆだ》ねている。だからあの場で彼が判断を下すことだってできたはずだ。

何よりリュシリュールは国の代表であり、彼が許さないと言えば王女は引くしかないのだ。

「まあ確かにあの頑固な兄上の考えを変えさせるには、王女くらい気概のある女性でなければ務まらないだろうからな」

小さなため息と共に、手袋を外しながら彼が歩を進めて私の前に出る。

その背中を見詰めて、私は胸がふわりと温かくなるのがわかった。

「やっぱり、お優しゅうございますよ」

言いながら、そっと彼の背中に寄り添う。

動きを止めた彼に、私はゆっくり腕を回して背後からその背中を抱きしめた。

王女のアプローチを認めれば、王太子である彼は再び苦境に立たされることになる。もちろんこの選択をしたことで、折角情勢が安定してきた我が国の現状を揺るがすわけにはいかない。

となると、大国の王女と臣籍降下した王子の婚姻が何ら国政に影響を与えないような基盤をつくらなければならないわけで、王太子である彼は相当な努力と負担を強いられることになるだろう。それをわかっていてなお、彼は兄の幸せを考えて、敢えて損な役割を引き受けたのだ。

昔から王太子として他者のために自らを犠牲にすることを強いられてきたため、彼にとってはそれが習性となっているということもあるのだろうが、その選択ができるのは、やはり彼が優しい人間だからこそだ。

そんな彼が、心底愛しいと思うし、支えたいとも思う。

思いの丈を込めて、彼の背中に顔を埋めてぎゅっと抱きしめる。

すると、しばらく動きを止めて私に抱きしめられていたリュシリュールが、腕を解いて向き直ったかと思うと、今度は逆に彼が私を抱きしめてきた。

「兄上は、怒るだろうがな」

「……ふふふ。そうですね」

「まったく。今から頭が痛いことだ」

そうは言いつつも、彼の声も、抱きしめる腕も優しい。どこか爽快《そうかい》感さえ感じさせる声音からは、彼がこの決断に満足していることがわかる。

そんな彼に抱きしめられて、安心して身を委ね、甘えるように温《ぬく》もりを堪能《たんのう》する。

しかし、彼の手が耳朶を掠《かす》めて髪に埋められた感触で、私はゆっくりと顔を上げた。

「……ん」

柔らかく唇が重ねられて、腕を彼の首に回す。

吐息と共に口を開けば、それを合図に舌を差し込まれて、私は迎え入れるように彼を受け入れた。

ざらりと舌を舐《な》められ、絡められる度に、頭の芯《しん》が痺《しび》れて力が抜けるのがわかる。徐々に上気する互いの体と吐息の熱に、体の奥が、熱い。

疼《うず》きのままに体をすり寄せれば、応《こた》えるように彼の腕に力が込められる。

「あっ……」

首筋に顔を埋めるように口付けられて、堪らず私の口から甘い声が上がった。

彼の手が、ドレスの裾をたくし上げて太腿をなぞっている。

下着越しに筋張った指を這わされて、微かな水音と共に私の膝《ひざ》が震えた。

「リュ、リュシー……脚、が……」

更には開いたドレスの胸元を舐められて、ぞくぞくする快感で下肢に力が入らない。彼の頭を胸に抱き込むようにして体重を預け、立っているのがやっとだ。

すると、ようやく私の胸から顔を上げた彼が、いたずらっぽく笑って私を見詰めてきた。

「立ってい、い、る、のだろう?」

「そ、それは……」

すっかり忘れていた遣り取りを持ち出されて、私は狼狽えてしまった。

確かにそうは言ったが、それはやむを得ない状況だったからだ。自室に戻った今、わざわざ立ったままそんなことをする必要はない。

「べ、別に今は、立ってする必要は……あんっ!」

言葉の途中で、彼の指が下着の隙間《すきま》から入り込む。

くちくちと音を立ててそこをいじられて、私はなすすべもなく彼に縋《すが》りついた。

「ん、んぅっ……!」

つぷりと沈められた指先が、襞《ひだ》を掻き分け私の中に押し入ってくる。

既に蜜《みつ》でたっぷり潤ったそこが抵抗なく彼の指を受け入れて、快感にわななかいた。

「リュシー……立って、られな――あっ……」

卑猥《ひわい》な水音を立てて膣内《なか》を掻き回されて、快感にすぐにも崩れ落ちそうだ。必死に彼の首に回した腕で縋りつく。

しかし、唐突に指を引き抜かれて、そこが物欲しげにヒクつくのがわかった。

「え……? なん――ああっ……!」

戸惑ったのはほんの数秒で、彼が体を落としたかと思うと、ヒクつくそこにすぐさま熱い塊が押し当てられる。

ぐぷりと先端を呑み込んで、そのまま彼の熱がずぶずぶと体内を押し広げて分け入る感覚に、私は喉《のど》を反らせて嬌声《きょうせい》を上げた。

ガクガクする脚から力が抜けて、自重で体が自ら杭《くい》を呑み込んでいく。更には体が浮くほど深く突き上げられて、強烈な快感が私の中心を突き抜けた。

「あぁぁあっ……！」

「くっ……」

ブルブル震えながら抱きつき、背中を反らせる。

そんな私を繋がったまま抱き上げて、リュシリュールが私を部屋の扉に押し付けた。

「んっ……リュシー……、も、無理……ああっ！」

完全に力の抜けた膝裏に腕を回して片脚を持ち上げ、扉に私の背中を押し付けて腰を突き上げてくる。彼の体と扉に挟まれて不安定さはなくなったものの、その分叩きつけられるように中を穿《うが》たれ、掻き回されて、白く染まった視界に火花が散る。

扉の外を使用人が通るかもしれない可能性がちらりと脳裏をよぎるも、それ以上気にする余裕も、声を抑えることもできない。

低く呻《うめ》き声を上げる彼に、一層深く叩きつけられるように突き上げられて、私は甲高い嬌声を上げて達してしまった。

「あっ……あ……」

「……ぐ……うっ……！」

ブルブル震える私を強く抱き込んで、彼が体内に熱い精を注ぎ込む。

不随意に収縮する体が搾り取るように彼のものを締め上げてから、しばらくして弛緩《しかん》したのがわかった。

「は……あ……」

「……は……アニエス……？」

互いに呼吸が整った後、ぐったりと力が抜けた私に彼が気遣わしげに声を掛けてくる。

汗で額に貼《は》り付いた私の前髪を優しく掻き上げて、リュシリュールが顔を覗き込んできた。

「久々で抑えが利かなかった。すまない」

「……無理って……言ったのに……」

「そうか？　だが、先に言い出したのはお前だぞ？」

涙目で見上げるも、しかし何故か彼は楽しそうだ。笑いながら私を抱きしめ、髪を撫でてくる。

けれども、私の体には未だ力が入らない。扉と彼に挟まれて抱き上げられた状態で、彼の首に腕を回してぐったりともたれ掛かる。

そのまま、彼が髪を撫でてくれるに任せていた私だったが、あることに気が付いて小さく独り言《ご》ちた。

「……立ったままでも、あんまり意味がないのね……」

夜会服を脱がずに事に及んだわけだが、結局結い上げられた髪はほつれて、服もコルセットごとずり下げられたために胸がこぼれ出てしまっている。立ったままなら服も髪も崩れることはないだろうと思っていたが、やはりどうやっても乱れるものは乱れるらしい。

それに無理な体勢でしたせいで、普通にするよりも疲労度が大きい。ふうっと大きく息を吐いて、彼の肩口に頭をもたれさせる。

すると独り言を耳にした彼が、クツクツと笑いながら私を抱き上げて扉から離れたため、驚いた私は慌てて彼の体にしがみついた。

「んっ……！」

そのまま部屋を横切り、寝室へと抜ける。

ベッドに下ろされ、倒れ込むように押し倒されて、私の口から高い声が上がった。

繋がったまま抱き上げられて運ばれたために、歩く度上下に揺すられて体が反応していたのだ。彼もそれはわかっているのだろう、顔を赤くした私を見下ろして楽しそうに笑っている。

「……そうだな。やはり立ったままでは落ち着かないからな」

言いながら緩く腰を動かされて、途端もどかしい快感が湧《わ》き起こった。

同時に、ねだるように襞がうねって、埋め込まれた杭を締め上げる。既に中の物は先程と同じか、それ以上に硬く、熱い。

「……あっ、んん………リュシー……お願い……」

一度達して敏感な体を焦《じ》らされて、堪らず懇願する。

甘えるように彼の首に腕を纏《まと》わりつかせると、リュシリュールが嬉しそうに破顔して私を抱きしめてきた。

そのまま、互いに服を脱ぎもせず、あられもなく乱れて求め合う。

はしたないことは十分承知だが、今は体に彼を刻みつけて、離れていた時間を埋めてしまいたい。

いつもより性急に休む間もなく私を抱く彼も、多分それは同じなのだろう。

言葉にせずとも伝わる感覚を、互いに求め合うことで伝え合う。

そうして久々に一緒の夜を過ごし、翌日盛大に寝坊した私達は、すっかりその存在を忘れていた兄に散々当てこすられる羽目になったのだった。

五

「それで。王女が言っていた本──『日と月の如《ごと》く』だが、それは一体どういう本なんだ？」

そう聞く彼は今日、シャツに長ズボン、革のブーツといった簡素な出《い》で立ちだ。腰に巻いた深藍《ふかあい》の布が、装いにアクセントを添えている。

服装だけを見れば、一般的な庶民の男性と変わらない。こちらの国の観光を兼ねて街を散策するために、今日はその格好なのだ。

しかし、王女に教えてもらったお薦《すす》めだという店に入った瞬間から、彼は注目の的だ。席に座った今でも、店内の女性達が振り返ってまでちらちらと彼を盗み見ている。

ちなみに私は髪を編み込んで三つ編みにし、こちらの国で街の女性がよく着ている襟《えり》ぐりの深いブラウスにウエストを紐《ひも》で締め上げた胴衣を合わせ、膝《ひざ》丈のスカートにエプロンという装いである。

「アニエス？　どうかしたか？」

「いえ、なんでもないです」

聞かれて、私はにっこりと微笑《ほほえ》んで首を振った。

彼が女性の視線を集めるのは、別に今日に始まったことではない。ただ庶民の女性だけあっていつも以上に遠慮がないが、いちいち気にしていたら身が持たない。

彼と同様周囲の視線を綺麗《きれい》に無視した私は、顎《あご》に指を当てて小首を傾《かし》げた。

「それよりそうですね……、その本は双子の兄弟の話だと聞いていますわ」

「兄弟？　恋愛小説なのだろう？」

彼が訝《いぶか》し気に軽く眉《まゆ》を寄せる。恋愛小説なのに、兄弟の話だというのが不思議なのだ。

けれども王女からは、髪と瞳《ひとみ》が真逆の色合いを持つ双子の兄弟の話だと聞いている。兄が金の髪に銀の瞳、弟が銀の髪に金の瞳で、ある時実は血の繋《つな》がりがないことがわかり、二人が様々な葛藤《かっとう》に苦しむようになるというストーリーらしい。

確かに私もそれを聞いた時、想像していたような一般の恋愛小説とはだいぶ違うとは思った。だがきっと、兄弟のどちらかと女主人公《ヒロイン》が恋に落ちるに違いない。

「多分、オーブリー殿下に似ているという登場人物が男性主人公《ヒーロー》で、女主人公と恋に落ちる話なんじゃないかと思うのですが……。ただ、本の中身までは見せていただけなかったので、私も詳しいことは。……まあ、エルレリーゼ様もお年頃《としごろ》ですから……」

本の表紙は見せてもらったが、中身は恥ずかしがって見せてもらえなかったのだ。同じ女同士であっても、やはりそこは気恥ずかしいものがあるのだろう。

しかしその時は、後で取り寄せればいいと簡単に考えて特に気にしなかったのだが、調べさせたところによると『日と月の如く』は絶版本で、ごく少数しか刷られていないという。しかもどうやら、一般的な書籍ではないらしい。

そのためまだ私達は、実際にその本を確認できずにいた。

「ミレーゼは、下町の古本屋だったらもしかしたらあるかもしれない、とは言っていましたが……」

街の大きな本屋は全《すべ》て確認させたが、取り扱っていないという返事だったのだ。後は下町の本屋を調べるしかない。

人を遣《や》って調べさせてもいいのだが、今日はこちらの国の様子を直接確認する目的もあって下町に降りてきているので、ついでに本屋も巡るつもりだ。——とはいいつつも、メインは観光なのであるが。

「とりあえず、この店の近くにも何件か本屋があるみたいですから、まずはそこに行ってみましょう」

ちょうどその時、店員の女性が注文の品を持ってきたため、私達はそこで話を切り上げた。

「……それにしても、リュシー。本当にそれを食べるの……？」

彼が頼んだのは、滴るほどチョコレートが掛けられたケーキだ。グラサージュされたチョコレートがトロリと光沢を帯びて、とても美味《おい》しそうだ。

しかし彼は、普段余りチョコレートは食べない。甘いものは嫌いではないことは知っているが、どちらかというと素材の味がしっかりしたシンプルな焼き菓子を好む。だから彼がそれを注文した時、珍しいと思っていたのだ。

しかし首を傾げた私に、彼が何でもないことのように返事を返してきた。

「こちらではチョコレート菓子が有名なのだろう？　それに、お前が食べたそうにしていたからな」

当たり前のようなその言葉に、私はじわじわと頬《ほお》が熱くなってくるのがわかった。

メニューを選ぶ際、特に何も言っていなかったのに、私がそれを頼もうかどうしようか悩んでいたことを彼が知っていたとは。

つまり、それほどに私のことを気に掛けてくれているということで。

些細《ささい》なことながら、嬉《うれ》しい。

「ここは下町だ、特に煩《うるさ》いマナーもないからな。気にせず食べたいだけ食べるがいい」

要は、一緒に食べようと言ってくれているのだ。

普段だったらそんな行儀の悪いことはできないが、彼の言う通りここは下町である。食べ物のシェアは皆が普通にやっていることだ。先程も、店内で恋人と思《おぼ》しきカップルが互いの食べ物を分け合っている姿を私も見ている。

実は、庶民の恋人達がするような遣《や》り取りにちょっと憧《あこが》れていたのだ。

「……ありがとう、ございます……」

彼にはお見通しであったことがなんとなく照れ臭くて、はにかんだ笑みを浮かべる。

すると少しだけ眉を上げた彼が、次の瞬間何とも嬉しそうに相好を崩したため、私はますます照れてしまったのだった。

食べ終わって店を出て、彼と手を繋いで街を歩く。どこからどう見ても恋人同士の遣り取りに、私は先ほどから舞い上がりっぱなしだ。しかも、人通りが多いここではぐれないようにと彼から手を差し出してきたのだ、舞い上がらないわけがない。

それにこれは。俗に言うお忍びデートではないか。

結婚前、茶会などで御令嬢達が婚約者と街でお忍びでデートをしたという話を聞く度に、密《ひそ》かにいいなと思っていたのだ。けれども当時の私達の関係でそんなことができるはずもなく、いつも羨《うらや》ましい思いでそれらの話を聞いていたのだ。

それが今、あのリュシリュールと、手を繋いで街を歩いている。変われば変わるものである。

「……どうした？」

「いえ、なんでもありません」

微笑んで手を握り返せば、彼もまた微笑みを返してくれる。本当に、以前からは考えられないことだ。

だけど、過去に色々あったからこそ今があるわけで、きっと二人で時を重ねていく内に、これからも様々に関係が変化していくのだろう。

それが楽しみだと、素直に思えることが嬉しい。感慨を込めて甘えるように彼に身を寄せる。

そうやって二人寄り添って歩いていた私達だったが、目的の店まではあっという間に到着してしまった。

「……ここ、ですね」

言いながら、そっと握っていた手を放す。さすがに手を握ったまま店内を歩くわけにもいかない。

しかし残念な気持ちが声に出てしまっていたのだろう、そんな私に彼が楽しそうに笑って私の手を取って体を引き寄せるように引っ張った。

「通路が狭いから、こうして行こう」

笑いながら再び手を握られて、嬉しくなった私は笑顔で頷《うなず》いたのだった。

「え？　『日と月の如く』ですか？　……お客さんが、それを読むので……？」

「……？　そうだが？」

店員に件《くだん》の本を尋ねたところ、面食らった顔で彼と私とを見比べてくる。

何だと、見返した彼に、店員の男が信じられない物を見るような顔になった後で頭《かぶり》を振った。

「残念ながらうちにはありませんね」

「そうか、わかった」

ないのであれば仕方がない。もともと少ししか刷られておらず、出回っている量も少ないのだからなくても仕方がないだろう。

だが、店員のこの態度は一体。

王女は、『日と月の如く』は通俗的な恋愛小説だと言っていたから、そのせいだろうか。頑《かたく》なに中身を見せようとしなかったことを考えると、意外と俗な内容なのかもしれない。

でも、王女ともあろう方が、そんな本を読むのだろうか。それに『日と月の如く』は、一番好きな大事な本だとまで言っていたのだ、あの聡明《そうめい》な王女がそこまで言うくらいなのだから、やはり素晴らしい本に違いない。なにせその本に感銘を受けて、わざわざ我が国まで来たくらいなのだから。

多分店員の態度は、男であるリュシリュールが恋愛小説を探していることに対する驚きなのだろう。

それなら納得だ。

しかしその後も、『日と月の如く』について聞く度に同じような態度を取られるだけでなく、立て続けに空振りに終わり、私達は途方に暮れることになってしまった。

「……まさか、こんなにも手に入らない本だとは……」

この辺りにある目ぼしい本屋はあらかた回ってしまったのだ。もしかしたら地図に載っていないような小さな本屋があるのかもしれないが、それは地元の人間に聞かねばわからない。

「とりあえず、一旦《いったん》休憩しよう」

最初の喫茶店を出てから、もう二時間以上も歩き回っている。さすがに喉《のど》が渇いた。

小さな広場の木陰にベンチがあることを見つけた私達は、一度そこで休憩を取ることにした。

それに、広場のすぐ側《そば》には屋台らしきものが見える。きっと、街に来て広場で休憩を取る買い物客目当てに店を出しているのだろう。

私をベンチに座らせたリュシリュールが、飲み物を買いに広場を離れる。その背中を見送って、私は大きく息を吐きだしてから頭上を見上げた。

重なり合った葉の隙間から見える青い空はまだ十分に日が高く、こちらの国特有の明るい日差しが木々の葉を金緑色に縁取っている。しかし、木陰の風は涼やかだ。歩いて火照《ほて》った体には、その涼しさがありがたい。

雑踏を離れた広場は喧騒《けんそう》から遠く、聞こえてくる人の声は程よく耳に心地よい。聞くともなしに、街の息吹《いぶき》ともいえる人々の立てる様々な物音を聞く。

その時。ベンチの前に影が差したため、彼が戻ってきたのだと思った私は微笑んで前を向いた。

けれども、すぐに私の微笑みは凍りついた。

「うわっ！　君、めっちゃくちゃかわいいね！」

「ヒューウ！　ヤッバイな！」

「こんなかわいい子がフリーだなんて、ラッキーだぜ！」

二十代前半くらいだろうか、よく似た背格好の男三人が、私の座るベンチを取り囲むようにして立ち塞《ふさ》がっている。

「ねえ、君。もしよかったら俺《おれ》達と食事でもどう？」

何のかんの言いたい放題口にした後で、男の一人がにこにこと笑いながら手を差し出してくる。

その手を一瞥《いちべつ》して、警戒に体を強張《こわば》らせた私は顔から笑みを消した。

「いいえ。結構です」

「えー、なんで？　ちょっとくらいいいじゃん」

「そうそう。別にとって食おうって言ってるわけじゃないんだし」

「そんな警戒しないでくれよ、悪いようにはしないからさ」

悪いようにしないも何も、そんなことを言っている時点で十分警戒に値するとは気付いていないらしい。そもそも、女一人のところに複数人でやって来ること自体どうかしている。

こういう手合いは相手にするだけ付け上がると判断した私は、早々にこの場から退散することにした。それに、リュシリュールとは誓約魔法で互いの居場所はわかるのだ、待ち合わせの場所を変えざるを得なかった理由は後から説明すればいい。

「いえ、夫を待っているので」

「は？　夫……？　でも、その腰のリボン――」

「とにかく、私は貴方《あなた》達には興味がありませんから」

〝夫〟の一言に、男達の顔が一様に訝し気なものになったが、それには構わず横に体をずらした私は、彼等から体を遠ざけるようにしてベンチから立ち上がった。

そのまま、背中を向けて立ち去ろうとする。

「ちょ待っ！　少しくらいいいじゃないか！」

しかし、慌てた男の一人が引き止めようと手を伸ばしてきた気配に、私は素早く身を翻《ひるがえ》して向き直った。同時に、口の中で小さく魔法の詠唱を唱える。

「「「――――ぅわぁっ!?」」」

途端、足元に生えた魔法の蔓《つる》が彼等を絡め取り、男達がもんどりを打ってその場に倒れ伏した。

「なっ、なんだっ!?」

「何がどうなってやがる!!」

「うわあっ!?　なっ、何か生えてるっ!!」

三人仲良く地べたに転がって必死に身を捩《よじ》るも、魔法の拘束《こうそく》は解けない。もがけばもがくほど蔓が食い込む仕様なのだ。

わあわあと奇声を上げる三人の青い顔を冷たく見下ろして、私は前に垂れた三つ編みの髪を後ろに払った。

「許しもなく女性に触れるのはマナー違反だと、御存知ありませんの？」

「なっ……！」

「それに。夫を待っていると言いましたでしょう？　物わかりの悪い男性は嫌われましてよ」

素っ気なく言い放ち、踵《きびす》を返す。

しかし。

そこで、私は固まってしまった。

「リュ、リュシー……」

目の前には、何とも形容しがたい表情を浮かべたリュシリュールが。私と、地べたに転がる男達を見比べて複雑な顔をしている。

彼がここに居るということは、今しがたのことは全て見られていたということか。

「……あの、これは……」

「……」

別に見られて困ることではないが、何となくバツが悪い。護身のため仕方がなかったとはいえ大立ち回りを見られては、はしたないと言われてもしょうがない。やはりそれでも、淑女の取るべき行動ではないからだ。肩を落として息を吐かれて、知らず体が強張る。

しかしそんな私に、顔を上げた彼が申し訳なさそうに眉を下げた。

「……すまなかった」

「え……？」

謝られて、私は目をぱちくりと瞬いた。てっきり呆《あき》れられているのかと思ったのだ。

「どんな理由にせよ、一人にするべきではなかった。怖い思いをさせてしまって、すまなかった」

そう言う彼は、心底すまなさそうだ。本気で自分が私を一人にしたために、男達に絡まれる羽目になったと思っている様子だ。

私は慌ててしまった。

「そんな……！　リュシーが謝ることは何も！」

「いや、私が悪い。こうなることは十分予想がついたことだ。にもかかわらず、油断して危険に晒《さら》してしまった」

「で、でも！　これくらいなんともないわ！　実際何もなかったわけだし！」

危険に晒したと言うが、ちょっと絡まれたくらいだ。第一問題なく対処できているのだから、彼が申し訳なく思う必要はない。

けれども、言い募ろうとする私に、リュシリュールが首を横に振った。

「いや、そういう問題ではない。お前が魔法を使わざるを得ないような状況を作ってしまったこと自体が問題なのだ」

「そ、それは……」

「……不甲斐《ふがい》ない夫で、申し訳ない」

「リュシー……」

視線を落とした彼に、私はエプロンの裾《すそ》をぎゅっと握った。

そのまま、その場に沈黙が落ちる。

そんな風に謝られては、どうしたらよいかわからない。これなら、はしたないと怒られた方が余程ましだ。

それに彼は私を一人にしたと言うが、今日もずっと私達には護衛がついているのだから、完全に一人になったわけではない。だから彼がそこまで申し訳なく思うことはないのだ。

すると、私達の間の空気を読んだのだろう、それまで離れた場所にいた今日の護衛頭であるディミトロフが、咳払《せきばら》いをしてから口を挟んできた。

「……申し訳ありません。我々がついていながらこの失態、責めは如何《いか》ようにも受けます」

本当にその通りである。離れた場所にいたとはいえ、私が絡まれているのは見ていたはずだ。

護衛のくせに一体何をしていたのだと、責めるような視線を向ける。

けれども、この場の重苦しい空気を物ともせずに、ディミトロフが言葉を続けた。

「アニエス様がそこの不届き者に絡まれているのは把握しておりましたが、敢《あ》えてそのまま見守らせていただきました」

悪びれもせず堂々と言ってのけたディミトロフに、リュシリュールがピクリとその眉を逆立てた。

敢えてそのままにしたとは、さすがに聞き捨てならない。

「……どういうことだ。理由によっては、たとえお前といえど許さないぞ」

「はい。それというのも、そこの彼等がアニエス様に近づいた時には、すでにリュシリュール様が急いで引き返してらっしゃるのが見えましたものですから」

つまり、リュシリュールが対処するから問題ないと判断したということか。

今日は観光を兼ねたお忍びの散策なのだから、常に張り付いて水を差してくれるなと事前に彼がディミトロフに言っていたため、それで気を利かせたのか。

しかし、続けられた次の言葉で、私は居《い》た堪《たま》れない気持ちになってしまった。

「折角ですし、リュシリュール様がアニエス様にいいところをお見せする良い機会だと思ったのです。しかしその前に、アニエス様が退治してしまわれたので」

「……」

「……」

彼と二人、再び黙り込む。

というか、恥ずかしさで顔から火を噴きそうだ。

確かにああいう場面では、普通は颯爽《さっそう》と現れたヒーローに助けてもらうのが常套《じょうとう》だ。恋愛小説なら、ヒーローの最大の見せ場である。間違ってもヒロインが一人で勝手に倒したりなどしない。

「我々の出る幕もない、鮮やかなお手並みでした」

「…………わかった、もういい。とりあえずその者等には今後他《ほか》の女性にもこのようなことをしでかさないよう、よく言い聞かせておくように」

「はっ。かしこまりました」

深くため息を吐《つ》いた彼に、ディミトロフが頭を下げてその場を下がる。

もう一人の護衛が魔法の拘束が解けた男達を縛り上げるのをちらりと見遣《みや》ってから、リュシリュールが私に手を差し出した。

「アニエス、行こう」

おずおずと差し出された手に手を重ねれば、彼が力強く私の手を握って引き寄せる。

握られた手の温《ぬく》もりと近くに感じる彼の存在に、私は自然と体から力が抜けるのがわかった。

「リュシー、ありがとう……」

怖かったわけではないが緊張していたのだと、今更ながらに気付く。あれしきのことなど問題なく対処できるとはいえ、それでも見知らぬ場所で大の男三人に絡まれれば不安にもなるだろう。彼はそのことを、きちんと気付いていたのだ。

自分以上に、彼が私のことをわかってくれていることが嬉しい。

ほっとして小さく笑みを浮かべれば、彼が微笑みを返してくれる。

「では、行こうか」

「はい」

しかしその時。

物陰から現れた人物に声を掛けられて、私達は歩みを止めた。

「あ、あの……！」

声を掛けてきたのは、十七、八歳くらいの眼鏡《めがね》を掛けた女性だ。赤味の強い金の髪を両サイドで編んでお下げにしている。ほんのり日焼けした頬と、散らばったそばかすが可愛《かわい》らしい。

今日私が着ている服と同じ襟ぐりの深い胸元で手を握って、恐るおそるといった様子で女性が口を開いた。

「あの……、先ほど本屋で、『日と月の如く』を探してるって、言ってましたよね……？」

おどおどとした様子で眉を下げて言われて、私とリュシリュールは思わず顔を見合わせた。

察するに、先ほどの本屋で店員に『日と月の如く』について尋ねたが、彼女はその場に居合わせてそれを聞いていたということか。

わざわざ追いかけて声を掛けてきたということは、心当たりがあるということだろう。

「ああ。確かにその本を探している」

「……っ」

「だが、どこの本屋でも扱っていないと言われて困っていたところだ。もしその本について知っているようだったら、教えて欲しい」

すると何故《なぜ》かその女性が、両手で顔を覆って呻《うめ》き声を上げた。

見れば、手で隠しているがその顔は真っ赤だ。耳までもが赤い。

「……ああ……本当、ジークヴァルド様……！　ジークヴァルド様がしゃべってる……！」

「は……？」

「日と月のジークヴァルド様と会話ができる日が来るなんて……！　なんて幸せなの！　幸せすぎて怖い、怖いわっ！　ああもうっ、死んでもいいっ！　でもまだ死ねないっ！　ジークヴァルド様とユーヴァルド様の幸せを見届けるまでは死んでも死にきれないっ!!」

「……」

ジークヴァルドというのは、『日と月の如く』に出てくる登場人物のようだ。大きすぎる独《ひと》り言の内容からすると、どうやらリュシリュールはそのジークヴァルドという小説の登場人物に似ているらしい。

それにしても、大層な興奮振りだ。いやいやをするように頭を振りつつ身悶《みもだ》えをし、あまつさえ息切れまで起こしている。

呆気《あっけ》に取られる私達にも構わずひとしきり捲《まく》し立てて、そこでようやくその女性が肩で息をしながら顔を上げた。

「……はぁ……はぁ……す、すみません……。ちょっと、興奮してしまって……」

「……」

「もう本当、ジークヴァルド様そっくりで取り乱しました……」

そんなにも似ているのか。

何となく複雑な思いになりつつ、リュシリュールと顔を見合わせてしまう。彼の顔もまた、非常に複雑そうだ。

「あ、申し遅れました。私はトリシャと言います。『日と月の如く』が好きで、……もっと言うと『日と月の如く』のジークヴァルド様の大ファンでして、ジークヴァルド様に会えるなら死んでもいいと思うほど大好きなのですが、たまたま、本当にたまたまいつもの本屋に行ったら、ジークヴァルド様の生き写しみたいな方がいらっしゃるではありませんか！　しかもその方が、『日と月』を探してらっしゃるだなんて、もうこれは運命だと！　間違いなく運命だと思って、それで後を追わせてもらったんです……！」

未《いま》だ興奮冷《さ》めやらずといった様子で両手を握り、目をキラキラさせながら言ってくる。相当その本が好きなのだろう。

それにしても、ここまで取り乱すほどジークヴァルドという登場人物とリュシリュールはそっくりなのか。

「そんなに、似ているのですか？」

「ええ、それはもう！　本から飛び出してきたのかと思ったくらいです！　ジークヴァルド様は銀の髪に金の瞳なので、目の色だけ違いますが、それ以外はもう完璧《かんぺき》ですね！」

訝し気に聞いた私に、トリシャが力強く頷きを返してくる。そのままうっとりとした視線を向けられて、リュシリュールが居心地悪そうに身動《みじろ》ぎをした。

「あ、ご安心ください。私、ジークヴァルド様の大ファンではありますが、それは物語の中のジークヴァルド様であって、ちゃんと妄想と現実の区別はついていますから」

そう言って、はにかんだ笑みを浮かべて私を見てくる。どうやら、隣の私に配慮をしたみたいだ。

「それに、お二人はご夫婦……なんですよね？」

「そうだ」

頷いて答えれば、トリシャも深く頷きを返してくる。

しかし、私の腰の辺りに視線を止めると、トリシャが困ったよう首を傾げた。

「でも、そのリボン……」

「リボン？」

「ええ。……もしかして、ご存知ない？」

聞かれて、再びリュシリュールと顔を見合わせる。そういえば先ほどの男達も何やらリボンがどうのと言っていたが、もしかして何かあるのだろうか。

向き直って首を振った私達に、トリシャが納得したように頷いた。

「なるほどそれで。実は、エプロンのリボンを結ぶ位置で、既婚者なのか独身なのかわかるようになっているんです。体の右手側で結ばれていれば、既婚者、もしくは恋人がいますっていう意味で、左手側は、フリーです、もしくは相手募集中っていうサインなんですよ」

言われて私は、慌てて下を向いてエプロンを確認した。

腰元で結ばれたエプロンのリボンは、体の左手側だ。つまり、恋人募集中というサインで。

あっとなって口元を押さえると、唐突に体を引き寄せられて私は驚いてしまった。

「リュ、リュシー!?」

「きゃ――――っ！」

私の腕を掴《つか》んで引き寄せたリュシリュールが、問答無用《もんどうむよう》でエプロンの紐を解く。こんな外の、しかも人前でエプロンとはいえ服の紐を解かれて、余りの出来事に私は盛大に狼狽《うろた》えてしまった。

見れば、トリシャも口元を覆って真っ赤になっている。

しかし彼は、狼狽える私にもお構いなしだ。解いた紐を手際よく右手側に結び直していく。

最後にぎゅっと結び終えて、それから彼が満足そうに真っ赤になって固まった私を脇《わき》に抱き寄せてトリシャに向き直った。

「これで、問題ないだろう？」

「はい！　問題ありません！　そして私は何も見ていません！」

「……ではトリシャ嬢。その『日と月の如く』について、君が知っていることを教えてもらおうか」

そう言って、にっこりと微笑む。

そんな彼に、再びトリシャが悲鳴を上げて身悶えをしたのだった。


「そうか。『日と月の如く』は個人出版の本なのだな」

「はい。だから普通の本屋には置いてないんです」

なるほど、どこに行っても扱っていないと言われてしまうわけだ。

なんでもトリシャが言うには、『日と月の如く』はやや前衛的な物語なのだとか。恋愛小説で前衛的な内容というのも非常に気になるところだが、それは読んで確認すればいいだろう。

トリシャの知り合いがやっているという本屋に向かう道中、彼女から『日と月の如く』についての話を聞く。案内されて到着したそこは、住宅街の一角で周りを民家に囲まれた小さな本屋だった。

「……これは、さすがに私達だけではわからなかったな……」

その本屋は、一見しただけでは本屋とはわからない店構えだ。扉の横には小さく本屋の看板が打ち付けられてはいるものの、ほぼ表札と変わらない。こじんまりとした可愛らしい造りの民家といったところだ。

「まあ、隠れ家的な店なので。一見《いちげん》さんはお断りをしているんです」

つまり、知る人ぞ知る店なのだろう。そう思うとトリシャに会えたのは、非常に幸運だったといえる。

しかし扉の先は、所狭しと書架が並ぶ普通の本屋だ。入口に反して意外にも広い店内に、私達は思わず辺りを見回した。

「あ、こっちです」

トリシャの案内で店の奥へと進む。

大小様々な大きさの本が整然と収められた書架の間を抜けていくと、行き止まりにあるカウンターの内側に店員らしき女性がいた。

「店長！　この方達『日と月』を探しているそうなんです！」

トリシャの言葉に、女性が読んでいた本から顔を上げる。

最初にトリシャを、そして次に私とリュシリュールとを認めて、次の瞬間、女性が椅子《いす》を蹴倒《けたお》す勢いで立ち上がった。

「ジ、ジークヴァルド様……!?　ジークヴァルド様がいるっ……!!」

「ですよね！　本当、ジークヴァルド様そのままですよね!!　瞳の色だけ違いますけど、立ち姿といい雰囲気といい、ジークヴァルド様が本から抜け出てきたみたいですよね!!」

「ああっ……嘘《うそ》みたい！　こんなにそっくりな人がいるなんて！　神よ、感謝します……！」

先程のトリシャの態度からある程度予想できていたとはいえ、ここでもやはり熱烈な歓迎ぶりである。店主の女性が感極まった様子で天を仰ぎ、しまいには祈りだす始末だ。

リュシリュールがそのジークヴァルド様とやらに似ているのはわかったが、ここまで熱狂的に騒がれると引いてしまう。

更にはトリシャと手を取り合ってきゃあきゃあと盛り上がる二人に、顔を見合わせた私達は再びため息を吐いたのだった。

「……申し訳ありません。余りにもジークヴァルド様そっくりで」

トリシャとひとしきり騒いだ後、ようやく落ち着いたらしいその女性が、申し訳なさそうに頭を下げた。見ず知らずの初対面の客の前で我を忘れて騒いでしまったことを、さすがに反省しているらしい。

「それで、お探しの『日と月の如く』ですが……、こちらになります」

そっとカウンターの上に置かれた本の表紙を見て、思わず私の口からほっとため息が出た。

「これです。間違いないわ」

光沢のある白地の背景に、赤と白のバラの花が寄り添うように描かれたその表紙は、王女に見せてもらったものと同じものだ。許可を取って手に取り、パラパラとめくる。

その内の一枚の挿絵に目を止めた私は、本を捲《めく》る手を止めた。

「……まあ。本当にそっくりだわ……！」

「でしょう⁉　ジークヴァルド様は銀の髪に金の瞳なんですが、絵は白黒だからこうして見ると本当にそっくりなんです！　……ほら、この絵なんかそのままじゃありませんか⁉」

トリシャが開いたページには、腕を組んでこちらを見据える男性の絵が。少し気難しい雰囲気を感じさせる表情といい立ち姿といい、まったくもってリュシリュールそのままだ。知らなければ、彼をモデルに描《か》いたものだと思ったことだろう。

確かにこれならトリシャ達が騒ぐのも納得である。驚きを隠せないまま、更にページを捲る。

しかし、無造作に捲った先のページで再び本を捲る手を止めた私は、そのページを食い入るように見詰めて固まってしまった。

「……こ、これは……」

「あ、これはユーヴァルド様ですね。ジークヴァルド様の双子の兄で、このお話のもう一人の主人公です」

ジークヴァルドと一緒に描かれているのは、彼とよく似た面差《おもざ》しの男性だ。顔自体は似ているものの、表情や雰囲気がより柔らかく優し気である。そして王女に聞いていた通り、オーブリー殿下にそっくりだ。

だが、問題はそこではない。

「……あの、この二人は兄弟……なんですよね？」

「ええ。といっても、血は繋がっていないんですが」

「でも……、これは……」

そこには、至近距離で互いに見詰め合う二人の絵が。切なく眉をひそめたユーヴァルドが、そっとジークヴァルドの頬に手を添えている。

そして、ジークヴァルドはユーヴァルドの手に手を重ねているのだが、その様子はどう見てもただの兄弟には見えない。重ねられたその手は、愛おし気に撫《な》でるかのようだ。

何より、描かれた彼等の視線は、明らかに恋情を感じさせる。

つまり。

「……もしかして、このお話って……」

「あ、そうですね。『日と月』はユーヴァルドとジークヴァルド兄弟の切ない恋のお話です。双子として育てられ、誰《だれ》よりもお互いを理解し合っていた二人が、ある日実は血の繋がりがないと知って様々な葛藤の末に、実は互いに抱くその感情が恋だと気付く――というストーリーです。もう本当、切ないんですよ！　めちゃくちゃお薦めです！」

「……」

熱く語り始めたトリシャをよそに、そっと隣を窺《うかが》った私は、そのまま顔が引き攣《つ》るのがわかった。

「……ほう。ではこの本は、男同士の恋愛を描いた小説……なのだな？」

「そうですね！　でも――」

「そうかそうか。…………なるほど」

柔らかく微笑んではいるが、これは絶対に怒っている。

細められた瞳《め》が冷たく銀の光を弾《はじ》いているのを見て、私は内心頭を抱えたくなった。

先日の王女との会談では、どちらかといえばリュシリュールも王女の思いに協力的であった。表立って協力すると言ったわけではないが、王女がオーブリー殿下に実際に会って話をする機会を認めると言ったのだ、彼の立場からしたらそれは最大限の譲歩であり、非常に協力的な姿勢である。つまり、彼なりに王女の思いを認めていたわけだ。

だが今、彼の視線はとてつもなく冷ややかだ。それもそうだろう、王女がオーブリー殿下に恋した切っ掛けが、よりにもよって男色を題材とした小説とは。しかも、自分と自分の兄そっくりの登場人物が恋に落ちる話など、本人にしてみたら嫌であるに決まっている。

なるほど王女が、本の詳しい内容を話したがらなかったわけだ。さすがにこれは、私も王女を庇《かば》い切れない。

その場に、何とも言えない沈黙が落ちる。

しかし、私達の間の微妙な空気に気付いて口を噤《つぐ》んだトリシャが、おずおずといった様子で話し掛けてきた。

「……あの……、もしかして男同士の恋愛小説には抵抗が……?」

「…………そうだな。別に同性同士の恋愛を否定する気はないが、さすがに自分そっくりの登場人物が……というのには抵抗がある」

「まあ、そうですよね……」

「しかもこういった手合いの通俗的な小説で面白おかしく書かれているとなれば、面白くはないな」

そう言う彼は真顔だ。言っていることも、至極当然のことである。

しかし、彼の〝通俗的な小説〟の一言に、それまで萎縮《いしゅく》したようだったトリシャの態度が急に変わった。

「それは……聞き捨てなりませんね」

キラリ光る眼鏡を指で押し上げて、おもむろにトリシャが彼に向き直る。

打って変わって威圧感を感じさせるその物言いに、リュシリュールが訝し気に眉を上げた。

「『日と月は』通俗的な小説では、決してありません！　確かに男同士の、しかも血が繋がってはいないとはいえ双子として育てられた二人の恋愛ということで一見不道徳な卑俗小説かと思われるかもしれませんが、これは決して！　決して違います！　男同士、兄弟として育てられたゆえの悩みや苦しみ、しかしそれさえも凌駕《りょうが》する愛情が、繊細かつ美しく、丁寧に描写されているんです！　確かに世間一般には認め難い題材ですし、戸惑われるのも無理はないかと思われますが、背徳的な題材だからこそ、登場人物達の悲哀や葛藤が活《い》きるのです！　これは！　小説史に残る素晴らしい作品です！」

気迫を込めて捲し立てられて、思わず私はたじたじとなってしまった。見ればリュシリュールもまた、毒気を抜かれたかのように目を見開いている。

「そ、そうか……」

「そうです！　決して通俗小説なんかじゃありません！　『日と月の如く』は、『雪の降る街』にも劣らない我が国の宝とも言えるべき小説です！」

　さすがに言いすぎではあるかと思うが、トリシャが如何にこの本が好きなのかということはよく分かった。

　それに、いくら出版の部数が少なかったからとはいえ、古本屋に殆《ほとん》ど出回っていないことからしても、マイナーではあってもこの本は熱狂的なファンによって高く支持されているのだろうことが窺える。トリシャや店長の態度がまさしくそうだろう。

　そんな二人に、どうやらリュシリュールも考えを改めたようだ。それまで握りこぶしを握って力説するトリシャに気《け》圧《お》されたようだった彼が、真顔に戻って一歩前に足を踏み出した。

「……そうか。トリシャ嬢がそこまで言うのであれば、きっと素晴らしい本なのであろう。読みもせずに偏見で言ってしまって、申し訳なかった」

　トリシャに向き直った彼が、つと優雅に礼を取る。

　謝罪の意を示すように手を取ると、トリシャが固まったのちに、ぼんっと音が聞こえてきそうな勢いで真っ赤になった。

「いいいいい、いえっ！　わわ、わかってくだされば、それでっ……！」

「では店主殿。その本を包んでもらいたいのだが、いいだろうか？」

「はいっ！　よろこんでっ！」

　固まってしまったトリシャをそのままに、彼がにこりと微笑んで店主を振り返る。一連の流れを見守っていた店主が、同じく赤い顔で勢いよく返事を返した。

予想外の本の内容に一時はどうなることかと思ったが、とりあえずは丸く収まったようだ。

そんな彼に、私もやれやれと肩の力を抜いたのだった。


件の本屋でトリシャと別れた後、本日の目的を達成した私達はそのまま邸《やしき》へと戻ることにした。

それに、見れば空が先程までの晴天が嘘のように掻《か》き曇《くも》っている。重く垂れこめた濃い灰色の雲からは、今すぐにでも雨が降ってきそうだ。

「……急いだほうがよさそうだな」

事前にディミトロフが邸から馬車を呼んでくれてはいるが、下町であるここは馬車が入ることはできない。辻《つじ》馬車を拾うにしても一度大通りに出なくてはならないだろう。

ぬるい風が吹く中、互いに急ぎ足で路地を抜けていく。

しかし、ぽつぽつと足元に黒いシミができたと思った次の瞬間。いきなり強くザッと雨が降り出したため、私達はあっという間にずぶ濡《ぬ》れになってしまった。

「……いきなり降ってくるとは……」

急いで走って雨宿りできそうな軒下に避難するも、すでに服は下着までびしょびしょだ。互いの髪先からは、ぽたぽたと雫《しずく》が滴っている。

しかも一向にやむ気配がない。今や辺りは横殴りの雨だ。風も出てきたことで気温が下がり、濡れて貼《は》り付いた服が容赦なく体温を奪っていく。

思わずぶるりと体を震わせたところで、ちょうどその時、傘《かさ》を調達してきたディミトロフが急いで私達のいる軒下に走ってきた。

「通りまではまだあります。しかもこの雨で、馬車の到着が遅れるようです」

いきなりの雨で道が混雑しているのだろう。この様子ではきっと辻馬車も拾えまい。

だが、さすがにこのままでは風邪《かぜ》を引いてしまう。さてどうしようかと彼と顔を見合わせると、私達に乾いたタオルを差し出しながらディミトロフが言葉を続けた。

「ここを少し行った先に宿屋があるそうです。下町の宿屋ではありますが、それなりに手入れの行き届いた店のようですので、とりあえずは一旦そちらで雨がやむのを待つのがよろしいかと」

その言葉にほっとして頷いた私達は、ディミトロフの案内でその宿屋に行くことにしたのだった。


着けば、確かにディミトロフの言っていた通り、素朴《そぼく》ながらも居心地の良さそうな宿屋だ。年数を感じさせる建物ではあるが、掃除され磨き込まれた木の床には温もりを感じる。

幸いなことに部屋も空いているとのことで、宿の最上階を貸し切った私達は、早々に用意された部屋に向かうことにした。

「……ふう。とりあえず、なんとかなりましたね」

ディミトロフ達を下がらせた後で、息を吐いて肩から力を抜く。改めて部屋を見回した私は、物珍しい思いで剥《む》き出しの木肌の壁を眺めた。

下町の宿のため、一番いい部屋であるとはいっても、寝台とテーブルと椅子しかない簡素な部屋だ。多分それなりに広いのだろうが、いつも利用するような宿の部屋とは、もちろん比べ物にはならない。

だがこの際、贅沢《ぜいたく》は言っていられない。暖かな部屋で雨宿りができることだけでも感謝しなければ。

それに、これはこれで案外楽しい。庶民の宿屋などまず利用したことのない私にしてみたら、見るもの全てが新鮮だ。お忍びの気楽さも相まって、うきうきとした気分になってくる。

備え付けのクロゼットのドアを開けてみたり、窓の外を覗《のぞ》いてみたりしてぐるりと部屋を一周した私は、最後に浴室に通じるドアを開けてから後ろを振り返った。

「魔石で湯が張れるようになっていますね。こちらの国は魔術研究が盛んですから、魔道具が一般的に普及しているんでしょうね」

「なるほど、さすがだな。我が国《くに》も見習いたいものだ……」

壁に埋め込まれた魔石に手をかざせば、蛇口から勢いよくお湯が出てあっという間に浴槽《よくそう》に溜《た》まっていく。普段は湯の用意などすることはないため、そんな光景さえ興味深い。

お湯が溜まる様子をしばらく二人で眺めて、それから私は隣を見上げた。

「では、お先にどうぞ。私はお茶を飲んで待ってます」

宿に着いてから魔法で服は乾かしたとはいえ、体は冷えたままだ。王太子である彼に風邪を引かせるわけにはいかない。

しかし、そのまま浴室を出ていこうとした私の腕を、彼が掴んで引き止めた。

「一緒に入らないのか？」

驚いたように言われて、私は苦笑して肩を竦《すく》めた。一緒に入れるのであればそうしたいが、さすがに二人で入るにはこの浴槽は小さすぎる。

それに、別の問題も。

「二人で入るには狭いかと」

「湯に浸《つ》かって温まるだけなら、問題ないだろう?」

「…………浸かるだけなら、そうですが」

「……」

咎《とが》めるように上目遣いに見上げれば、リュシリュールの視線が泳ぐ。

その様子を見遣って、私はため息を吐いた。

この部屋の造りからして、多分浴室の壁の向こうは廊下だ。しかも部屋の入口のすぐ横が浴室になっているのだ、この薄い木造りの壁一枚隔てたところにディミトロフ達護衛がいる。つまり浴室の物音は、彼らに筒抜けということだ。

一緒に入れば、きっと浸かるだけでは済まないことは目に見えている。もちろんこんな状況でなければ私としてもやぶさかではないが、さすがにそんな遣り取りを他人《ひと》に聞かせる趣味はない。それも子供の頃から私達を良く知るディミトロフにならなおさらだ。

けれども私の腕は掴んだまま、彼が諦《あきら》めたように息を吐きだした。

「……わかった。何もしないと約束する」

「ですが……」

「それに、私よりもお前の方が冷えているだろう？　一緒に入るのが嫌だというのなら、お前が先に入るべきだ」

きっぱりと言い切られてしまえば、私も頷かざるを得ない。それに彼が言う通り、確かに体は冷え切ってしまっている。かといって、彼を差し置いて先に入るのも気が引ける。

そんな私は、渋々一緒に入ることを了承したのだった。


互いに背を向けて、無言で服を脱ぐ。シュミーズを足元に落として素裸になった私は、ちらりと背後のリュシリュールを盗み見てから、慌てて浴槽に入って体をお湯に沈めた。

全て脱ぎ去った彼もまた、すぐに浴槽に入ってくる。縮こまるようにして膝を抱える私を脚の間に挟んで、彼が背後から包み込むようにして抱き寄せる。

抱き寄せられて、途端私はどきどきしてくるのがわかった。

彼とはこれまで何度も一緒に入っているというのに、状況が違うとこうも気恥ずかしいのは何故なのだろうか。浴槽が狭いためやむを得ずこうしてくっついているだけだというのに、彼に触れられているところが熱い。濡れた素肌が密着する感触に、胸がやたらと騒いでそわそわする。

対照的に彼は落ち着いたものだ。背中から伝わる彼の体は、ゆったりと力が抜けているのがわかる。先ほど私に言った通り、ただ湯に浸かっているだけだ。何もしないと約束したからには、それこそ何もする気はないのだろう。

もちろん、彼が約束を破るような人間ではないことは知っているし、この状況で不埒《ふらち》なことをされては私も困る。

だけど、全く期待していなかったとは言えないわけで。

無造作に体に添えられた彼の手に、神経が集中していくのがわかる。

その時、不意に彼が肩に触れたため、思わず私はびくりと震えてしまった。

「……肩が冷えている」

言いながら、彼が私の肩に湯を掛けて掌《てのひら》で温めるようにして肩先を握る。

一瞬全く別のことを予期してしまった私は、そんな自分に堪《たま》らず恥ずかしさが込み上げてくるのがわかった。

「アニエス?」

「な、なんでもありませんっ……!」

頬が熱いのは、湯に浸かっているからというだけではないだろう。彼にはそんな気はないというのに、一人期待してしまっていた自分が恥ずかしい。

でも普段の彼を考えれば、この状況で期待するなという方が無理というものだ。

肩透かしを食らった気分を味わいつつ、何となく面白くない思いになるも、何もするなと言ったのは私なのだから、彼を責めるわけにもいかない。女心は複雑なのだ。

それでも、気持ちを切り替えるように深く息を吐き出して、しかし。

唐突にザバリと浴槽から立ち上がったリュシリュールに抱き上げられて、私の口から小さく悲鳴が漏れた。

「なっ、何――」

「もう十分温まっただろう」

驚く私を床に立たせて、壁に掛けられていたタオルで私の体を包む。立ち尽くす私の前で雑に自身の体を拭《ぬぐ》ってから腰にタオルを巻いた彼が、再び私を横抱きに抱き上げた。

そのまま私を抱えて浴室を出、スタスタと部屋を横切る。

窓際のベッドの上に下ろされて、そこで私は慌てて体を起こして彼を止めるようにその胸を押し返した。

「な、何もしないって……！」

「あ、あの場では、だろう？」

「で、でも！　廊下にはディミトロフが……！」

部屋の戸口にはディミトロフが待機している。廊下に隣接した浴室よりはましだろうが、この薄い木造りの部屋では、中の出来事はほぼほぼ筒抜けだろう。

しかし困惑する私を他所《よそ》に、体の間で阻む手をそっと取った彼が、その手に指を絡ませるようにして握ってきた。

「大丈夫だ。あいつは階下で控えている」

「え？　どうしてそれを……？」

確かディミトロフは、部屋の外で待機すると言っていたはずだ。いつの間に移動したのか。それに、どうして彼がそれを知っているのだ。

すると私の疑問を察した彼が、にこりと微笑んで絡めた手に優しく口づけた。

「風呂《ふろ》に入っている時、あいつが階段を下りていく音が聞こえてきたからな。多分、気を利かせたんだろう」

やはり風呂での遣り取りは筒抜けだったわけだ。そう思うと非常に複雑だが、気を利かせてくれたのはありがたい。

ほっとして力を抜くと、絡めた手はそのままに、片手で背中を支えた彼がゆっくりと私をベッドの上に横たえた。

「それに、お前だって嫌なわけじゃないだろう？」

笑って見下ろされて、私はカッと頬が熱くなるのがわかった。

やはり、彼には気付かれていたわけだ。

でも改めて言われると面白くない。確かにこうなることを期待していたが、あからさまにそれを指摘されるとどうしても反発する気持ちが湧《わ》いてくる。しかも彼は揶揄《からか》っているのだからなおさらだ。

何だか腹が立ってきた私は、むっとして彼を睨《にら》むように見上げた。

「そうですね。では、殿下にはお気を使わせてしまったようで申し訳なかったですわ」

拗《す》ねたように言って、彼に背中を向けるようにして体を横にする。

しかし、解こうとした手を握り直してシーツに縫い留めた彼が、笑いながら私を抱きしめてきた。

「ははは！　揶揄って悪かった！」

「別に。殿下が謝る必要はありませんわ」

「いや、私が悪かった。お前とこうしたいと思っていたのは私なんだからな」

言いながら私の顔を覗き込んで、そっと額を合わせてくる。

至近距離で見詰められ、優しく微笑みかけられて、再び私は胸がどきどきしてくるのがわかった。

「……殿下は、ずるいです……」

「そうか？」

「そうです！　そうやって微笑めば、私が許すってわかってやってらっしゃるんだもの！」

惚《ほ》れた者が負けだとよく言うが、本当にそうだ。彼に甘く微笑み掛けられただけで、大抵のことは許してもいいという気持ちになってしまうのだから。

それでもなお、照れて赤くなった顔をわざとしかめてみせる。

するとそんな私に軽く目を見開いた後で、リュシリュールが嬉しそうに破顔した。

「それは、光栄だな」

「……」

「だがそれは、私も同じだ」

言われて、私は小首を傾げた。彼がそんな風に私の些細な言動に振り回されている姿は想像がつかない。

しかし、私の頬に手を寄せて再び額を合わせた彼が、優しく瞳を覗き込んできた。

「そうだ。お前が笑い掛けてくれるだけで、殆どのことは許せてしまうんだから、自分でもどうかしていると思うよ……」

そう言って、柔らかく唇を塞ぐ。甘い言葉と口付けに、私は頭がふわふわしてくるのがわかった。

やっぱり、ずるい。

でも、彼も同じように私に振り回されているのだとしたら、それほど嬉しいことはない。喜びにじわじわと胸が温かくなってくるのがわかる。

応《こた》えるように唇を開いて腕を彼の首に回すと、その口付けが更に深くなった。

「……ん……」

こうなればもう、言葉はいらない。体に巻いていたタオルを取り払われて、互いに素肌を重ねれば、肌から伝わる熱が、雄弁に気持ちを物語ってくれる。

もっと熱を、気持ちを伝えたくて裸の体を擦り合わせると、彼が低く呻きを漏らした。

そのまま彼の手が、体の輪郭をなぞって脚のあわいに触れる。

潤んだそこにゆっくりと指を沈められて、ぞくぞくとした愉悦に私は小さく喘《あえ》ぎをこぼした。

「……あ……は……」

優しく探るように柔弱な体内を侵されて、自然と腰が揺れる。自ら開いて差し出したそこからは、すでに水音が。

いつの間にか増やされた彼の指が、粘膜のある一点を押し上げた途端、くぷりと膣《なか》が蜜《みつ》を吐き出したのがわかった。

「……んんっ……、リュシー……もう……」

上気した顔で見上げれば、彼もまた苦しそうだ。余裕のない仕草で指を引き抜き、硬く張り詰めたものをそこに宛《あて》がう。

難なく彼の先端を呑《の》み込んで、待ち望んだ質量が体の中心を拓く感覚に、私は喉を反らせて嬌声《きょうせい》を上げた。

「あぁあっ……！　リュシーっ……！」

「……くっ……！」

背中に回した腕でかじりつくように縋《すが》り付き、快感に震えながら彼のものを締め上げる。そんな私に強く腰を押しつけ、掻き抱いて、彼もまた呻きを漏らす。

最初の波が過ぎ去ると同時にゆるゆると彼が動き出し、途端湧き起こった快感に、私は喘ぎを上げて身をくねらせた。

外は嵐《あらし》のような雨だ。時折吹き付ける風が、雨水と共に窓を叩《たた》く。

強い雨音とガタガタと揺れる窓枠。そこに、ギシギシと寝台が軋《きし》む音と私の喘ぎが混じる。

外とは対照的に熱気の籠《こも》った室内で、激しく求め合い、快感に打ち震える。吹き荒れる嵐の音と互いの熱で、世界の輪郭が溶けて境界が曖昧《あいまい》になっていくかのようだ。

全てをさらけ出し、啼《な》いて善《よ》がる。そんな私に、彼もまた剥き出しの欲望のままに呻きながら、貪《むさぼ》る。

最後に一層強く、深く穿《うが》たれて、私は高い嬌声を上げて背中を反らせた。

同時に、体の奥に、どくどくと熱い滾《たぎ》りが放たれる。

うねる体内が絞り取るように跳ね上がるそれを締め上げて、収縮を繰り返してから弛緩《しかん》するのがわかった。

「はっ、は、……は……」

互いに荒い呼吸を吐きながら、彼が強く抱きしめてくる。彼のいつもの癖、だ。

私しか知らないその癖に、応えるように抱きしめ返せば、胸が温かく満たされていくのがわかる。

温もりと鼓動、一つに溶け合う感覚が心地よい。

窓の外の雨音を聞きながら、静かに言葉のいらない時間を堪能《たんのう》する。

しばらくして、ゆっくりと体を起こしたリュシリュールが、私の頬に手を添えて柔らかく微笑んだ。

「……雨の日も、悪くないな」

「そうですね」

外の冷たさとは裏腹に、ここはこんなにも温かい。それに雨が降らなかったら、ここにはいなかっただろう。

雨音が彼と私を二人きりの世界に閉じ込めてくれるから、今はこんなにも素直になれる。

甘えるように彼の胸に顔を寄せた私は、彼の香りを吸い込んでそっと口を開いた。

「……今日、ずっとこうしたかったの」

言いながら、ぎゅっと抱きしめる腕に力を込める。

「……リュシーがジークヴァルド様って呼ばれるの、好きじゃない……」

本当は、今日はずっと不安だったのだ。彼が女性の注目を集めるのはいつものことだが、それでもやはり嫌なものは嫌だ。しかも知らない名前で呼ばれる彼は、私の知らない彼になってしまう気がして、その名前で呼ばれる度に胸がざわざわとざわめいていたのだ。

もちろんそんなのただの思い込みであることは、十分わかっている。どんな名前で呼ばれようと、彼は彼だ。

それにお忍びで偽名を使うこともあるわけで、その時は何とも思わないのだから、これは私の我儘《わがまま》だ。彼の全てを自分のものにしておきたい、私のエゴだ。

かつてはただ彼の側にいられたのならそれで良かったというのに、人というものはどこまでも貪欲《どんよく》になるらしい。

自分の浅ましさが恥ずかしくて、顔を隠すようにして彼の胸に押し付ける。

けれども、抱きしめ返され、頭頂に優しくキスを落とされて、私はゆっくりと顔を上げた。

「大丈夫だ。今も、これからも、全て私はお前のものだ」

「……本当に？」

「ああ」

頷く彼にほっとして、再び彼の胸に顔を埋める。

そのまましばらく、髪を撫でられるに任せていたのだが、不意に体を反転させたリュシリュールが、位置を入れ替えるようにして私の上に乗り上げてきた。

「……そうだな。……だがそれは、私もお前と同じだ」

「……それはどう――――あ……」

言い終わるなり熱の塊を押し当てられて、先ほどの情交の余韻を残した私の体が、当たり前のようにそれを受け入れた。

ぐぶりと、入り込んだ感覚で、一瞬にして思考が飛ぶ。互いの淫液《いんえき》でずぶずぶのそこに熱い楔《くさび》を埋め込まれて、彼の形に拓かれる快感に体がわなないて、悦《よろこ》ぶ。

根元まで呑み込み、短く喘ぎながら締め上げれば、彼もまた低く呻きを漏らす。

リュシリュールも同じように感じてくれていることが、嬉しい。

震えながら背中に回した手でしがみつくと、彼が強く抱きしめ返してきた。

「……リュシー……んっ」

目の前が白むような快感を、互いに抱き合って、耐える。

は、と同時に息を吐いて、それから彼がゆっくりとその体を起こした。

「……今日のあの格好だが……よく、似合っていた」

「え……？」

「正直、他の連中には見せたくないと思った」

唐突に言われて、少しの間何を言われているのかわからない。しかし理解した途端、私は驚きでまじまじと目を見開いた。

まさか彼が、そんな風に思ってくれていただなんて。

今の今まで、そんな素振りはかけらも見せなかったというのに。

しかし、嬉しいのも事実だ。じわじわと頬が熱くなってくるのがわかる。

するとリュシリュールが、熱くなった私の頬に手を添えて、その顔を近づけた。

「……お前はもう少し、自分が周りからどう見られているのか、自覚した方がいい」

そう言って、深く口付ける。同時に、繋がったそこを引き抜き、突き入れられて、私の視界が白く染まった。

そのまま強く舌を吸われ、激しく音を立てて腰を打ち付けられる。上も下も嬲《なぶ》られ、彼で満たされて、言われた言葉の意味を考える間もなく、私の思考は快楽の淵《ふち》に沈んだ。


その日、雨は一晩中降り続け、翌日もしとしととやむ気配のない空模様に、結局私達はその宿屋に留《とど》まり続けることになった。一日をのんびりとベッドの上で気ままに過ごし、夜に雨は上がった。

明けてその朝は、見事なまでの晴天だ。雨で洗い流され雲一つない空は、抜けるように青い。

けれどもその晴れ渡った空に、少し残念だと思ったのは私だけではなかったらしい。

底抜けに青い空を見上げため息を吐くと、気付いた彼がその顔を近づける。

「私もだ」と小さく言われて、顔を見合わせた私達は、くすくすと笑いながら手を取ったのだった。

六

隣国で、王室と王女の意向を確認した私達は、数日の滞在の後に国に帰ることになった。

王女とオーブリー殿下のことはあくまで非公式とし、当事者間でなされた決定に国としては一切関与しないというこれ以上ない条件の確約を貰《もら》ったのだ、訪問の目的はほぼ達成できたと言ってもいいだろう。

しかし今、私達の目の前には、明らかに不機嫌なオーラを纏《まと》ったオーブリー殿下が。

にこやかに微笑《ほほえ》んで対面に座しているものの、溢《あふ》れ出る威圧的な空気は黒く、重い。初めて見るオーブリー殿下のそんな姿に、先程から私は縮こまりっぱなしだ。普段穏やかな人ほど怒らせると恐いというが、まさしくだ。

けれども、兄の怒りをものともせず、リュシリュールは何食わぬ顔で用意されたティーカップに口をつけている。

そんな弟に、オーブリー殿下の纏う空気が一段と重くなった。

「……リュシー。お前、何のために隣国にまで行ったんだ……？」

「もちろん、向こうの王家の意向を確認するためです」

「ほう。……それが、どうしてこうなった」

リュシリュールのにべもない返答に、オーブリー殿下の笑みが深くなる。その笑みに、部屋の空気が更に冷たく冷え込む。

普段は真逆の雰囲気の二人だが、こんなところはそっくりだ。

冷や汗を掻《か》きながらも、やはり兄弟などと思いつつ、しかし私は事態を静観することにした。

「どうしても何も、当人同士の個人的な遣《や》り取りに国として関与しないというのであれば、別に問題はないでしょう？　であればこちらも、全《すべ》ての判断は当事者に任せるとするのが筋というものです。第一、個人間の恋愛沙汰《ざた》に国が関与するのは無粋《ぶすい》ですからね」

そこまで言って、手に持ったカップをソーサーごとテーブルに置く。

脚を組んで肩を竦《すく》めてみせた弟に、オーブリー殿下の口元が引き攣《つ》ったのがわかった。

「………俺《おれ》は、断るぞ」

「どうぞお好きに。そこはもちろん、兄上のご判断を尊重します」

「……」

押し殺した低い一言に、リュシリュールがさらりと答える。こんなところは、さすが王太子といったところか。

不機嫌さをものともしない彼に、オーブリー殿下がむっすりと押し黙った。鋭く細められた淡い銀の瞳《め》は、弟の考えを見透かそうとするかのようだ。

けれどもそれには構わず、リュシリュールが言葉を続けた。

「ところで兄上。王女の申し出をお断りするのは構いませんが、お断りするからにはもちろん、他《ほか》にお相手がいらっしゃるのですよね？」

「…………リュシー、何が言いたい」

「兄上ももう二十二、いいお歳《とし》です。そろそろ身を固めるべきでしょう。はからずも弟の私が先に結婚したのですから、なおのこと兄上もご結婚をお急ぎにならねば。すぐに結婚は無理としても、せめて婚約者か決まったお相手は必要です。臣籍に降下したとはいえ兄上は公爵なのですから、いつまでも独《ひと》り身というわけにはいきませんよ」

その言葉に、オーブリー殿下が苦虫を嚙《か》み潰《つぶ》したような顔になった。

リュシリュールはさりげなく言っているが、端で聞いている私はヒヤヒヤし通しだ。まさか早速、核心に触れるとは。

今度こそ取り繕うこともせずに不機嫌さを露《あら》わにした兄に、しかしリュシリュールが真剣な顔で向き直った。

「実際のところ兄上は、王女のことをどう思ってらっしゃるのです」

「……どうもこうもそれは……」

「兄上がお断りすると言っておられるのは、それはご自身の立場を考えてのことでしょう？」

「……」

切り込むようなリュシリュールの視線に、オーブリー殿下が黙ったまますっと視線を逸《そ》らせる。

その様子を見詰めて、リュシリュールが静かに言葉を続けた。

「私は、兄上に幸せになって欲しいのです」

「………別に、私は今のままでも幸せだ」

「本当に？」

「……」

再び、オーブリー殿下が黙り込む。そのまま、痛いほどの沈黙が部屋に落ちた。

みなまで言わずとも、オーブリー殿下もリュシリュールが言わんとしていることがわかっているのだ。多分これまでは、弟であるリュシリュールに気遣いをさせまいと、自身の幸せは諦《あきら》めていることを感じさせないよう振る舞ってきたのだろうことは想像に難くない。リュシリュールとしても、うっすらとそのことに気付きつつも、兄の心情に踏み込むことを慮《おもんぱか》ってきたのだろう。

しかし今回の王女の一件が、兄弟の間で敢《あ》えて触れることができなかった問題に、まじまじと直面させるきっかけとなったわけだ。

静かな部屋に、オーブリー殿下のため息の音が響く。

深く息を吐き出して、それから殿下がゆっくりと顔を上げた。

「リュシー。本当に私は、今のままで十分幸せだよ。確かにずっと独りというのは寂しい気もするけれど、その分お前達が幸せになってくれるなら、私はそれでいいんだ」

そう言って、ニコリと微笑む。

その様子からは、嘘《うそ》を言っているわけでも無理をしているわけでもないことが伝わってくる。多分本当に、弟であるリュシリュールの幸せが自分の幸せであると思っているのだろう。

しかし同時に、諦めの気持ちがあることも事実だ。そしてそれは、リュシリュールにも間違いなく伝わっている。

兄の言葉を聞いて、リュシリュールが小さく息を吐き出したのがわかった。

「……兄上。私達の幸せが兄上の幸せだと仰《おっしゃ》いますが、それは私達も同じです。兄上の幸せが私達の幸せなのです。ですから、兄上がご自身の幸せを諦めておられる限り、私達も真の幸せは諦めなければなりません」

「……」

リュシリュールの言葉に、視線を落としたオーブリー殿下が再び黙り込む。

その様子を静かに見守って、リュシリュールが真摯《しんし》な眼差《まなざ》しを送った。

「兄上、今一度、ご自身の幸せをお考えになっていただけませんか？」

「……」

「別に、お相手に王女を薦《すす》めるつもりも、強要するつもりもありません。ですが、王女の申し出を断るにしても受けるにしても、とにかく国のため、私達のためという考えを抜きにした上で、兄上ご自身の気持ちを第一に判断していただきたいのです」

その言葉は、穏やかではあるけれども力強い。弟として真に兄を思う気持ちが痛いほど伝わってくる。

そんなリュシリュールの思いが伝わったのだろう、オーブリー殿下の纏う空気が変わったのがわかった。そのまましばらく互いに黙って向き合って、部屋に静寂が流れる。

しかしその沈黙を先に破ったのは、オーブリー殿下だった。

「……はあ、リュシー。……わかった」

「……」

「ただし。お前に後継ができるまでは、結婚も婚約もしない」

「兄上……」

「そうだな、少なくとも二人は欲しいな。うちは女王も認められているから、女の子男の子、どちらでも構わないから最低でも二人は作ってもらわなくては。何より私自身が純粋に、早く甥《おい》っ子なり姪《めい》っ子の可愛《かわい》い顔を見たいからな」

そう言って、にっこりと笑う。その笑顔は、いつもの見慣れた兄王子の顔だ。

優しく笑顔を向けられて、緊張していた体から自然と力が抜けるのがわかる。

リュシリュールも同じだったのだろう、隣からふうっと息を吐く音が聞こえてきた。

「あと、私の血筋から継承権を剥奪《はくだつ》することも」

リュシリュールと私、交互に顔を見遣《みや》ってそう言うオーブリー殿下の顔は、今はもう笑ってはいない。

真剣なその眼差しを受け止めて、リュシリュールが慎重に頷《うなず》いた。

「……わかりました。……ただ……」

そう言って、リュシリュールが言葉を濁す。

言い掛けたその言葉を正確に読み取って、私は苦笑交じりの笑顔をオーブリー殿下に向けた。

「そうですね、早く御子が授かるよう、努力いたします。けれどもこればかりは、望んだとしても必ず得られるというものではありません。ですからその場合は、オーブリー様の御血筋にお願いしたく思います」

そう、いくら願ったとして、必ずしも子供が授かるとは限らない。努力して得られるのであればいくらでも努力をするが、そうではないからこそ、いつの時代もこの問題には皆涙してきたのだ。

そしてそれは、密《ひそ》かに私の気にしていることでもある。

結婚して一年が経《た》とうかというのに、未《いま》だ私に懐妊の気配はない。もちろん避妊魔法は結婚の前に解呪《かいじゅ》してある。にもかかわらず、だ。

我が身の不甲斐《ふがい》なさに、自然と視線が下に落ちる。

しかし、知らぬ間に握りしめていた手に、手を重ねられて、私は驚いて顔を上げた。

「大丈夫だ」

「殿下……」

「それに多分、問題は私にある」

そう言って、困ったように笑う。

私は、戸惑ってしまった。

「そ、そんなことは……！」

「いや、私の問題だ。私は過去にお前を追い詰め、苦しめた。こういうことは、精神的な負担や傷が大きく関わってくると聞く。多分、私がつけたその傷が、十分に癒《い》えてないのだ。……それにもともとどちらか一方が責めを負うものではないはずだ。私に何か欠陥があって、それでできない可能性だってあるだろう？」

諭《さと》すように言われて、思わず胸が詰まる。

更には抱き寄せられ、優しく髪を撫《な》でられて、私の視界が涙で霞《かす》んだ。

同時に、ずっと胸につかえていた物思いが、柔らかく解けていくのがわかる。多分自分で思っていた以上に、このことは私の胸に重く圧《の》し掛かっていたのだ。

髪を撫でる手の温《ぬく》もりに、ほろほろと涙がこぼれる。けれどもそのこぼれ落ちる涙とともに、胸の重しが軽くなっていくかのようだ。

そのまましばらく、無言で抱き合う。

しかし、控えめに慮るような咳《せき》払いが聞こえてきたため、私は慌てて涙を拭《ぬぐ》って体を起こした。

見れば、申し訳なさそうに眉《まゆ》を下げたオーブリー殿下が。

「………すみません」

「いえ……！　オーブリー様が謝るようなことでは……！」

心底申し訳なさそうに謝られて、慌てて否定する。

王太子妃である私が後継である子を成さねばならないのは事実で、しかもリュシリュールは、私以外と子供を持つことはできないのだからなおさらだ。

しかしそんな私を遮って、オーブリー殿下が首を横に振った。

「いいえ、今のは完全に私が悪いです」

「そんな……」

「確かに、国としてはお二人に子供を作っていただかねばなりません。しかしだからといって、そのことがお二人の負担になるのはまた違う話です。なにより、これまで散々国に、周囲に振り回されてきたのですから、そんなお二人がまたもや周りの思惑や責務といったもので苦しむことがあってはいけません」

そこまで言って、オーブリー殿下がふっと息を吐く。

けれども次に顔を上げた時には、何故《なぜ》か楽しそうな笑みが浮かべられていた。

更には揶揄《からか》いを含んだ微笑みを向けられて、私は戸惑ってしまった。

「まあでも。これは私の勘ですが……、多分大丈夫ですよ」

言われて、思わずリュシリュールと共に顔を見合わせてしまう。

何を根拠にそんなことを言っているのか。

しかし気休めで言ったにしては、やけに自信たっぷりだ。何と言って返答したらよいかわからず困惑する私達を見詰めて、楽しそうに笑っている。

「いえね、アルマン殿から向こうでのお二人の様子を聞いたのですよ」

「兄から、ですか……？」

「随分、羽を伸ばしてらしたみたいですね？」

揶揄うように笑って見詰められて、私はじわじわと頬《ほお》が熱くなってくるのがわかった。

アルマン兄様は向こうに滞在中、ずっと同じ邸《やしき》で過ごしていたのだ。ということは、まあつまり、色々聞いたに違いない。

「何でも、連日部屋にお籠《こも》りで、たまに出てきたとしても日が高くならないと出てこないとか……、あとはしょっちゅうお忍びで街に出てらしたとか……。そうそう、お二人にしては珍しく人目もはばからずに終始仲睦《むつ》まじくされていたらしいじゃないですか。よくまあ義兄の前であんだけ堂々といちゃつけるもんだと、アルマン殿が青筋を立てて笑ってましたよ？」

確かに、王太子、王太子妃という肩書を気にする必要のないあちらでは、お互い少々羽目を外し気味だったことは認める。でも言われるほど、人前でいちゃついた覚えはない……はずだ。

しかし、兄がそう言うということはまあ、そうだったのだろう。

だとしても、わざわざオーブリー殿下に言わなくても。我が兄ながら恨めしい。

けれども隣のリュシリュールは、特に気にした風もない。平然とオーブリー殿下の揶揄いの眼差しを受け止めている。

するとそんな私達に、オーブリー殿下がクスクスと忍び笑いを漏らした。

「戻ってこられてから、随分とお二人の雰囲気が違いますからね」

「……それは……」

「別に、揶揄っているわけではないですよ？」

そうは言いつつも、オーブリー殿下は非常に楽しそうだ。

これを揶揄っていると言わずして、何というのか。思わず憮然《ぶぜん》としてしまう。

しかし、何とも優し気な視線を向けられて、私は訳がわからず戸惑ってしまった。

「随分と、お二人がお二人でいらっしゃるのが自然になったな、と。だからきっと、今のお二人なら、大丈夫だと思いますよ」

どこか眩《まぶ》しいものを見るような眼差しで私達を見詰め、続いて瞳を細めてふわりと微笑む。

そこには、確かな確信が。

自信たっぷりのその言葉とオーブリー殿下の微笑みを見ている内に、なんだか私も段々と本当に大丈夫だという気分になってきた。

根拠がないことはわかっている。

でも、すとんと、何かが胸に落ちたのだ。

子供は、できるかもしれないし、できないかもしれない。だがそれは、誰《だれ》にもわからないことだ。

だったら、できない可能性を思い悩むよりは、できる可能性を信じて過ごす方がいい。

それに、まだ私達は結婚して一年しか経っていないのだ、どちらにしろそれを判断するには時期尚早《じきしょうそう》だろう。

気持ちが解《ほぐ》れると同時に、自然と笑みが浮かぶ。隣を見上げれば、リュシリュールもまた、柔らかく微笑んで見詰め返してくる。

そのまま二人で笑い合ってから、私達はオーブリー殿下に向き直った。

「そうですね」

「ええ、そうでしょう？」

オーブリー殿下も、笑顔だ。

その時、私の脳裏に幸せな光景がよぎった。

幼少期の私達そっくりの愛らしい子供を腕に抱いた、私とリュシリュールの姿だ。すぐ側《そば》には、オーブリー殿下と彼の妻らしき明るい金の髪の女性が。

しかしそれは一瞬で、満ち足りた幸せな気持ちだけが、長く余韻として私の中に残った。

願わくは、これが未来にある私達の姿でありますように。

朗らかな確信とともに、私は心から祈りを捧《ささ》げた。

書き下ろし番外　紙袋の中身は……

「上手《うま》く、いっているみたいじゃないか」

　そう言うのは、従兄弟《いとこ》の公爵家子息、レオネルだ。向かいのソファーにゆったりと脚を組んで腰掛け、グラスを傾けながらこちらを見てくる。ここには私達しかいないため、その口調も態度も非常にリラックスしたものだ。

　しかし、多分に揶揄《からか》いを含んだその視線に、私は肩を竦《すく》めてから手に持ったグラスに口を付けた。

「そうだな」

　ここで下手《へた》に相手をすると、存外レオはしつこい。酒の肴《さかな》にされるのは、まっぴらごめんだ。

「なんだよ、素っ気ないな。一応俺《おれ》としても、お前とアニエス様のことはずっと気に掛けていたんだ。だから上手くいっているみたいで安心したんだよ」

　笑いながら言われて、私は再び肩を竦めてみせた。

　先日、男装したアニエスを伴って月光の蝶《しょうかん》にいるところを、レオに見られてしまったのだ。しかも間の悪いことに、ちょうど事に及ぼうとしたところで、そんなところを見られたのなら仲が良いと揶揄われても仕方がない。

　それに、従兄弟である私はもちろん、レオはアニエスとも子供の頃《ころ》からの知り合いだ。アニエスは王太子である私の婚約者だったこともあって、彼等はそこまで親しい間柄ではないが、アニエスの父である侯爵とレオの父親の仲が良いため、それで彼等も子供の頃からの顔見知りなのだ。

「一時はどうなることかと思ったが、まあ、収まるところに収まって良かったよ」

「色々、心配を掛けてすまなかったな」

「本当だ。……というわけで、今日は付き合ってもらうぞ」

そう言って机の上のデカンタを手に取ったレオが、グラスに酒を注いでくる。

なんのことはない、つまるところは飲む口実が欲しいわけだ。

楽しそうにグラスを掲げたレオに、私も苦笑してグラスを掲げた。

「……ところで。メルディオ伯爵の話は聞いたか？」

「ああ。今、どこもかしこもその話題で持ちきりだからな。ぞっとしない話だ」

「同感だ。しっかし、夫人も夫人だよ。いくら伯爵を取り戻したいからって、尻の穴をいじるとか、伯爵夫人が聞いて呆《あき》れるな。なんでもその話を聞いたご婦人方の間で、ちょっとしたブームになっているらしいそうじゃないか。……いやはや、げに恐ろしきはなんとやら……だな」

「……」

呆れたように頭を振ってグラスに口を付けたレオに、私は押し黙った。

実はアニエスも……、とはとても言えない。メルディオ伯爵夫人から話を聞いた彼女は、さっそく教えられた怪しげな店で例の手法を聞いてきたのだ。

こういう時、アニエスの真面目《まじめ》な性格と行動力はなかなかに厄介である。そもそもそんなことをせずとも、私が彼女から離れられないのだというのに、当の本人は全くわかっていない。そこからの一連の出来事は、正直記憶から抹消したい。

とはいえ、まったく役得がなかったわけでもないのだが。

「ん？　リュシー、どうかしたのか？」

「いや。……それより、レオ……」

さりげなく話題を逸らそうとして、しかし。彼の隣に置かれたものに目を留めた私は、思わず言葉を詰まらせてしまった。

その見覚えのある紙袋はもしかして。

「なんだ、リュシーも知ってるのか」

驚く私に、レオがにやりと意地の悪い笑みを浮かべる。

「そう、例の話題の店さ。もしかして、お前もあの店に行った――わけないか。堅物を絵に描《か》いたようなお前が、一番に嫌いそうなものだものな。まあ、店のロゴも入ってるし、見ればわかるか」

都合よく解釈してくれたことに、私は内心ほっと息を吐いた。

別に私の堅物云々《うんぬん》のイメージが崩れるのは構わないが、あの店に行ったと知られて夫婦の間であったことを邪推されるのは困る。アニエスの意外な一面を知るのは、私だけでいい。

下手に勘繰られる前にと、私はさりげなく話を戻すことにした。

「まさかレオ、その店に行ったのか？」

「百聞は一見に如《し》かず、と言うだろう？　もちろん、素性はわからないようにしたさ」

さらりと、笑って言う。まあ、日頃から遊び慣れている彼であれば、例の店のような場所に行ったと知られたとしても特に問題はないのだろう。

しかしその華やかな外見と振る舞いに反して、実際の彼はどちらかというと堅実で保守的な性格だ。だが、それを知る人間は余りいない。むしろ私などよりは余程彼の方が堅物なのだが、彼もまたその立場から、便宜《べんぎ》上華やかで軽薄そうな印象を敢《あ》えて纏《まと》っているに過ぎない。

「それで？　そんなところで何を買ってきたんだ」

何となく嫌な予感を抱きつつ、呆れたようにグラスを置く。

すると、くつくつと楽しそうに笑いながら、レオがその紙袋を手に取った。

「いや、なに。リュシーにプレゼントを、と思ってね」

言いながら、薄紅色の紙袋を差し出してくる。

ますます嫌な予感を抱きつつ、差し出された紙袋を手に取り中身を確認した私は、思わず絶句してしまった。

「どうだい？　お気に召したかな」

「お気に召すも何も、なんだこれは⁉」

入っていたのは、ふわふわとしたウサギの耳を模したヘアバンドと、ほぼ紐《ひも》状の下着らしき白くて薄い布だ。取り出してみれば、余りの薄さに布越しに部屋の景色《けしき》が透けて見える。

これでは、下着の意味がないではないか。

「ははは！　いやあ、リュシーが好きそうだと思ってね」

「……やめてくれ」

低く呻《うめ》いて摘まんだそれを紙袋に戻せば、レオの笑い声が大きくなる。これは、完全に揶揄われている。

「レオ、揶揄うのもいい加減にしろ」

「はははは！　まあいいじゃないか！」

「……」

むっすりと押し黙って紙袋をレオに押しやり、グラスに口を付ける。揶揄われたことも面白くないが、まさかこんなものを受け取るわけにもいかない。

しかし、不機嫌な私にも構わずひとしきり笑い声を上げた後で、レオが楽し気に視線を向けてきた。

「なんだ、怒ったのか？」

「……いや。だが、こういう冗談は好きじゃない」

「そうか？　だが、可愛《かわい》いと思うがなあ」

「……」

言われて、再び私は押し黙った。

もちろん、そのウサギの耳も下着も、きっとアニエスに良く似合うだろうし可愛いのはわかっている。似合わないわけがない。

それこそ許されるのであれば、身につけたところを見てみたいと思うし、色々と――まあ、そこはそれだ。そもそも、そういった類《たぐい》の物を嫌いな男がいるのだろうか。

だが、他《ほか》の男が選んだ下着を身につけさせるなど、言語道断《ごんごどうだん》だ。たとえそれが普通の装飾品だとしても、アニエスが他の男から贈られた物を身につけると考えるだけで、激しい怒りが湧《わ》いてくる。

にもかかわらず、しかも下着など、絶対に、絶対に、駄目だ。許せるはずがない。

レオのことだからお遊びの軽い気持ちでこんなものを寄こしたに違いないが、それでもちょっとでもこれらを身につけたアニエスを想像したのかと思えば、それだけでムカムカと怒りが湧いてくる。

そう、たとえ想像の中だとしても、許せないのだ。

ことアニエスに関しては、非常に心が狭くなるのは自覚しているが、でも好いた女のことに関しては、男なんて皆そんなものだろう。

すると、本気で私が不機嫌であることがわかったのか、レオが肩を竦めてため息を吐《つ》いた。

「せっかく、リュシーのために用意したというのに。本当、昔からリュシーは、アニエス嬢のこととなると冗談が通じないからなぁ」

「……冗談が通じないとわかっているのなら、最初からよせばいいんだ」

「まったく、つれない。……でも、嫌いじゃないだろう？」

そう言って、にやりと笑う。

「リュシーの立場だと、こういったものも気軽には買いに行けないだろうと思って、ね。まあ、気が変わったらいつでも言ってくれ」

これは、全く悪いと思っていない。しかしまあ、いつものことだ。

楽しそうに笑ってグラスを持ち上げたレオに、私もやれやれと息を吐き出したのだった。

結局それから夜半近くまでレオネルと飲んだ私は、王宮に着く頃には大分酔いが回っていた。ちょうどよい酔い加減で、気分良く自室へと向かう。アニエスに会う前に汗と酒の匂《にお》いを流そうと思った私は、上着を脱いだところで、しかしまずは水を飲もうとその動きを止めた。風呂《ふろ》に入るにはもう少し酔いを醒《さ》ましてからの方がいいだろう。そう思って、部屋に用意されている水差しからグラスに水を注ぐ。

今は部屋に一人という気楽さもあって立ったままそれを飲み干した私は、ふと、あることを思い出した。

グラスを置いて、部屋にある文机に移動する。椅子《いす》を引いてそこに座った私は、静かに引き出しを開き、奥にある秘密の二枚板に手を伸ばした。

私付きの侍従や侍女が無断で引き出しを開けることはまずないだろうが、それでも万が一ということがある。掃除やら何やらで、開ける可能性が全くないとはいえない。だから昔から人に見られたくないものは、いつもこの引き出しの奥にある仕掛け板を外した先に置くようにしているのだ。

指先の感覚で仕掛けを解除して、慎重に板を外す。子供の頃にアニエスにもらった刺繍《ししゅう》のハンカチや彼女の絵姿、二人で摘んだ押し花の栞《しおり》などに心を和《なご》ませつつ、更にその奥にしまい込まれた薄紅色の紙袋を確認して、私はそっとそれを手に取った。

そう、それは、以前アニエスが例の店に行った際、店主から無理やり渡されたものだ。その時はなんやかんやあって結局そのままになってしまったが、後からその存在を思い出した私が確認して以来、こうして引き出しの奥にしまわれたままになっていたのだ。

何となく、誰もいない部屋を見回してから中身を取り出す。

入っていたのは、艶《つや》やかな黒い毛並みの猫の耳が付いたヘアバンドだ。頭につければ、きっと耳が生えているかのように見えるだろう。

別に疚《やま》しい思いになるほどの物ではないのだが、やはりそれでもそこは何か後ろめたい。さすがにこんな物を、王太子である自分が持っていると知られるのはまずい。

そうはいっても、猫耳のヘアバンドを持っているからといって誰《だれ》に迷惑を掛けるわけでもないのだから、それくらいいいと言えばいいのだが。

取り出したそれを手に取って、しげしげと眺める。アニエスが身につけたところを想像して、そっとそれを机の上に置いた私は、肘《ひじ》をついて指を組み、組んだその手を口元に寄せた。

猫耳を生やしたアニエス。

可愛い。

可愛い以外、ない。

そう、もともと少し吊《つ》り目勝ちのアニエスは、猫っぽい雰囲気がある。だから、似合わないわけがないのだ。

今日レオネルが持ってきたウサギもいいが、でもやはり、アニエスは猫が似合う。気が強いけれども気を許した相手には驚くほど甘えて見せるところや、ハッとするほどの誇り高さ、優美なその姿態、賢く優しいところなど、猫そのままだ。好奇心が旺盛《おうせい》なところまでそっくりである。あの短時間でア

Cat?

ニエスの本質を見抜いて猫の耳を用意した店主はさすがだろう。

耳を生やして上目遣いに甘えられたら、多分自分は何でも聞いてしまいそうだ。

いや、確実に何でも聞く。間違いない。

それこそ部屋着姿で耳をつけ、甘い声でねだられでもしようものなら、骨抜きになることは間違いない。

そこまで考えて、私は切なくため息を吐いた。

想像の中ですらここまで愛らしいのだ、アニエスが現実にこれを身につけたとしたら、一体どれほどのことか。心臓がいくつあっても足りそうにない。というか、まず自分を抑えられる自信がない。

とはいえ、現実でアニエスがこれを身につけることはない。この前の流れでつけてもらうことはできただろうが、改めて、となると言い出しにくい。せいぜいこうやって、たまに取り出して妄想するくらいか。

湧き出る邪《よこしま》な思いを振り払うよう頭を振って、気持ちを切り替える。

机の上の猫耳のヘアバンドを手に取って袋に戻そうとしたところで、その時。

部屋にノックの音が響き渡った。

「……殿下？　入っても……？」

「アニエス!?　あ、ああ、いいぞ……！」

慌てて猫耳をしまい、急いで紙袋を引き出しに入れる。

引き出しが閉まるのと、アニエスが側《そば》にやって来るのはほぼ同時だった。

「殿下……？　どうかしたのですか？」

「いや、なんでもない。それより、お前こそどうかしたのか？」

内心盛大に冷や汗を掻《か》きつつ、冷静さを装う。日頃の修練のたまものである。

だが、アニエスは首を傾《かし》げたままだ。最初に声が上ずってしまったことを、訝《いぶか》しく思っているのだろう。

けれども、それ以上は特に何も聞いてこないことを良いことに、私は何気なさを装ってそのまま話を続けた。

「先ほど戻ってきたのだが、湯浴みをするにしても少し酔いを醒ましてからの方がいいかと思ってな。それで少し休んでいたのだ」

「そうでしたか。私も別に特に何かあったわけではないのですが、お戻りになられたご様子なのになかなかいらっしゃらないから、それで……」

そう言って、はにかんだように笑う。

途端私の胸に、ぎゅっと心臓を鷲掴《わしづか》みにされたかのような甘い痺《しび》れが走った。

アニエスが私を待っていてくれたということが、嬉《うれ》しい。衝動的にアニエスの手を掴《つか》んで引き寄せ抱きしめれば、されるがままに私の膝《ひざ》の上で抱きしめられて、アニエスがおずおずとその手を背中に回す。

こてりと力を抜いて体を預けられて、疼《うず》くような胸の甘い痺れがますます強くなるのがわかった。

「……やっぱり少し、お酒臭いですね」

「そうか、すまない」

「ふふふ、別に謝らなくても。大丈夫ですよ？」

言いながらアニエスが、首元に顔を寄せて匂いを嗅《か》いでくる。くんくんと嗅ぐその仕草と、甘やかな吐息が首筋に掛かり、私は堪《たま》らなくなった。

「……うっ……。殿下、少し苦しい……です……」

「あ。すまない」

知らず内に、力が入ってしまったようだ。力加減を誤るとは、やはりまだ酔っているのか。

腕を緩めれば、アニエスが胸を押さえて息を吐く。そんな仕草すら愛《いと》しくて、見惚《みと》れてしまう。

しかし。

「……………え？　殿下、これは……」

息を整えた彼女が、とある一点を見詰めて戸惑ったような声を上げた。

その視線の先には。

「この紙袋は、あの店の……」

ぎくりとして視線を辿《たど》れば、引き出しから中途半端に紙袋が覗《のぞ》いているではないか。慌てて放《ほう》り込んだため、きちんとしまえていなかったらしい。

薄紅色の紙袋など、あの店以外で見たことはない。つまり、バレバレなわけで。

無言でじっと視線を寄こされて、背中にじっとりと嫌な汗が浮かぶのがわかる。

観念した私は、小さくため息を吐いてから、引き出しに手を掛けた。

「……これはお前を店に迎えに行った時に、店主が寄こした物だ」

言いながら紙袋を取り出し、アニエスに渡す。

私と紙袋とを交互に見遣《みや》ったアニエスが、興味津々《きょうみしんしん》といった様子で袋の口を開けた。

「……猫の耳……、ですか？」

「そうだな」

途端、アニエスの目がキラキラと輝く。

「これは、殿下に？」

「いや。多分お前用だ」

「そう……ですか……」

何故《なぜ》かしゅんとしてしまったアニエスに、内心私はおかしくなってしまった。

どうやら彼女は、私に動物の耳をつけさせるのが好きらしい。私が耳を生やしたところで可愛くもなんともないし何が楽しいのかさっぱりわからないが、前の時の興奮振りを考えるに、きっと彼女の趣味なのだろう。

まあ私も、アニエスが耳を生やしたところを見てみたいと思うのだから、案外似た者夫婦なのかもしれない。

「それよりアニエス。二人きりの時は……」

「そうでした。……じゃあ、リュシー」

はにかんだように言われて、再び胸が甘い疼きでいっぱいになる。

今すぐ押し倒したい衝動を堪《こら》えて、そっと額を合わせた私は、優しく彼女の髪を撫《な》でた。

「……なんだ、アニエス？」

「……リュシーももしかして……、私にそれを、つけて欲しいの……？」

至近距離で彼女の水色の瞳《ひとみ》が、私を捉《とら》えている。晴れ渡った冬空の、私を魅了してやまない瞳だ。

じっと見詰められて、私はすぐさま降伏した。

やっぱり、彼女には敵《かな》わない。

「……そうだな。お前がこれをつけたところを、見てみたいと思うよ」

口にしてみれば、何のことはない。耳をつけさせるだなんてと引かれるかと思っていたが、そもそもアニエスが先にやりだしたことだ。それに、結局私が気にしていたのは、自分のイメージなわけで。

「わかりました」

苦笑して告白した私に、アニエスがあっさりと頷《うなず》きを返した。

こんなことなら、もっと早くに言えばよかった。

私の膝の上で一旦《いったん》体を離したアニエスが、紙袋から猫耳のヘアバンドを取り出す。

しげしげとそれを眺めた後で、彼女がそれを丁寧な手つきで頭につけた。

「……おかしく、ないですか……？」

目の前には、猫の耳を生やして照れたように私を見上げるアニエスが。

その余りの破壊力に、一瞬で私の頭から全《すべ》ての思考が吹き飛んだ。

「きゃっ!?　リュ、リュシー!?」

すかさず抱き上げ、ベッドへと向かう。

耳を生やしただけでこんなに可愛いなんて。反則だろう。

「……んっ、んうっ……！」

押し倒して、噛《か》みつくように唇を奪う。

その後は、ひたすら本能が命ずるままに彼女を貪《むさぼ》る。

それから一晩中、熱に浮かされたように猫の耳を生やしたアニエスに耽溺《たんでき》したのだが、それだけではとても足りない私は、翌日の予定を返上して一日彼女と二人で部屋に籠《こも》ることにしたのだった。

◇

「……ミレーゼ、怒ってる……？」

馬車の中、向かいの座席に座ったミレーゼの表情が硬い。先ほどからもうずっと、ミレーゼが静かなのだ。

「……いいえ、お嬢様」

その割には、ミレーゼからは呆れたような空気が漂っている。

でも確かに、呆れられてもしょうがない。今日のお忍びの行き先を考えれば、それも仕方がないだろう。

そう、今日私は、再び変装の魔法を掛けてもらって街にお忍びに来ていた。

もちろん、理由がある。今日は以前メルディオ伯爵夫人から聞いた、今話題の店に行くのだ。

それというのも、以前店を訪れた際に店主からおまけの紙袋を渡されたのだが、そこに入っていた猫の耳を模したカチューシャをリュシリュールがいたくお気に召したようなのだ。

カチューシャをつけたその夜、一晩中彼は可愛いと言い続けていた。しかもその夜だけでなく、次の日まで。

まるで人が変わったかのように情熱的な彼に、私はすっかりぐずぐずに蕩《とろ》かされてしまった。

何より、彼に可愛いと言われるのは嬉しいわけで。

そんなこんなで、猫の耳をつけたら彼に可愛いと言ってもらえることを覚えた私は、更なる猫グッズを買い求めに再び例の店を訪れることにしたのだった。

「……はあ。殿下は本当、お嬢様に甘すぎです……」

ため息交じりに言われて、そっと視線を逸《そ》らす。最近何となく、ミレーゼが言っていることがわかってきたからだ。

少し前までは、彼が私に甘いだなんて、と思っていたが、確かに言われるように、リュシリュールは私に甘い気がする。私自身滅多に彼に甘える――というか何かをねだるようなことはないから気が付かなかったが、私がどうしてもと言ってお願いすることは、大抵彼は聞き届けてくれる。

今回のお忍びも、例の怪しい雑貨屋に行きたいのだと正直にお願いしたところ、二つ返事で了承してくれたのだ。

てっきり、王太子妃たるものそんな怪しい店に一度ならずも二度までも行くなんてと、反対されると思っていたのだが、予想外にあっさりと許可を貰《もら》えて私としても驚いていたくらいだ。

「……まあでも、殿下も男の人ですものね……」

「……」

「お二人が仲睦《むつ》まじくあられるのなら、私も言うことはありません」

ミレーゼの目が遠い。私付きの侍女である彼女は、私達の間で何があったのか大体察っしているのだろう。さすがに詳細な遣《や》り取りまでは知らないとしても、以前その店で私が何を買ったのか知っているミレーゼとしては、薄々感づいている可能性が高い。

案の定、胡乱《うろん》な眼差《まなざ》しを向けられて、私は咳《せき》払いをして彼女に向き直った。

「何？」

「……いいえ。……ただお嬢様、まさかまだ、あの〝ゼンリツセン開発〟なるものを諦《あきら》めてない……とか言いませんよね……？」

窺《うかが》うように聞かれて、私は内心ほっとして首を振った。

どうやら、今回の買い物の目的は知らないらしい。ミレーゼが思い描いているものは違ったようだ。

「いいえ、それはないわ」

「……本当に？」

「ええ。……だって、メルディオ伯爵がその後どうなったのか、ミレーゼだって知ってるでしょう？」

その言葉に、ミレーゼが酸っぱいものを見たような顔になった。

実は、例の話には続きがあるのだ。

伯爵の浮気に業を煮やした夫人が、前立腺《ぜんりつせん》開発なる手技を会得して見事伯爵を当時の愛人だったオルトナー子爵夫人から取り戻すことに成功したまではいい。だがそれも結局は一時《いっとき》のことで、ほどなくして伯爵にまた新たな愛人ができたのだ。

しかもその愛人というのが――。

「……まさか伯爵が、男色家になってしまうなんて……」

そう、夫人に前立腺を開発されてすっかりその虜《とりこ》になってしまった伯爵は、あろうことか男の愛人を作ったのだ。……いや、愛人になったと言うべきか。まあ、どちらにしろ同じことだろう。

つまり前立腺を開発しすぎると、男色家になってしまう可能性があるということで、そんなことを知ってしまったら、リュシリュールにそれを試すだなんてできるはずもない。

彼が男色に目覚めてしまったら――考えるだけで気が遠くなりそうだ。

あの時、彼に尻尾《しっぽ》をつけさせたことで、彼が目覚めてしまわなくて本当に良かった。

「だから、絶対にもうそんなことはしないし、する気もないわ」

「……なら、いいですが……」

ぶるりと身震いした私に、ミレーゼがほっとしたように息を吐く。どうやら本気で私がリュシリュールの前立腺を開発するのではないかと心配していたらしい。

とはいえ、その心配も全くの杞憂《きゆう》ではなかったわけなのだが。

そうこうするうちに、馬車が目的の店に到着する。

御者の手を借りてタラップを降りた私達は、二度目の訪問となるその店のドアを颯爽《さっそう》とくぐったのだった。

前に来た時と同様、やはり店内は一見《いっけん》しただけでは何の店かわからない。季節が変わって配色やレイアウトが変わってはいるが、おしゃれな雑貨屋にしか見えない。

しかし、入口から少し入った先の棚に置かれている繊細なレースのハンカチらしき物を何気なく手に取って、そこで私は小さく驚きの声を上げてしまった。

「まあ！」

「お嬢様？　どう――あら……」

広げたそれを見詰めて、ミレーゼと互いに顔を見合わせてしまう。

「これは、下着……よね……？」

ハンカチだと思ったそれは、レースでできた女性用の下穿《したば》きらしい。両サイドを紐で結わえて穿《は》くようだが、布面積が驚くほど少ない。しかも、薄いレースでできたそれはスケスケだ。

「これじゃ、丸見えじゃない……！」

「お嬢様、こっちも見てください！　ほら……！」

「ええ!?　これはどうなってるの!?」

ミレーゼが寄越した物に至っては、ほぼ紐しかない。一体どうやって穿くのだと、二人で再び顔を見合わせたところでその時。

背後から程よく低い柔らかな声が聞こえてきた。

「そちらのお品、今人気なんですよ？」

声を掛けられて振り返れば、この店の店主が。

断りを入れて私の手から品物を取り、繊細な手つきでそれを広げる。

「これは、この紐を腰で結んでいただくと――こういう形になります」

「まあ……」

もうすでに下着とは呼べない形状に、目を丸くしてしまう。

口元に手を当てた私達に、店主の男がにこりと柔らかく微笑《ほほえ》んだ。

「こういった物は、実用性を求めて作られたものではありませんから。女性の体を彩り、より美しく見せるためのアクセサリーの一つ、と思っていただければよろしいかと」

体を彩るアクセサリー、確かに。そうであるなら納得である。

それにしても前に来た時も思ったが、この店主は男性だというのに、こんな下着を持っていても全くいやらしさを感じさせない。下着の紐を摘まんだ筋張った指がかろうじて男らしさを主張しているものの、手つきから雰囲気に至るまで、優美な女性そのものだ。今日はフリルの多い服装のせいか、ズボンを穿いていてさえ女性に見える。

そんな柔らかな雰囲気を纏った美女と見紛《みまが》う男性が、私を認めてふわりと優しい笑みを浮かべた。

「奥様、またいらっしゃっていただけましたね。お会いできて、嬉しいです」

どうやら、私のことを覚えていたらしい。

すると私の考えていることを読んだかのように、店主が言葉を続けた。

「一度いらしたお客様は、全てお顔もお名前も覚えております。それに奥様は、とても愛らしいお方でしたので、特別よく覚えていたんです」

愛らしい云々はリップサービスだとしても、前回ここに来た時はリュシリュールにバレて店にまで迎えに来られたのだから、それで印象に残っていたに違いない。何となく、気恥ずかしい。

「それに。奥様には絶対、もう一度いらしていただけると思っておりました」

自信たっぷりにそんなことを言う。

何を根拠にそんな風に確信していたのか。だが、実際こうやって再び訪れているのだから、何も言えまい。

曖昧《あいまい》な笑みを浮かべた私に、しかし。店主の男が微笑んだまま、優雅な仕草で人差し指を形の良い唇に当てた。

「少し、お待ちくださいね。今、お持ちいたします」

「？」

今日の訪問の目的を言う前に、私達をカウンターの椅子に座らせた店主が店の奥に消える。

一体何だと、ミレーゼと一緒に顔を見合わせると、程なくして店主の男が手に何かを持って戻ってきた。

「多分、奥様がご入用なのは、こちらではありませんか？」

言いながら、丁寧な手つきで持ってきたものをカウンターの上に広げる。

店主が奥から持ってきたそれに、私は驚きで言葉を失った。

「……っ！」

カウンターの上にあるのは、黒いレースで出来たガーターベルトだ。一緒に、黒い絹のストッキングも用意されている。それ自体は、いたって普通の代物だ。

だが、普通のガーターベルトと異なるのは——。

「尻尾がついてる……！」

ガーターのベルト部分に、黒い猫の尻尾らしきものがくっついているではないか。促されて手に取れば、艶々とした毛並みが手に心地よい。身につければ、尻尾が生えているかのように見えるだろう。きっと例の猫耳のカチューシャとセットの品に違いない。

しかし、何故わかったのか。

尻尾のついたガーターベルトを手に持ったまま、戸惑いながら店主を見上げる。

すると、再び人差し指を唇に当てた彼が、意味ありげにぱちりと片目をつぶって見せた。

「お客様が必要とされているものを読み取ること、それもこの仕事には必要な能力ですから」

多分だが、隣にミレーゼがいることを慮《おもんぱか》ってくれたのだろう。彼女には今日の訪問の目的は伝えていないし、ここに来るに至った私達夫婦間の出来事はもちろん知る由《よし》もない。それを見越して、敢えて私の口から言わずに済むようにしてくれたのだ。

ミレーゼは私付きの侍女であるため、夫婦の出来事も多少は知られてもしょうがないとは思っているが、それでもやはり、知られずに済むのなら越したことはない。

それに、彼女の中で私のことはどう思われてもいいが、リュシリュールのイメージが崩れるのは嫌だ。何より、いくらミレーゼといえども、彼の知られざる性癖を知られるのは私が嫌だ。

夫であるリュシリュールの意外な一面は、妻である私だけが知っていればいい。そう思ってしまうのはでも、世の妻の常ではないだろうか。

「あとは、これらに合う寝衣もありますから、よろしければご覧ください」

言われて視線を向ければ、カウンターの内側のワードローブに、ずらりと様々な寝衣——もとい下着が掛けられている。

無造作に店主が手に取って見せたそれらに、私とミレーゼが感嘆のため息を吐いたのは同時だった。


その夜、お忍びを終えて王宮に戻った私は、そわそわしながら彼の訪れを待っていた。

今日私が例の店に行っていたことは、彼も知っている。ということは、私が何を買いに行っていたのか彼も大体予想がついているわけだ。

そうとなれば、この後何があるかは自《おの》ずと明白で。

もちろんガウンの下は、いつもより念入りに清めた体に例の店で買った下着一式を身につけている。

あとは猫耳をつければ完璧《かんぺき》である。さすがに耳までつけて待つのは、準備万端すぎるかと思ってやめたのだ。

それに、単純に私が恥ずかしい。彼に引かれることはないとわかってはいても、それでも自ら猫耳までつけて待つのはやりすぎな気がするからだ。

とはいえ、すでに尻尾のガーターベルトはつけているのだから、同じと言えば同じなのだが。

しかし、待てども待てども彼が部屋に来る気配はない。

棚の上の時計に何度目になるかわからない視線を向けた私は、小さくため息を吐いた。

実はお忍びから戻ってから、まだ今日は彼に会えていない。晩餐《ばんさん》の席にもいなかったことを考えると、きっと仕事が立て込んでいるのだろう。

王太子である彼は、非常に忙しい。普段だって、部屋に戻ってこられるのは大体夜中だ。だから今日も仕方がないと言えば仕方がないのだが、それでも期待していた分、落胆してしまう。

だが、我儘《わがまま》を言うわけにはいかない。何といったって彼は、国政を担うこの国の王太子なのだから。

気持ちを切り替えるように、大きく息を吐き出して立ち上がる。

しかし、このままでは目が冴《さ》えて眠れそうもない。

そんな私は、ふと思いついて、夫婦の寝室に設置された扉を抜けて彼の部屋へと足を踏み入れた。

まっすぐ部屋を横切って、壁に設《しつら》えられたキャビネットを眺める。ガラス扉を開けて円錐《えんすい》状のデカンタとグラスを手に取った私は、部屋の中央にあるソファーにゆったりと腰掛けた。

そう、彼の部屋には、いつでも飲めるようにお酒が用意されているのだ。彼の部屋の酒であるから、もちろん置かれているのはどれも彼好みの度数が高い酒なのだが、別に私も飲めないわけではない。

お酒自体は嫌いではないのだ。ただ彼が好んで飲むような酒は、普段飲み慣れていないだけだ。

だが今日みたいな日は、むしろ好都合だろう。こんな時は、強いお酒でも飲んで寝てしまうに限る。

トクトクと琥珀《こはく》色の液体をグラスに注いだ私は、燻《いぶ》した草花《ハーブ》にバニラや蜂蜜《はちみつ》を思わせるその香りを吸い込んでから、グラスに口を付けた。

◇

執務室で書類にサインを記入して、時計を見た私は、何度目になるかわからないため息を吐いた。

今日は絶対に早く切り上げようと朝から張り切って仕事をこなしていたというのに、未《いま》だ終わる気配が見えない。終わる間際になって、その日持ち込まれたという嘆願書を宰相が持ってきたのだ。

はるばる王都まで嘆願書を持ってきた領民のことを思えば、私も許す限り一刻でも早く対応しなくてはと思う。それに、彼等がこのように苦しんでいるのは、先の王、私の祖父の悪政が原因なのだから、なおさらである。

だが本当、こんな時に限って、と思ってしまうくらいは許して欲しい。今日はもうずっと、朝から楽しみにしていたのだ。

アニエスから街にお忍びに行く許可が欲しいと言われてその目的を察した私は、すぐさまそれを了承した。案の定行き先は、例の店だという。しかも、恥ずかしそうに上目遣いで、今日はできれば早く部屋に来て欲しいなどと言われたのだ、これはもう、期待しないわけがないだろう。だから今日は、翌日の分の仕事も片付ける勢いで執務に励んだのだ。

なのに。

結局私が解放されたのは夜半過ぎで。

アニエスのことだから怒ってはいまいが、この時間ではもう寝ているはずだ。それでも、一縷《いちる》の望みをかけて寝室のドアを開けた私は、明かりの落ちたその部屋にがっくりと肩を落とした。

だが、仕方がない。アニエスだって今日は慣れないお忍びで疲れていたことだろう。それにきっと、何時になっても帰ってこない私に、待ち疲れて寝てしまったに違いない。

けれども、このままではとてもではないが眠れる気がしない。

そんな私は、湯を浴びる前に少し酒でも飲もうと、自室へと足を向けた。

自室のドアを開けて、すぐに部屋の異変に気付く。明かりが点《つ》いているのは多分侍従が、私が部屋に戻ることを見越して点けたのだろうが、明らかに人の気配がする。

とはいえ、この時間に私以外でこの部屋を自由に出入りできる人間は一人しかいない。

案の定、部屋の中央にあるソファーの上で丸くなって眠る人物に、思わず私は顔が綻《ほころ》ぶのがわかった。

「……アニエス？　寝ているのか……？」

肩に手を置いて声を掛けるも、返事はない。代わりに、すやすやと穏やかな寝息が聞こえてくる。

だが、その頭には例の猫の耳が。

見ればガウンの裾《すそ》からは、猫の尻尾らしきものが覗いているではないか。

思わずグッと喉《のど》を詰まらせた私は、しかし、テーブルの上の惨状を見て、全てを理解した。

テーブルの上には、空の酒瓶とグラスが置かれている。私の部屋にある酒は、減ったら必ず飲んだ分だけ補充されるため、それが空ということはつまり、アニエスは一人で一瓶を飲み干したということだ。しかも部屋にある酒は、どれも強い物ばかりだ。

アニエスは酒に弱いわけではないが、普段はこんな強い酒は飲まない。なのに今日に限って強い酒を飲んだのは、きっと寂しかったからに違いない。

せっかく私を喜ばそうと準備万端で待っていたにもかかわらず、結局無駄になってしまって落胆したのだろう。

しかも、仕事が理由となれば文句も言えない。王太子、王太子妃という互いの立場を弁《わきま》えすぎるほど弁えているアニエスは、こんな時も、我儘は言わないのだ。

申し訳ない思いでいっぱいになり、そっと眠るアニエスの額にキスを落とす。「すまなかった」と呟《つぶや》いて髪を撫でた私は、アニエスの体の下に腕を差し入れ、起こさないように気を付けて抱き上げた。

「んっ……」

抱き上げた途端、身動《みじろ》ぎしたアニエスがその腕を私の首に回す。甘えるようにきゅっと抱きつかれて、私の胸が温かいもので満たされるのがわかった。

そのまま部屋を横切って、自室のベッドの上に彼女を下ろす。

私を放そうとしない彼女に小さく笑みを漏らしてから、私は静かにアニエスの腕に手を掛けた。

「…………ん。……リュシー……？」

首に回された腕を外した途端、それまで眠っていたアニエスが、ぼんやりと目を開けて私を見上げてきた。

「すまない。起こしてしまったようだな」

「ん」

起こしてしまったことを謝るも、アニエスが再び腕を首に回して抱きついてくる。どうやら、寝惚《ねぼ》けているらしい。

「アニエス？　放してくれないと寝られないぞ？」

それでもなお、アニエスは腕を放さない。それどころかますます強くしがみ付かれて、思わず私は微笑んだ。こんな風に甘えるアニエスも、可愛い。

「どうした？　寝惚けているのか？」

「……」

「アニエス……？」

「……リュシーの、ばか……」

小さなちいさなその呟きに、私は動きを止めた。

「……ずっと、待ってたのに……」

「……すまない」

「リュシーのばかばか、大嫌い。…………嘘《うそ》。大好き」

　違うとわかっていても、大嫌いの言葉に胸が凍りつく。けれども、すぐに大好きと言われ、強く抱きしめられて、私はほっとして体から力を抜いた。

「本当に、すまなかった。……私も、今日はもうずっと楽しみにしていたんだ」

「……ほんとうに……？」

「ああ」

　ようやく腕を緩めたアニエスが、首を傾げて窺うように見上げてくる。多分酔っているからなのだろうが、幼い子供のようなその仕草が微笑ましくて、私は笑みを浮かべて頷きを返した。

　途端、彼女がぱっと笑顔になる。

　花が綻んだかのようなその笑顔に、私は心臓を鷲掴みにされたかのような衝撃で固まってしまった。

「ふふふっ。リュシー、大好き……！」

　更にはぎゅっと抱きつかれて、狂おしいまでの愛しさに息が止まりそうになる。甘く締め付けられる胸の痛みで、苦しいほどだ。

　すると気付いた時には何故か、私の視界はベッドの天蓋《てんがい》を映していた。

「ん？　……アニエス？」

　アニエスに押し倒されたのだと気付くまでに数秒。

　ぱちくりと眦《まなじり》を見開いた私の目の前には、私の体に跨《また》がって嫣然《えんぜん》と笑うアニエスが。

　一瞬、ぎくりと体が強張《こわば》る。しかしすぐに、くすくすと無邪気な笑みが返ってきたため、ほっとした私の体から力が抜けた。

「ふふふふ。……ねえリュシー、見て？」

言いながら、アニエスが頭を下げる。

同時に、今の今まですっかりその存在を忘れていた黒い三角の耳が、ぴょこりと揺れた。

「……っ！」

「ね？　可愛い？」

にこにこと笑って聞いてくる。

何だ、これは。神が与えたもうた奇跡か。

非現実的な目の前の光景に、思考が停止する。想像通り、いや、それ以上だ。

だが、赤く上気した顔でゆらゆらと体が揺れているところを見るに、大分酔っているのだろう。

それもそうだ、あの強い酒を一人で一瓶飲み干したのだから、酔わないわけがない。先程からの言動も、普段の彼女だったらあり得ないものなのだから、どう考えても酔っているだろう。

だが、こんな酔い方なら大歓迎だ。むしろこれからも、たまに酔わせるのもいいかもしれない。

「可愛い。文句なく、可愛い」

「うふふー！」

力強く頷けば、アニエスがその顔を更に綻ばせる。しばらく機嫌良さそうに私の上で体を揺らした後で、アニエスが意味深に目配せをしておもむろにガウンの紐に手を掛けた。

「……見たい？」

「見たい」

聞かれて即答する。見たくないわけがない。

「……じゃあ、リュシーがそこまで言うなら……」

言いながら、アニエスが紐を解いてするりとガウンを肩から落とす。

現れたのは、ひらひらとした裾の、首元が詰まったデザインの黒いノースリーブだ。

袖口《そでぐち》が斜めにカットされており、露出した肩と鎖骨がとても綺麗《きれい》だ。アクセントに首元に巻かれた、チョーカーのような赤いリボンが艶《なま》めかしい。

数秒、食い入るように見詰める。

しかし。

内心私は、がっかりしてしまった。例の店で用意したのだから、てっきりもっと、レオネルが持ってきたような際どい下着かと思っていたのだ。

とはいえ冷静に考えれば、アニエスがあんな破廉恥な下着を選ぶわけがないのだが。

けれども、これはこれで可愛い。しかも気を取り直してよく見れば、ただの布だと思ったそれはレースでできており、白い肌が模様のように透けているではないか。更には、胸のふくらみを彩る赤い果実が、ツンと生地を押し上げ、うっすらと透けてその存在を主張している。

途端私は、体温が上がるのがわかった。

「うふふふ。……これ、なーんだ？」

しかし、私の変化には気付かないアニエスが、くすくすと笑いながら軽く身を捩《よじ》る。促されて見遣った先にある物の存在に、再び私の思考が停止した。

そこには、黒く長い尻尾が。

更には、それを手に取ったアニエスが、猫の仕草を真似《まね》て私の眼前でゆらゆらと揺らす。夢かとまごうその光景に、私は言葉を失って固まってしまった。

けれどもそれも数秒で、すぐにあることに思い至った私は、慌てて体を起こした。

「きゃっ」

「アニエス、これはもしや――――っ！」

尻尾を掴んで背部に手を回し、その根元を確認する。しかし、思った構造と違うことと、そこで見た光景に、私は息を呑《の》んで動きを止めた。

尻尾自体は心配したような尻《しり》に入れてつけるようなものではなかったから良かったものの、目に飛び込んできたのは、何とも蠱惑《こわく》的な光景だ。

正面からはわからなかったその背面は、重なった布地が二つに分かれて大胆に背中が露出している。うなじで結ばれた赤くて長いリボンを解けば、そのまま脱げる仕様だ。

そして、滑らかに白い背筋を辿れば，腰回りのベルトに猫の尻尾が生えている。これは、ガーターベルトか。装いに合わせたごく薄い黒のストッキングが、何とも背徳的な視覚効果を与えている。

すると、目を見開いたまま固まってしまった私を、アニエスが拗《す》ねたようにきゅっと口を引き結んで覗き込んできた。

「……ひどい……」

「……え？」

「……リュシーが喜ぶと思って、折角着たのに……」

詰《なじ》られて、ようやく私は間抜けそのままに口を開けて呆《ほう》けていたことに気が付いた。

「す、すまないっ……」

「むー」

「……っ」

黒猫に扮《ふん》したアニエスが、酔って潤んだ瞳《め》で詰るように睨《にら》んでくる。

心臓が止まりそうになったのは、今日はこれで何度目か。色々許容量を超えて、本気で胸が苦しい。

今まで見たことのないアニエスの姿に、堪らず私は目の前の彼女を強く抱き締めた。

「……凄《すご》くすごく、可愛い。……私のために、ありがとう……」

可愛いのはもちろん、何よりあのアニエスが、私のためにとこれらを身につけてくれたことが嬉しい。きっと、これらを着るのは恥ずかしかったことだろう。その気持ちが、堪らなく嬉しい。

すると、腕の中でくすくすと笑いながら、アニエスが甘えるようにその頭を擦り寄せてきたため、ますます私は胸が苦しくなった。

「……リュシー、大好き」

「私もだ。……アニエス、好きだ。愛している……」

言いながら、更に強く抱きしめる。

素直に愛しいと感じて、言葉にできることが嬉しい。そのまま、今彼女が腕の中にいる幸せを噛みしめる。

しかし。

「………アニエス……？」

すっかり静かになったアニエスに、もしやと思って声を掛けた私は、嫌な予感がひしひしと押し寄せるのがわかった。

案の定、しばらくして腕の中から規則正しい呼吸の音が聞こえてくる。そっと腕を緩めて見れば、安心しきった顔で私の胸に体を預けて眠るアニエスが。

いくら何でもこれは、ない。一体何の拷問《ごうもん》か。

だがさすがに、酔って寝ている人間に無体を働くような真似はできない。

「……はあ……」

再び彼女を抱きしめた私は、切なくため息を吐いて深く肩を落としたのだった。

◇

「……んっ……」

夢現《ゆめうつつ》で、首筋に熱く濡《ぬ》れた何かが這《は》っている。

同時に、背筋をつっと撫で下ろされて、湧き上がるぞくぞくする感覚に私の口から吐息が漏れた。

「……は……あ……」

体が、熱い。敏感になった肌は少しの刺激で反応し、快楽を疼きに変える。堪らず私に刺激を与える何かに抱きつき、じんじんと疼く秘部を無意識に擦り寄せる。

すると、首筋に熱く湿った吐息が掛けられて、背筋が愉悦にぞわりと鳥肌立つのがわかった。

「はあ、んっ……」

「……アニエス、起きたか……？」

「あ……。リュシー……？」

声を掛けられて瞼《まぶた》を開ければ、目の前にはにっこりと微笑むリュシリュールが。

だが何故か、その瞳は鈍く銀の光を弾《はじ》いている。物言わぬ圧力を感じさせる微笑みに、私は訳がわからず戸惑ってしまった。

「え……？　どう——っ、あぁんっ……！」

言葉の途中で疼く秘所に熱く猛《たけ》ったものを押し当てられて、私の口から高い嬌声が上がった。

そのまま私の指に指を絡めて、握った両手をシーツに縫い留めて、ぬるつくそこを彼が擦《こす》り上げる。

淫靡《いんび》な水音を立てて何度も往復していたそれが、不意に、ぐ、と中に入り込んだ感覚に、私は目を見開いて体を震わせた。

「あ、あ、あ……」

すっかりぐずぐずのそこが、自ら迎え入れるように熱く硬い質量を呑み込んでいく。内側を侵して拓かれ、押し広げられる感覚に、体が悦《よろこ》んでうねるのがわかる。

奥の奥まで貫かれ、みっちりと彼に埋め尽くされて、私ははくはくと喘《あえ》ぎながら私を苛《さいな》む体内の楔《くさび》を締め上げた。

「……くっ……！」

だが彼もまた、苦しそうだ。耐えるかのようにきつく眉《まゆ》をひそめ、その額には汗が浮かんでいる。

リュシリュールの漏らした低い呻きに、私は貫かれたそこが、きゅっと反応するのがわかった。

途端彼が、体内《なか》を抉《えぐ》るように強く腰を突き上げてくる。余裕のない動作で何度も突き上げ、激しく打ち据えられて、強制的に高みに昇らされる。

一際強く突き上げて彼が最奥《さいおう》に欲を放った瞬間、私の寝惚け眼《まなこ》にちかちかと白い火花が散った。

「あぁああっ……！」

「ぐぅっ……！」

強くつよく腰を押し付けられて、絡めた手をきつく握り体を弓なりに反らせてそれを受け入れる。

目の眩《くら》むような快感の波が通りすぎた後、ようやくまともに頭が働くようになった私は、それまで爪《つめ》が食い込むくらい彼の手を握りしめていたことに気が付いた。

「……あ……、ごめんなさい……。痛くない――あ……きゃあっ⁉」

言い終わるやいなや、私の手を解放したリュシリュールが、おもむろに楔を引き抜き私の体の向きを変えさせた。

ぐるりと体を横向きに反転させられて、腹這いになった私の腰を、彼が掴んで持ち上げる。尻を突き出す格好にさせられるも、未だ私は展開についていけない。

「え……？　何――ああっ！」

戸惑う私が振り返って聞くよりも早く、彼に楔を打ち込まれ、貫かれて、私の言葉は意味を失った。

「ああっ、ああっ、なんっ、……んうっ……！」

再び、背後から激しく腰を打ち付けられる。先程出された彼の体液と私の体液が、彼のものが出入りする度にぐぷぐぷと卑猥《ひわい》な音を立てて泡立てられるのがわかる。

しかし太腿《ふともも》を伝って垂れるそれを、気にする余裕もない。いっそ暴力的な快楽に、ベッドに胸を押し付け、シーツを握りしめて、啼《な》いて、善《よ》がる。そんな私を、彼が獣のように呻きながらガツガツと喰《く》らい尽くすかのように犯す。

全てを明け渡した私は、彼に突き立てられる度に膨らむ快感が、限界まで膨らんで弾け飛ぶのがわかった。

「あああっ……！」

同時に、硬く膨れ上がった彼のものが、体内にどくどくと熱の奔流を吐き出す。

背後からきつく抱きしめられて内も外も彼でいっぱいになった私は、くらくらするような高揚感と満足感に満たされて、荒く息を吐きながら力を抜いた。そのまましばらく、互いに荒い息を吐いて汗の掻いた体を重ねる。

背中に感じる彼の硬い胸と、汗と熱とが心地よい。

うっとりと果てた後の無言の時間を堪能《たんのう》していれば、再び眠気に襲われる。

しかし、気持ちよく夢現を揺蕩《たゆた》っていた私だったが、おもむろにぎゅうぎゅうと強く抱きしめられて、すぐに現実に引き戻された。

「うっ……、リュシー……苦しい……。……はあっ……」

「……アニエス。お前、また寝ようとしてただろう？」

腕は解放してくれたものの、その口調はやけに恨み節だ。それに〝また〟とは、一体。

訳がわからず振り返ると、責めるように眉をひそめたリュシリュールがいる。

ますます何が何だかわからず混乱する私に、彼が諦めたように深いため息を吐いた。

「……お前、昨夜のことは覚えていないのか？」

「え……？」

聞かれて私は、首を傾げてぼんやりとした記憶を手繰り寄せるように思い起こした。

昨夜は確かなかなか戻ってこない彼に待ち疲れて、一人寝の寂しさを紛らわすために酒を飲んだのだ。

普段飲み慣れない類の酒ではあったものの、意外に美味《おい》しくて気付けばかなりの量を飲んだ気がする。途中楽しくなってきて、自分の部屋から持ってきた秘蔵のチョコレートを食べながら酔った勢いでカチューシャをつけた記憶はあるが、その後が思い出せない。

だが、今彼に責められていることを考えるに、多分そのまま寝てしまったのだろう。

ということは。

慌てて手を頭に持っていけば、そこには耳が生えている。それに、さっきまでは気付かなかったが、しっかりストッキングは穿いたままで、ガーターベルト——尻尾もつけたままだ。

つまり今私は、裸にガーターベルトとストッキングをつけているという破廉恥な格好に加えて、猫の耳と尻尾を生やしているわけだ。

気付いた途端、恥ずかしさでカッと顔が熱くなる。

じっと見詰める彼の視線に耐えられなくて、両手で顔を覆って隠そうとするも、すかさずその手を取られて私は慌ててしまった。

「リュシー……！」

「何故隠す？　私に見せるためにつけてくれたのだろう？」

「だ、だって……」

「よく似合っている。凄く、可愛い」

「……っ」

この至近距離で真顔の彼に可愛いと言われ、再び私は顔に熱が集まっていくのがわかった。

「ほ、本当に……？」

「ああ。可愛い」

嬉しくて、頭がふわふわしてくるのがわかる。

彼に可愛いと言ってもらえるなんて。

すると、ふわりと笑顔を浮かべた後で、リュシリュールがおもむろに私のうなじに唇を付けた。

「ひゃっ⁉　リュ、リュシー……⁉」

「……アニエス、知ってるか？　猫は性交の際、雄は雌の首を噛むんだそうだ」

「え……――ひゃんっ⁉」

言い終わるなり、がり、とそこに歯を立てられて、私は全身が総毛立つのがわかった。

噛まれたそこから甘い痛みが広がって、体表に静電気が帯電するかのようだ。それこそ猫が逆毛を立てるのは、こんな感じなのだろうか。

同時に、繋《つな》がったままのそこが、切なくきゅうきゅうと締め上がる。首筋の甘い痛みの奥にあるのは、まぎれもなく快感だ。

ゆるゆると腰を動かされて、私は目を見開いたまま短く喘ぎを漏らした。

「……リュ、リュシー、ひっ……これ、変に、なっ……ひうっ！」

けれども、彼が顔を上げる気配はない。私の両手を拘束《こうそく》したまま、首筋を舐《な》めたり甘噛みしたりして私の中をかき混ぜてくる。

こんな感覚、知らない。

ぞわぞわと全身が痺れるような快感で、頭がおかしくなってしまいそうだ。

気付けば、うなじを噛まれたまま激しく出し入れされて、目の眩むような快感であっさり私は達してしまった。

びくびくと痙攣《けいれん》する体内に、彼もまた呻きを漏らして精を放つ。最後に、より一層強く首筋を噛まれて、電流が走るような感覚に私は高い声を上げた。

「……はあっ、はあっ、は……。す、すまない、痛かったか……？」

聞かれても、答える余裕がない。それに、噛まれたそこがじんじんと熱をもって未だに疼いている。

ぐったりとシーツに倒れ伏していると、私の中から自らを引き抜いた彼が、気遣わし気に私を抱き起こした。

「すまない。やりすぎた」

「……」

「……だが、昨夜お前が煽《あお》るから……」

そう言われても、覚えていないのだからどうしようもない。

というか、昨夜は酔って寝てただけじゃないのか。何となく、聞くのが怖い。

それでも、彼がやりすぎたことには間違いなく、涙目で恨むように見上げる。

しかしそんな私に、何故か彼が何とも嬉しそうに破顔したため、不意打ちを食らった私は思わず固まってしまった。

「ははは！　酔ってるお前も可愛かったが、お前は何をしていても可愛いのだな！」

そう言って、笑いながら抱きしめてくる。

本当に、ずるい。そんなことを言われたら、許さざるを得ないではないか。

でも、嬉しいのも事実だ。赤くなった顔を隠すように、彼の胸に埋める。

それからその日は、今日のために仕事を片付けたという彼とベッドの上で一日ゆっくりと過ごした。

しかし翌日、私の首に噛み痕《あと》を見つけたミレーゼによって、リュシリュールはこっぴどく詰られることになったのだった。

文庫版書き下ろし番外　護衛はつらいよ

私の名前は、ディミトロフ・ロイ・カスタニエ。王太子殿下付きの筆頭護衛だ。騎士の称号を戴いてすぐ、殿下が五つの頃から、この職に就いている。

つまり、かれこれもう十五年余り、殿下お側《そば》にいることになるのだろうか。かつて初めてお会いした時の、あどけなく幼い殿下はもういない。今や立派にご成長あそばされた殿下は、全国民の期待と尊敬をその身に背負い、確固たる地位と風格を備えたこの国の王太子である。

しかも去年にはご結婚もされ、ますますの頼りがいと男振りを上げられた。長年お側で見守ってきた身としては、ここまでの道のりを思うと感無量の心地である。

しかし、しみじみと感慨に浸る――もとい、現実逃避していた私の物思いを、遠慮のない無粋な声が声高に破った。

「隊長、いい加減注文を決めてくださいよ。ただでさえこんな所に男二人で目立つのに、これ以上店員さん待たせて注目を浴びたくはないですからね」

目の前には、メニュー表片手に、呆れた顔のアレンが。テーブルのすぐ傍では、白と黒のシックな制服を着た店員が、困り顔でこちらを見ている。

さらにその後ろでは、店内の客がちらちらと私達を見て、何事かを話しているのが見える。さしずめ、恋人と女性客しかいないこの店で、明らかに場違いな男二人の関係を訝しんでいるのだろう。

一つため息を吐いた私は、無造作に手元のメニュー表を机に放った。

「……私は何でもいい。お前が勝手に注文しろ」

「えー。そう言っていつも、俺が決めたものに文句つけるじゃないすか。何でもいいって言うんなら、それこそさっさと決めちゃってくださいよ。ちなみにここのお勧めは、ガトーショコラのチョコレートソース掛けらしいですよ。さっき殿下達も頼んでたやつですね」

「甘いものは嫌いだ」

「ほらー！　何でもいいって、何でもよくないじゃないっすか！　それ、女の子が一番嫌うやつ！だから隊長はもてないんですよ！」

相変わらず口が減らない。アレンは平民出身ということもあって、言葉遣いも悪い。実力重視の殿下が、出身階級にこだわらずに、騎士団の中から選抜したのだ。それもあって、アレンは他の護衛達よりも殿下への忠誠心が篤い。

しかしながら、仮にも上官に向かって、よくもまあそんだけ言いたいことが言えるものだ。第一、護衛の任務中に、食事などできるはずもない。

ぎゃあぎゃあと煩いアレンを無視して、机の上のメニュー表から、適当に飲み物を決めて頼む。

ほっとした様子で下がった店員の後姿を見送ると、再び周囲の好奇の視線に晒されることになって、私は辺りを警戒をしつつも、努めて無心になるよう顔から表情を消した。

こんな思いまでして、何故、我々が今こんな所にいるのかというと。

私とアレンがいるテーブルから対角線上の店の奥、壁際のテーブルに座った一組のカップルが、注文を頼み終えて談笑している。装いこそ、この国の庶民が着ているものと同じ目立たぬ服装であるが、二人から漂う雰囲気は、明らかに一般人のそれとは異なる。現に、店にそぐわない我々が霞むほどに、店内の視線が二人に集中している。

冷たく整った容貌の銀の髪の男性と、艶やかな栗色の髪を一つに編み込んだ、水色の瞳が印象的な華やかな雰囲気の女性。二人共、言わずと知れた我々の主である、王太子殿下のリュシリュール様と妃殿下のアニエス様だ。

そう、今我々は、こちらの国《隣国》でお忍び中の、両殿下の護衛についている最中なのだ。

いつもであればもっと傍近くで護衛にあたるのだが、他国に来てまで四六時中張り付いて、折角のお忍び観光に水を差してくれるなとの厳命を受けて、それで目立たぬよう離れた場所から護衛をしているのだ。

だがもちろん、殿下達から我々の姿は見えないが、我々の位置からは殿下達はもちろん、店内全ての状況が見渡せる。先ほどから煩く喋り倒しているアレンも、意識だけは常に注意深く、辺りを窺《うかが》っているのがわかる。喧しい男ではあるが、腕は立つのだ。

そんな中、ちょうど殿下達のテーブルに注文の品が運ばれてきて、離れた場所にいる我々にもわかるほど、アニエス様が嬉しそうな笑顔を浮かべたのがわかった。

「や〜、こうしてると、殿下達も年相応の若者に見えますね〜。何とも微笑ましいカップルじゃないですか？」

しみじみ頷きながら言うも、そう言うアレンも殿下達とそう年は変わらない。確か、二つ三つしか違わないはずだ。自分も若者のくせにやけに年寄り臭いことを、などと思いつつ、変わらず殿下達の周囲に気を配る。

するとお互いに微笑み合って仲良く食事を分け合う殿下達に、店内から嘆息とも溜息《ため》ともつかない軽いどよめきが上がった。見れば店員まで、頬を染めてお二人に見惚れているではないか。

赤らめた顔を合わせて、ひそひそとお忍びの貴族ではないかと話し合う者、振り返ってまでしてアニエス様に見惚れて、恋人に耳を引っ張られる者、はたまた恋人同士で両殿下に見惚れる者、皆それぞれの様子でお二人に注目しているのがわかる。

そんな騒めく店内を尻目に、アレンがしたり顔で一人頷いてみせた。

「さすが殿下達ですね。何をしていても様になっていらっしゃる。しかもあの席を選ばれるあたり、殿下はよくわかっていらっしゃる」

まあ、護衛の観点から言えば、入口から一番遠い壁際の席が、最も守りに適していると言える。特に殿下の席は、店内の状況も見渡せるため、もしもの時にも対処がしやすい位置である。

もちろん、殿下があの席を選ばれたのは、それらを踏まえてのことは間違いない。

だが一番の理由は、身の安全のためではないだろう。

「妃殿下を男共の視線から守るには、あの席がベストですからね！　妃殿下の姿が見えないよう隠しつつ、周囲を威嚇！　さすが殿下！」

アレンがうんうんと頷く隙にも、アニエス様に見惚れていた男に、殿下が鋭い視線を向けている。

背筋が凍り付くような、明らかに殺気が込められたその一瞥に、相手の男性が慌てて青くなった顔を前に向けたのがわかった。

「いや～、相変わらず容赦ないですね～。まあでも、気持ちはわかりますよ。今日の妃殿下は、いつにもまして魅力的ですからね！　お綺麗なのは変わりないですが、今日は庶民の衣装を着ているせいか、いつもの近寄り難い雰囲気がなくなって可愛らしい雰囲気ですもんね。お陰で男共の視線が凄い凄い！　なのに妃殿下は全くお気づきじゃないですし、そりゃあ殿下も気が気じゃないっすよね～」

殊アニエス様のこととなると、途端に殿下は大人気《おとなげ》がなくなる。普段は冷徹とも言えるほど理知的かつ冷静な殿下が、アニエス様が絡んだ途端、驚くほど感情的になられるのだ。

しかしながら、普段感情を見せない分、殿下がアニエス様のことで怒ったり喜んだり、様々感情を露わにして振り回されている姿を見ると、何かほっとする気持ちになる。お立場上、子供の頃から気持ちを押し殺す術を身に着けて、常に無感情を装わなくてはならない殿下を見ていると、時々心配で堪らない気持ちに駆られるからだ。

特に、殿下が子供の頃、すでに老成した大人のような表情を、まだ幼く稚い年頃の子供が浮かべていることに、どこか痛々しさを感じていた。当時私には、年の離れた幼い弟達がいたから、余計にそう感じたのかもしれない。

だから、アニエス様とご婚約をされて、初めて子供らしい表情をされるようになった殿下に、心の底からほっとしたのだ。

とはいえ殿下は、子供らしく、見事に初恋を拗らせてしまったのではあるが。

お二人の、当時から今日に至るまでの道のりを思うと、今殿下が、堂々と照れもせずアニエス様の隣にご夫君としていらっしゃることが、非常に感慨深い。

「それにしても、よく殿下が、あの格好をお許しになりましたよね。こっちじゃよくある服装ですけど、普段着にしちゃ胸元が開きすぎじゃないっすか？　まあ、俺達にしてみたら眼福……って、そろそろ店を出るみたいですね」

支払いを済ませて席を立った殿下達が、手を繋いで店を出ていく。寄り添うその様は、何とも仲睦まじい。残念そうな店内のどよめきの中、他の客達と同じように二人の背中を見送る。

支払いの金をテーブルに置いて立ち上がった私達は、距離を取りつつも、見失わないように二人の後を追うことにした。

「本当、お二人共真面目っすよね〜。俺だったら本探しなんて他人に任せて、折角の旅行を楽しみますけどね。第一お二人共、お忍びなんて滅多にできないんだから、本なんて放っといて、もっと街デートを楽しめばいいのに。デートらしいことなんて、最初に喫茶店に行ったことくらいじゃないすか。まあでも、そんなとこが殿下達らしいっちゃらしいんですけどね〜」

相変わらず、ああだこうだとひっきりなしに喋るアレンの話を聞き流して、殿下達を後ろから警護する。以前は煩くて敵わなかったが、今ではもう、アレンのこれも慣れたものだ。

だが確かに、アレンの言うことにも一理ある。こちらの国の第三王女が、我が国の第一王子殿下のオーブリー様に一目惚れをするきっかけになったという本を探して、殿下達はかれこれもう、二時間以上も歩き回っている。目当ての本が、絶版本の上に個人出版の本だということもあって、どこの本屋にも置いていないのだ。

だったらそれこそ今日は諦めて、後日人を遣って探させればいいだろう。アレンの言うように、お二人で他国をお忍びなど、まず滅多にない機会なのであるから、本探しなど二の次にして、今回は観光に振ればいいではないかと思ってしまうが、それでもなお真面目に本を探し続けるあたりが、やはりお二人らしい。

「隊長、あれ、どうします？」

アレンの指し示した先には、一目でこの国の若者とわかる男の三人組がいる。いかにも庶民然とした彼等は、特にこれといって脅威となるような存在には見えない。

だが先ほどから、ベンチで休憩を取っていらっしゃるアニエス様に視線を向けては、三人で何事かを話し合っているのだ。様子からしてナンパの類だろうが、都合の悪いことに、今アニエス様はお一人だ。殿下は少し先に行った場所にある屋台に、飲み物を買いに行っている最中なのだ。

再びどうするのだと目線で問われて、数秒考え込んだ私は、首を横に振った。

「そのままでいい」

「え⁉　でもあいつら、妃殿下に声を掛ける気ですよ⁉　放っとくのはまずくないっすか⁉」

「いや、いい。ギリギリまで様子を見る」

「えぇぇ……それはちょっと……」

我々が会話をしている間にも、男達がアニエス様に近づいていく。その光景に、アレンは気が気でないといった様子だ。

しかし私は、今にも飛び出して行きそうなアレンの肩に手を置いて、無言で広場の入り口に顔を向けてみせた。

目線の先には、慌ててアニエス様の下に戻る途中の殿下の姿がある。その様子に、私の意図を察したアレンが、体から力を抜いたのがわかった。

「あ～、そういう。折角ですし、殿下の頼りになるところを妃殿下に見せてあげたいですもんね――……って、ええ!? 妃殿下、強っ！」

ほっとしたのも束の間で、目の前で起きた出来事に、アレンが素っ頓狂な声を上げる。それもそのはずで、一瞬前までアニエス様を口説いていた男達が、揃いもそろって地面の上でもんどりを打っているからだ。どうやら男達のしつこさに辟易したアニエス様が、業を煮やして魔法を使ったらしい。

アニエス様が魔法を使えることは、殿下から話を聞いて知っていたけれども、実際に使っているところを見たのはこれが初めてだ。こちらにいる間、ご親戚《しんせき》の方が所属する騎士団で、騎士達と一緒に演習を行われるくらいお強いと聞いていたからこそ、今も一般人にならば少しくらい絡まれても大事には至らないだろうと判断した次第なのであるが、まさかこれほどとは。

しかしすぐに駆け付けた殿下の、アニエス様に掛けられた言葉で、私はハッとすることになった。

アニエス様は、確かにお強い。実際、大の男三人に絡まれて怯むこともなく、軽々とあしらってしまわれた。今しがたの光景は、我々の目には、アニエス様は終始落ち着いて微塵も動揺などないように見えた。けれども、怯えることはないにしても、アニエス様とて全くの平気であったはずがない。

普通に考えて、か弱い女性の身で、しかも知らない土地で大の男三人に絡まれて、不安にならないわけがない。

つまり私は、普段から何事にも気丈なアニエス様ならば、これしきのことであれば大丈夫と、慢心していたのだ。

だが殿下は、きちんとアニエス様のお立場になってお気持ちを考えていらっしゃった。その上で、不安な思いをさせてしまったことを、申し訳ないと謝っていらした。

その姿は、颯爽と現れて暴漢からヒロインを救うヒーローなどより、余程男らしく頼もしい。あ、あの殿下が、と思えば、なおさらである。いったいいつの間に、こんな大人らしく成長されたのか。

自分の不甲斐なさを反省しつつも、しみじみと感慨に浸る。

しかし、またもや私の物思いは、長続きしなかった。

「――」

「――」

背後から聞こえてくる物音に、先ほどから隣のアレンがそわそわとして落ち着かない。ちなみに今私達は、雨宿りのための宿にいる。いきなり激しく降り出した雨を避けるために、下町の宿を借り切ったのだ。この雨の中、滞在中の屋敷に戻ろうにも馬車の手配が適わず、急遽近くにある良さそうな宿を手配したのである。

そして今、雨に濡れてしまった殿下達には、この宿で一番良い部屋でくつろいでもらっている最中なのだが――。

「……あの、隊長」

「任務中だ。私語は慎め」

「あ……いや、もちろんそれは、わかってるんですが……」

戸口の左右に並んで立つアレンが、こそこそと声を落として話し掛けてくる。さすがのこいつも、殿下達の部屋を警護中には、弁えることを知っているようだ。

というよりも、弁えられないようなら、護衛騎士の資格はない。それがわかっていて話し掛けてくるのだから、それなりの理由がいる。

じろりと視線だけ向けると、アレンが困ったような顔で見てきた。

「や……、私がここにいていいものか、どうかと思いまして……」

そのまま、言葉を濁して気まずそうに押し黙る。ちらりと背後に視線を向けられて、私は小さく息を吐き出した。

部屋の造りは事前に確認済みだ。戸口のすぐ横は、浴室になっている。そして先ほどから、湯を溜める水音と一緒に、殿下達の話し声が聞こえている。下町の宿のため、壁が薄いのだ。

つまり順当にいけば、殿下達が湯浴みをする物音が全部聞こえてくるということだ。殿下お一人であれば問題ないが、今日は妃殿下もいらっしゃる。それでアレンは気にしているのだ。

「……隊長は大丈夫だと思いますが、私は、殿下はお許しにならないと思います」

困ったように言われて、再び小さく息を吐く。アレンをこの場から外すことは、実は私も考えていたところだったのだ。

「そうだな。では、お前は階下を見張れ」

「は！」

居住まいを正して騎士の敬礼を取った後で、これ幸いとアレンが階段を下りていく。その背中が見えなくなったちょうどその時。背後の部屋から、私にだけ通じる殿下からの合図の音が聞こえてきた。

これは、『下がれ』という命令か。そろそろだろうなとは、思ってはいたのだ。だからこそ事前に、この階一帯には守りの魔道具を配置してある。

念のため、もう一度配置した魔道具の作動を確認した私は、殿下に向けて合図の音を立ててから、アレンのいる階下へと向かった。

「隊長？」

「殿下達の階は、魔道具があるから問題ない。私がここを見張るから、お前は一階の階段前で見張りに立て」

「はい」

頷きつつも、アレンの顔は複雑そうだ。考えていることが丸わかりの顔で、階段を下っていく。

上階へ向かう階段を塞ぐように位置取りをした私は、遠い目をして仁王立ちになった。

先ほどアレンは、私なら大丈夫と言っていたが、それは間違いだ。アニエス様に関する私的な事柄は、殿下は誰であろうと知ることを許さない。もちろん、日常の世話をする侍女は例外だろうが、それも仕方なくにすぎないことを、私は知っている。

度がすぎると言えなくもない殿下のこの執着は、今日に始まったことではない。ご結婚以前、それこそお二人がご婚約された幼少の頃からなのだから。

にもかかわらず、長年殿下ご本人がその事実を認めようとしないばかりか、あえてお心に逆らって様々悪足掻きをしていたことは、王宮で、昔から殿下の側近くにお仕えする者なら、誰もが知っていることである。

だが、かつて殿下が恋心を拗らせたあまりに、ご結婚前に妃殿下を軟禁していたという事実を知る者は、極々少数の人間しか知らないことだ。反体制派の炙り出しが目的ということであったが、それは表向きの事情にすぎず、一番は、妃殿下に愛想を尽かされて姿をくらまされたことに対する、殿下の意趣返しであったことを、私は知っている。

さすがに、あの豪奢な部屋の中、お二人の間で一体何があったのかまでは知らないが、何事にも感情を動かされることなく、ましてや執着することなどない殿下にとって、妃殿下だけは例外であることを、改めて思い知らされた一件である。

果たして、そこまで誰かに執着できるということは、幸せなのか、不幸なのか。私には、その問いに対する答えは持ち合わせていない。

ただ、今のお二人を見るに、少なからず羨ましいとは思う。

そこまで思いを巡らせて我が身を振り返った私は、心の中でため息を吐いて視線を床に落とした。

実はつい先日、私は長年思いを寄せていた相手に、結婚を申し込んだばかりである。そして申し込んですぐ、間髪入れずに振られてしまった。

しかも理由が、『私、カスタニエ様みたいな男性は嫌いなんで』、という目も当てられないようなものだ。

色よい返事をもらえるとまでは思っていなかったが、まさか断られることはあるまいと、どこか高を括っていたのも事実だ。そんな私は、彼女の『嫌い』の一言に、完膚なきまで打ちのめされた。今でも思い出せば、頭を抱えてうずくまってしまいたい思いに駆られる。

その時は、嫌いと言われたことが衝撃的すぎて呆然としている間に、いつの間にか彼女はいなくなっていた。後から、どうして彼女に嫌われてしまったのか、私の何がいけなかったのか、疑問ばかり浮かんできたが、聞きたくとももう彼女はいないし、追い掛けて聞く勇気もない。同時に、振られたという事実にのたうち回る——という至極非生産的な思考回路に陥ってしまった。

一番最悪だった時に比べたら大分ましになったとはいえ、好きな人からの『嫌い』の威力は大きく、あの時の彼女の笑顔も相まって、思い出せば思い出すほど眩暈がする気分だ。

本当に、何故、一体、私の何がいけなかったのか。

しかしながら、人の心とは難儀なもので、嫌いと言われたにもかかわらず、依然彼女のことは好きなままだ。むしろ前以上に、彼女のことばかり考えている自分がいる。

殿下が妃殿下に逃げられた時、毎日昏い顔をして虚空を見詰めていたが、今ならその気持ちもわかる気がする。

とはいえ、さすがに自分は、彼女を閉じ込めてまでして自分の物にしようとは思わないが。

胸の虚しさを紛らわすよう、無になって警備にあたっていると、思いのほか時間が経っていたようだ、使いを遣った侯爵家の別邸からいつの間にか交代の騎士がやってきていた。

雨が止まないことを見越して、この宿に宿泊する旨を最初に連絡しておいたのだ。

「多分今日はもう、殿下達が部屋からは出てこられることはないだろう。引き続き、ここの警備を任せる」

「は！」

申し送りを終え、後の警備を交代の騎士に任せてから、その場を離れる。あのまま私が警備を続けてもよかったのだが、急な雨でずぶ濡れのまま警備にあたっていたため、服が生乾きで冷たいのだ。

この程度で風邪は引かないが、それでも服を着替えることができるのは有難い。自分用に取った部屋で休む前に、何か温かい飲み物でもと思って、階下にある食堂へと向かう。

宿を貸し切りにしたため、人気のない食堂に足を踏み入れて、そこで。

今一番、会いたいけれども、会いたくない人物をそこに認めて、私は強張ったように足を止めた。

「あ、カスタニエ様。ご苦労様です」

「ミレーゼ殿……」

「殿下達はお部屋でお休みですよね？」

「あ、ああ。呼ぶまでは世話は要らないとのことだ」

頷いて答えるも、らしくもなく声が上ずってしまう。それもそうだろう、私みたいな男は嫌いだと言われて、どんな顔で接したらいいのかなんてわからない。

対して彼女は、まったくもって普段通りだ。私達の間でそんな遣り取りがあっただなんて、彼女の態度からは微塵もわからない。

つまり、彼女にとって私の告白は、特に気にする必要もない些細な出来事だった、ということだ。ろくに意識すらしてもらえない存在であるという事実に、横面を叩《はた》かれたような気分になる。

しかし、切実に頭を抱えてうずくまりたいと思っている私には構わず、用事を終えたらしい彼女が、早々にこの場から立ち去ろうとする。

一体何が起こったのか、気付けば無意識に、私は引き止めるように彼女の腕を掴んでいた。

「…………なんでしょう」

「やっ……、そ、その……」

引き止めたはいいが、頭は真っ白だ。私を見上げる怪訝そうな薄茶の瞳に、何か言わなくてはと、ますます焦りが募る。

だが、焦れば焦るほど、言葉は出てこない。そんな私を、彼女は無言で見詰めている。

多分、というか、間違いなく、今この瞬間を逃したら、辛うじて残っている彼女との僅かな繋がりも、消えてなくなってしまう気がする。理屈ではない、本能がそう告げているのだ。

だが、どんなに振り絞っても、出てくるのは冷や汗ばかりで、言葉は一つも出てこない。

ついには、焦りが最高潮に達した私の頭は、現実逃避を始めた。

薄茶色だとばかり思っていた彼女の瞳は、この距離で見ると淡く緑色にも見える。この短い間にも、光の加減で薄茶にから黄色、緑色にくるくると色が変わる。何色とも形容しがたい、不思議な瞳だ。

同時に、とても彼女らしいなと思う。

弱く折れそうでいて、しなやかに強く、静かに見えて行動的で明るい彼女は、一言で言い表すにはとても足りない。彼女の、そんなところに惹かれたのだ。改めて、やはり好きだな、と思う。

その時、すとんと、腹の奥に何かが落ちた気がした。

「あの、用がないなら――」

「ミレーゼ殿、お慕いしています。貴女《あなた》が私を嫌いでも、私は貴女が好きです」

気付けば、口をついて言葉がこぼれ出ていた。

「なっ!? こっ、この前はそんなこと、一言もっ……！」

「申し訳ありません、先にきちんと気持ちをお伝えするべきでした。それと、嫌いと言われても、やはり諦められそうにありません。なのでこれからは、貴女に少しでも好きになってもらえるよう努力したいと思いますが、いいでしょうか？」

「そっ、そんなこと言われてもっ……！　勝手にしてくださいっ!!」

彼女の顔は、真っ赤だ。茹でたように赤い顔で、慌てふためいている。

強引に私の手を振り切り、小走りに食堂を出ていく彼女の背中を見送って、しかし私は、ほっと安堵の息を吐いていた。

この反応は、悪くはない気がする。手応えとまではいかないが、とりあえずは彼女に意識してもらうことに成功した。

それに何より、これからアプローチすることへの了承が得られたわけで。

ごくごく小さな、しかもマイナスから始まった一歩ではあるが、一歩は一歩だ。少しでも前進できたことに、何か晴れがましい思いになる。

――しかしながらこれは、想像以上に長くて険しい道のりの始まりであったのだが、まだそんなことを知る由もない私は、夢見心地で彼女の腕の感触が残る掌を握りしめたのだった。

どうせ捨《す》てられるのなら、最《さい》後《ご》に好《す》きにさせていただきます2

碧 貴子

2022年9月5日 初版発行
2023年6月5日 第三刷発行

著者 碧 貴子

発行者 野内雅宏

発行所 株式会社一迅社
〒160-0022 東京都新宿区新宿3-1-13 京王新宿追分ビル5F
電話 03-5312-7432（編集）
電話 03-5312-6150（販売）
発売元：株式会社講談社（講談社・一迅社）

印刷・製本 大日本印刷株式会社

DTP 株式会社三協美術

装丁 AFTERGLOW

ISBN978-4-7580-9486-3

MELISSA
メリッサ文庫

●本書は「ムーンライトノベルズ」（https://mnlt.syosetu.com/）に
掲載されていたものを改稿の上書籍化したものです。
●この作品はフィクションです。実際の人物・団体・事件などには関係ありません。